당신이 필요한 세계

KB055275

THE NEED
by Helen Phillips

당신이 필요한 세계

헬렌 필립스 장편소설
HELEN PHILLIPS
이진 옮김

문학동네

일러두기

1. 주석은 모두 옮긴이주다.
2. 본문 중 고딕체는 원서에서 이탤릭체나 대문자로 강조한 부분이다.

이 책을 나의 어머니 수전 지머먼과
나의 언니 캐서린 로즈 필립스(1979. 9. 2 ~ 2012. 7. 29)에게 바친다.

동시에 하는 말들

여러 장소에서, 여러 시간에
하나의 장소에서, 여러 시간에
여러 장소에서 만드는 하나의 곡.
　　　　　　　　　　　　　—제프리 G. 오브라이언, 「피델리오」

우리는 그렇게 서로를 마주보고 서 있었다, 마치 난데없이 사슴을 마주쳤을 때처럼, 둘 다 놀라서, 잠시 그 자리에 얼어붙은 채로, 그리고 그 교감의 순간, 마치 당신과 사슴이 한 쌍의 눈을 공유한 듯, 오직 하나의 시선만이 존재하는 것처럼.
　　　　　　　　　　　　　—메리 루플, 『나의 사유 재산』

우리가 단 한 송이의 꽃이라도 이해할 수 있다면 우리가 누구이며 이 세상이 어떤 곳인지 이해할 수 있을지도 모른다고 테니슨이 말했다. 아마도 그는, 아무리 하찮은 것이라 해도, 세계의 역사와 원인과 결과의 무한 반복을 담고 있지 않은 것은 없다는 말을 하고 싶었을 것이다.
　　　　　　　　　　　　　—호르헤 루이스 보르헤스, 『자히르』

차 례

1부

1

그녀는 아이들을 꽉 끌어안고, 어둠 속 거울 앞에 웅크리고 앉아 있었다. 오른팔에는 아기를, 왼팔에는 아이를 안고서.

다른 방에서 발걸음소리가 들렸다.

방금 전 그 소리를 들었다. 그녀는 불을 끄고, 아들을 번쩍 안아 들고, 딸을 침실 반대편 구석으로 끌고 와 숨었다.

발걸음소리가 들렸다.

그러나 그녀는 가끔 소리를 잘못 듣곤 했다. 지나가는 구급차 소리를 한밤중에 벤이 우는 소리로 착각했다. 욕실 캐비닛 경첩이 삐걱거리는 소리를 비브가 떼쓰기 직전에 내는 초조한 한숨소리로 착각했다.

심장과 혈관이 요란하게 박동했다. 이렇게 큰 소리를 내면 안 되는데.

또 한번의 발걸음.

혹시 벤이 가볍게 딸꾹질하는 소리였나? 아니면 16킬로그램의 비브를 감당 못하고 그녀의 무릎이 나가는 소리였나?

침입자는 거실 한복판에서 침실로 반쯤 다가온 상태인 것 같았다.

그녀는 침입자가 없다는 걸 알고 있었다.

멀리서 그들을 비추는 여린 가로등 불빛 속에서 비브가 그녀를 향해 미소 지었다. 비브는 언제나 살짝 무서운 게임을 좋아했다. 비브는 언제라도 이 재미있는 새 게임의 다음 단계를 진행하라고 요구할 것이다.

아이들이 잠자코 있어주길 간절히 바라는 마음이 아이들의 호흡을 막고 싶은 충동으로 표출되었다. 베개 하나만, 두꺼운 양말 한 켤레만 있었으면, 입도 뻥긋 못하게 해서 목숨을 구할 수 있도록 아이들의 입을 틀어막을 것이 뭐라도 있었으면.

또 한번의 발걸음. 머뭇거리는 듯하면서도 단호했다.

어쩌면 아닐 수도.

벤은 졸렸고, 평온했으며, 엄지손가락을 입에 넣고 있었다.

비브는 호기심과 장난기가 가득한 눈으로 그녀를 쳐다보고 있었다.

데이비드는 다른 대륙 위를 나는 비행기 안에 있었다.

베이비시터는 친구들과 맥주를 마시며 금요일 밤을 보내기 위해 이미 호기롭게 집을 나선 뒤였다.

아이들을 침대 밑으로 밀어넣고 혼자 나가서 침입자를 상대해야 하나? 아니면 아이들을 벽장 신발들 틈에 안전하게 숨겨야 하나?

그녀의 휴대전화는 다른 곳에, 이십오 분 전 퇴근하고 돌아와 현관 앞에 팽개쳐둔 가방 속에 있었다. 그때 벤은 블루베리 범벅이었고 비브는 마개를 연 보라색 마커를 자유의 여신상 횃불처럼 높이 쳐들고 "생일! 생일!"이라고 외치며 거실을 활보하고 있었다.

"비브!" 그녀에게 달려올 때 비브가 들고 있던 마커가 복도의 흰 벽을 스치자 그녀가 소리질렀다. 그러나 소용없었다. 초록 크레용, 빨간 색연필 흉터에 보라색 흉터가 보태어졌다.

금요일 밤이라 친구들하고 맥주 한잔하려고요.

먼 나라 얘기네, 현금 뭉치를 건네며 그녀는 멍하니 생각했다. 에리카는 스물셋의 발랄하고 용감한 사람이었다. 그녀는 다른 것은 제쳐두고라도, 자신의 아이들을 돌봐줄 용감한 사람을 원했다.

"이제 어떻게 해요?" 그녀의 품안에서 좀이 쑤시기 시작한 비브가 물었다. 다행히 고함이 아닌 무대 위의 방백에 가까웠다.

하지만 발걸음은 방향을 틀어 침실로 향해 왔다.

만약 데이비드가 집에 있었다면, 지하 작업실에서 연습중이었다면, 그들만의 암호로 발을 구를 수 있었을 텐데. 당장 올라와의 의미로 다섯 번. 주로 두 아이가 동시에 그녀의 전부를 필요로 하는 상황일 때 그렇게 했다.

발걸음소리? 발걸음소리라고?

이러한 증상은 비브가 태어난 직후인 사 년 전부터 시작되었다. 그녀는 이 사실을 데이비드에게만 고백했다. 그 역시 같은 증상을 느껴본 적이 있는지 알고 싶었다. 말로 설명하려고도 해보았지만 그럴 수 없었다. 가끔 그녀를 괴롭히는 경미한 혼돈 증세, 눈과 귀의 자잘한 착오들. 발밑에서 느껴지는 진동이 쓰레기 수거차가 아니라 지진 때문이라는 확신, 발굴 현장의 화석들 틈에서 발견된 조그만 쓰레기 조각이 어딘가 다르다는 확신. 찰나의 섬광 혹은 현기증으로 인해, 천분의 일 초 동안 세상이 살짝 아득해지거나 흔들리거나 어그러지는 것 같은 느낌. 그런 순간 최선의 해결책은 견고한 무언가에—마침 곁에 있다면 데이비드에게, 혹은 테이블, 나무에, 혹은 발굴 현장의 흙벽에—기대는 것이었다. 그러다가 세상이 익숙한 모습으로 돌아오면, 그녀는 다시 씩씩하게, 흔들림 없이, 하루를 보낼 수 있었다.

나도 안다고, 그녀가 그 얘기를 꺼낼 때마다 데이비드가 말했다. 무슨 얘긴지 알 것 같다고, 대충은. 그의 진단은 수면 부족이나 탈수, 혹은 둘 다였다.

비브가 그녀의 품에서 벗어나려 꼼지락거렸다. 비브는 날렵한 아이였고, 한 팔만 쓸 수 있는 상태에서 몰리가 탈출하려는 딸을 막을 도리는 없었다.

"여기. 가만히. 있어." 소리 없는 명령에 담을 수 있는 최대치의 살벌함을 담아 입 모양으로 말했다.

그러나 비브는 연기하듯 과장스럽게 침실 문 쪽으로 살금살금 걸어갔다. 침실 문은 조금 열려 있었다. 비브가 엄마를 돌아보며 싱긋 웃었고 그 미소는 으스스한 가로등 불빛에 찡그림으로 변했다.

몰리는 움직여야 할지 가만히 있어야 할지 알 수 없었다. 재빨리 행동을 취할 경우—얼른 쫓아가 비브의 티셔츠 자락을 잡는다면—비브가 소리를 지르거나 웃음을 터뜨릴 것이고, 몰리가 겁에 질린 채로 안고 어르는 동안 겨우 잠들었던 벤이 그 바람에 깨어날 게 분명했다.

비브가 문을 당겨 열었다.

전에는 침실 문이 열릴 때 삐걱거리는 소리가 난다는 것을, 참을 수 없을 정도로 큰 소리가 난다는 것을 의식하지 못했다.

데이비드가 돌아왔을 때 이 얘기를 들려주면 엄청 재미있겠지.

내가 불을 끄고 애들을 침실 구석에 숨게 했어. 나 완전 겁먹었잖아. 근데 아무 일도 아니었지 뭐야!

이 우스꽝스러운 사건의 이면에는 경미한 증상에 대한 그녀의 남모르는 고민이 자리잡고 있을 것이다. 그러나 그들의 웃음이 그 비밀을 중화할 것이다. 거의.

그녀는 발걸음소리가 나는지 귀를 기울였다. 아무 소리도 들리지 않았다.

그녀가 일어섰다. 잠들어 축 늘어진 벤의 몸을 가슴께로 들어올렸다. 그리고 다시 불을 켰다. 방안은 아늑했다. 정돈되어 있었다. 회색 퀼트 이불은 구석에 반듯하게 개어져 있었다. 그녀는 마카로니와 치즈를 만들 것이다. 콩을 좀 녹일 것이다. 그녀가 문 쪽으로 다가갔다. 비브는 꼼짝 않고 서서 밖을 내다보고 있었다.

"저 아저씨 누구예요?" 비브가 말했다.

2

　다른 방의 발걸음소리를 듣기 여덟 시간 전, 몰리는 필립스 66[*]
화석 발굴 현장의 구덩이 밑바닥에서 회색 바위를 끌로 깎아내고
있었다.
　그녀는 그 시간을 기다렸다. 구덩이 속에 혼자 있는 한 시간을,
화석을 찾는 끝없는 여정으로의 몰입, 그 선명한 고독을. 폐업한 주
유소에서 27미터 떨어진 곳이었고, 성경에 관한 갈수록 시끄러워
지는 온갖 소란으로부터 벗어난 곳이었으며, 전화와 이메일과 협
박편지로부터 벗어난 곳이었고, 참을성 없는 기자들과 이죽거리는
사기꾼들과 어느 틈엔가 나타난 광신도들로부터 벗어난 곳이었다.
　"거의 십 년 가까이 식물화석 발굴에 죽어라 매달렸는데, 수확
이라고는 현재의 화석기록에 관한 지식으로는 규명 불가능한 것들뿐

* 미국의 정유회사 브랜드.

이고." 지난주 코리가 투덜거렸다. "우리와 찌질한 고식물학자 몇 명을 제외하면 지금까지 이 발굴 현장에 관심이 있는 사람은 개뿔 아무도 없네요."

구덩이에 서 있는 동안, 몰리는 집중을 할 수가 없었다. 집착에 가까운 집중력이야말로 일할 때 그녀의 트레이드마크였고, 오랫동안 동료들과 남편은 그것을 조소와 감탄의 대상으로 삼았다. 괴물 같은 집중력이라고, 데이비드는 말했다.

그런데 지금 그녀는 당혹스러울 정도로 피곤했다. 논리는 질척였고, 시야는 흐릿했다. 앞으로 사십오 분 뒤 관람객들 앞에서 떠든다는 걸 상상조차 할 수 없었다.

전날 밤 벤은 거의 한 시간 간격으로 깨 떼를 쓰다가 다시 잠잠해지곤 했다. 매번 벤에게 가려다 말았다. 결국 새벽 세시 삼십사분에 아이방에 들어가보니, 발가벗은 벤이 아기침대 안에서 난간을 붙잡고 서 있었다. 빨간 양말이 달린 잠옷을 혼자 용케도 벗었다. 아직 몇 달은 더 있어야 터득할 기술이라고 생각했건만. 그녀를 보자 벤이 소리지르기를 멈추고 뿌듯하게 미소를 지었다.

"좋기도 하겠다." 피로감에 멀미가 나는 것을 느끼며 그녀가 속삭였다.

몰리는 비브가 깰까봐 걱정하며 아기침대에서 벤을 안아들고는 젖을 먹이려고 흔들의자에 앉았다. 이러면 안 되는데. 이제 막 자라기 시작한 치아에 밤에 모유가 남아 있어선 안 되는데. 한밤중에 젖을 먹을 때는 지났건만. 그러나 어둠 속에서, 혼란에 빠진 그녀는 때때로 굴복했다. 아이가 졸라서라기보다는 누군가를 꼭 끌어안고, 많은 힘을 들이지 않고 그 존재가 가장 원하는 것을 주고 싶다는 자신의 욕망 때문이었다.

그런데 어젯밤엔 처음으로, 벤이 젖을 먹으려 하지 않았다. 대신 머리를 그녀의 쇄골에 밀착하고는 그녀의 뺨을 네 번 두드리더니 품에서 벗어나 침대 쪽으로 몸을 기울였다.

"우리 잠옷 입어야 하지 않을까?"

그러나 벤은 몽롱한 상태였고, 반쯤 다시 잠들어 있었다. 이상하게 더운 초봄 날씨에 맞지 않게 라디에이터가 너무 세게 돌아가고 있어서, 몰리는 기저귀만 차고 있는 벤을 도로 침대에 눕혔다.

침대로 돌아와 마침내 다시 잠이 들려는 순간, 그녀의 얼굴에서 3센티미터 떨어진 곳에 누군가의 입이 있었다.

"내가 나쁜 금을 긁고 있었어요."

"뭐?"

"내가 나쁜 금을 긁고 있었다고요."

"네가 나쁜 금을 긁고 있었다고?"

"아니, 나쁜 금 말고 나쁜 꿈이요!"

"나쁜 꿈을 긁고 있었다고?"

"아뇨! 내가! 나쁜! 꿈을! 꾸고 있었다고요!"

몰리와 데이비드는 아이들이 침대 밑 괴물을 두려워하는 것처럼 그들은 밤늦게 찾아오는 아이들을 두려워한다고 농담하곤 했다. 침대 가장자리에서 슬며시 기어올라와 날카로운 발톱으로 움켜잡고 무언가를 요구하는 그 괴물들.

그래선 안 되지만, 그러고 말았다. 비브를 침대로 데려와 그녀의 몸과 데이비드의 몸 사이에 눕혔다. 데이비드의 몸은 온갖 소란에도 불구하고 용케도 잠들어 있었다. 비브가 자면서 춤을 추고, 독수리 날개가 피루엣으로 진화하고 피루엣이 다시 평영으로 진화하는 동안에도, 사 년 가까이 자란 아이의 몸이 도합 육십팔 년 된 두 사람의 몸보다 훨씬 더 많이 자리를 차지하는 동안에도.

그러니까 당신이 아침에 피곤한 상태로 눈뜨게 된 것은 더 노련하고 더 엄격하지 못했던 당신의 잘못인 것이다. 그래서 일하다 말고 가만히 서서, 당신이 과연 이 세상에 어떤 보탬이 될 수 있을지 생각해보면, 그저 뻐근하고 지친 몸과 나약한 마음만이 있는 것이다. 그러나 어느 순간, 당신은 다시 웅크리고 앉아 딱딱한 흙을 끌로 파낸다.

바로 그때 그녀는 보았다.

틀림없는 그 반짝임, 어린 시절의 그 따스한 빛깔, 물속에 빌었던 소원.

동전 하나가 구덩이 밑의 흙속 깊이 박혀 있었다.

최근에 주조된 것 같은 광택을 지닌 새 동전.

그러니까, 지금까지 나온 발굴품들 중 가장 최근 것인 셈이었다. 코카콜라 병, 장난감 병정, 알토이즈 사탕 통, 질그릇 조각, 성경. 그녀의 이상한 발견은 지난 아홉 달에 걸쳐 서서히 이루어졌다. 벤이 태어나고 일터로 돌아온 첫 주에 발견한 코카콜라 병이 시작이었다(그녀는 병을 들고 이리저리 살펴보면서, 코카콜라의 글자체가 이상한 건지 아니면 그녀가 이상한 건지 판단하려 애썼다). 식물화석의 쓰나미 한복판에서 찔끔찔끔 발견되는 잡동사니들이었다. 그러나 여기, 성경 이후 불과 한 달 만에, 또하나의 발견이 있었다.

동전의 사진을 찍고 GPS 정보를 기록하는 동안(그녀의 한심한 발이 이미 위치를 변경해놓은 게 아니길 바랐다) 피로감을 뚫고 아드레날린이 폭발했다. 동전을 원위치에 놓고 샤이나에게 전화해 얼마나 빨리 차를 몰고 와서 봐줄 수 있는지 알아봐야 했다. 몰리가 코카콜라 병을 발견했을 때 가장 먼저 연락을 취한 사람이 샤이나였다. 대학원 시절 친구였던 그녀에게서 고고학자의 관점을 듣고 싶었다. 그러나 샤이나는 처음부터 발굴품들에 대해 모호한 입장을 취했다. 그녀는 몰리와 코리, 로즈에게, 그들은 전형적인 고식물학자들답게 지층을 보존하는 것 따윈 안중에도 없다고, 그래서 이미 오래전에 의미 있는 고고학적 분석은 물건너갔다고 불평했다. "넌 망치를 들고 일하지만," 샤이나가 언젠가 말했다. "나는 체를 써서 일해."

"하지만 그 성경이 정말 1900년대 초에 인쇄됐다고 생각해?"

"내 생각엔," 가까운 술집에서 맥주잔을 사이에 놓고 샤이나가 말했다. "어떤 수완 좋은 장난꾸러기가 네가 성경을 발굴하기 몇 시간 전에 그걸 거기 묻어놓은 거 같아."

"그럼 다른 것들은?" 몰리가 추궁했다.

"마찬가지야. 물론 질그릇 조각은, 그건 좀 흥미롭더라. 내가 전에 본 적 없는 문양이었으니까. 하지만 너무 작고, 근처에서 탄소연대 측정에 필요한 유기물질도 발견되지 않아서…… 물론, 모양이 어딘가 다른 낡은 알토이즈 통을 보고는 살짝 혹하긴 했어. 원숭이 꼬리가 달린 플라스틱 장난감 병정이 어느 시대에 어떤 곳에서 또 생산된 적이 있는지 궁금하기도 하고. 네가 엄청난 관심을 갖고 있다는 걸 알고 있어서 나도 연구해보긴 할 거야. 하지만 사실 그럴 만한 내용 자체가 충분치 않아."

동전이 몰리를 향해 반짝였다. 그녀와 동전 단둘뿐이었다. 바로 이것이 그녀를 이 들판으로 이끌었다. 무엇이 나올지 모르는 상태로 흙의 장막을 걷어내게 했다. 바로 이 매혹적인 짜릿함이. 몰리는 삽 끝부분을 동전 밑에 넣고 힘을 주었다.

"실례합니다." 동전을 파내며 말했다. 주머니에서 꺼낸 비닐봉지에 동전을 넣으며 올해 주조된 것임을 확인했다. 더 자세히는 연구실로 돌아가 살펴볼 생각이었다. 잠시 이 상태로 머물고 싶었다. 모르는 것과 아는 것 사이에. 그녀가 고개를 들었다. 그녀 위로, 6미터에 달하는 구덩이의 흙벽 너머로 펼쳐진 하늘은 우윳빛이었다.

3

거실을 직접 살펴보는 것 말고는 달리 방법이 없었다.

남자가 그녀를 쏘고 대신 아이들을 살려주게 하려면 어떻게 해야 할까?

"정말 남자를 봤어?" 그녀가 속삭였다.

비브가 그녀에게 미소를 지었다.

"비켜." 엉덩이로 딸을 문간에서 밀치려 애쓰며 그녀가 말했다.

그러나 엄마의 다급함을 감지한 비브는 몸에 힘을 주고 꿈쩍도 하지 않았다.

"비브." 갑자기 정색하며 그녀가 말했다. "거실로 가. 엄마 침대에 벤 눕힐 건데, 벤 잠들면 괴롭히지 말고."

마치 기다렸다는 듯이. 비브가 문설주에서 물러나 침대로 뛰어올라가더니 동생을 물고 빨며 괴롭히기 시작했다.

이 작전으로 아기가 깨어나거나 비브가 도발에 싫증이 나기까지 아마도 사십오 초 정도의 시간을 벌었다. 그녀는 서둘러 문 쪽으로 갔다. 기가 차서 헛웃음이 나왔다. 그들의 집에 침입한 사람이 누구인지 보려고 서두르다니. 마치 출근 준비에 서두르고, 식료품을 정리하려고 서두르고, 용변을 보려고 서두르는 것처럼. 도합 26킬로그램이 나가는 두 인간의 욕구 사이에 욱여넣어지는 그녀의 일상 속 모든 일처럼.

저 아저씨 누구예요?

그러나 그녀가 거실을 둘러보니, 언제나처럼 하루를 마치고 난 뒤의 혼란이 있을 뿐이었다. 여기저기 떨어져 있는 치리오스 시리얼, 바닥에 나뒹구는 블록, 방향을 가리키는 손가락처럼 널려 있는 크레용. 평상시에는 그녀를 지치게 했을 풍경이었지만, 지금 이 순간, 밀려드는 안도감 때문인지, 그 모든 것이 너무도 아름다워 보였다.

거실은 탁 트인 여유로운 공간이었고, 숨을 곳이 없었다. 소파, 책장, 의자, 식탁이 전부였다. 유일하게 숨을 곳이 있다면, 지난달에 비브가 주말 내내 다른 건 다 거부하고 숨바꼭질만 하고 싶어하는 바람에 찾아낸 장소인, 거대한 장난감 보관함으로도 쓰는 흉측하고 땅딸한 커피 테이블뿐이었다. 그 안에 들어가 있다가 꼭 관에 들어간 기분이 들고 갑자기 아이들이 너무 보고 싶어지기 시작할 무렵 그들의 목소리, 그들의 발걸음소리(마른 남자치고는 놀랄 만큼 묵직한 데이비드의 발걸음소리, 빠르고 다급한 비브의 발걸음소리, 너무도 앙증맞고 멈칫거리고 끈적이는 벤의 발걸음소리)가 들렸다. 그러나 우발적으로 들어온 침입자라면 커피 테이블 속이 비어 있다는 걸 알 리가 없었다.

아무 일도 없었다. 아무 일도.

그녀는 주방으로 갔다. 천장 전등을 켰다. 냉동실을 열고 콩을 꺼냈다.

침실에서 비브가 비명을 질렀다.

4

그녀의 간이 사무실은 주유소를 개조한 연구실 겸 전시실 안쪽에 자리잡고 있었다. 한때는 필립스 66의 과자 코너였던 자리였다. 몰리는 가방에서 동전이 잔뜩 들어 있는 지갑을 꺼내 열었고, 운좋게도 올해 주조된 1센트짜리 동전을 찾았다.

그녀가 지갑에서 꺼낸 동전을 검사용 트레이에 올려놓았다. 살면서 1센트짜리 동전을 이렇게 자세히 들여다보긴 처음이었다. 책상 위에 놓아둔 휴대전화가 울렸지만 무시했다. 그녀는 비닐봉지를 열고 발굴 현장에서 파낸 흙 묻은 동전을 트레이에 올려놓은 다음, 왼쪽 동전 밑에는 기준, 오른쪽 동전 밑에는 현장이라고 썼다.

이번에는 또 뭘까? 링컨이 아닌 다른 대통령? 아니면 그녀가 모르는 어느 지도자의 옆모습? 자유라는 단어 대신 평화 혹은 질서? 방패가 아닌 구름 사이로 비치는 햇살? 그녀가 알지 못하는 알파벳 한 글자? 아니면, 더 그럴듯하게, 고대 잎사귀의 옅은 잎맥까지 추적하도록 훈련된 그녀의 눈으로도 겨우 알아볼 정도의 미묘한 글자 혹은 비율의 변형?

그 순간 젖이 흘렀다. 감정이 격해질 때면 그러곤 했다. 살짝 찌릿하고 욱신거리는 그 느낌, 열어달라는 압박을 느끼는 밸브들, 그와 동시에 밀려드는 안도감과 짜증. 브라가 두 개의 동그라미로 젖었다. 그것이 일깨워주는 사실. 그녀가 엄마라는 것. 그리고 동물이라는 것.

유축기는 낡은 철제 책상 밑 어딘가에 있었다. 유축기의 흡입구와 밸브를 마지막으로 세척한 게 언제였더라? 그걸 씻는 건 보통 귀찮은 일이 아니었다. 젖을 짜기 전에 세척해야 했다. 만약 그녀가 매사에 좀더 치밀한 사람이었다면, 집으로 가져가 끓는 물에 오분 정도 살균했을 텐데.

하지만 지금은 동전 두 개가 그녀 앞에 나란히 놓여 있었다. 세속적이면서도 신성한 것들. 문득 몰리는 아이들을 떠올렸다.

발굴 현장에서 파낸 동전. 앞면에는 링컨의 옆모습과 그 위에 적힌 우리는 신을 믿는다라는 글귀. 얼굴 왼쪽에는 자유라는 글자. 얼굴 오른쪽에는 올해 연도.

링컨의 얼굴 표정에 다른 점이 있는지 살펴보았다. 발굴 현장에서 파낸 동전이 살짝 더 쓸쓸하거나 살짝 덜 근엄하진 않은가?

그러나 발굴 현장에서 주운 동전이 지갑에서 꺼낸 동전과 정확히 일치한다는 사실을 결국 그녀도 인정하지 않을 수 없었다. 그렇다면 혹시 뒷면에 다른 점이 있을 수도.

브라가 점점 더 축축해졌다.

손끝이 떨리는 바람에, 지갑에서 꺼낸 동전은 두 번 만에, 발굴 현장에서 꺼낸 동전은 세 번 만에 뒤집혔다.

뒷면의 미합중국이라는 선언 아래로, 방패 모양과 함께 새겨진 에 플루리부스 우눔*, 그리고 방패 앞 깃발에는 일 센트라고 적혀 있었다.

방패의 모양이 둘 다 똑같았고, 각각 열세 개의 줄이 있었다. 방패 밑에는 똑같이 아주 작은 글자로 왼쪽에 LB 오른쪽에 JFM**이라고 적혀 있었다.

똑같은 두 개의 동전이었다.

문득 한심하다는 생각이 들었다. 그러니까 그녀 자신이, 혹은 코리가, 혹은 로즈가 우연히 발굴 현장 바닥에 동전 하나를 떨어뜨린 것이었다. 그게 뭐 대수라고.

그녀는 동전 두 개를 집어들어 지갑에 넣었다.

묵직하게 불어난 젖.

다시 피로감이 두개골을 짓누르는 손처럼 밀려들었다.

---

* '여럿으로 이루어진 하나'라는 뜻의 라틴어로 미국의 건국이념.
** 차례로 방패 디자이너 린들 배스(Lyndall Bass), 조각가 조지프 F. 메나(Joseph F. Menna)를 가리킨다.

5

비명소리를 들은 시점과 다시 침실로 돌아온 시점 사이에는 시간 차가 거의 없었다. 그런데도 그 장면이 떠오르기엔 충분한 시간이었다. 두 개의 조그만 몸, 회색 퀼트 이불 위로 흐른 그들의 피, 가슴 아픈 질문을 담고 있는 커다란 네 개의 눈동자. 어쩜 그렇게 한심할 수가 있을까? 그녀는 공포영화에나 나오는 멍청한 짓을 저질렀다. 침입자를 찾겠다고 갈팡질팡하느라 연약한 아이들을 무방비 상태로 남겨두다니.

그러나 침실에는 피가 없었다.

침대에서 잠든 아기와 그 곁에서 펄쩍펄쩍 뛰고 있는 아이가 있을 뿐이었다. 비브가 사타구니를 잡고 애처로운 목소리로 말했다. "미안해요, 엄마! 나 침대에 쉬했어요!"

평상시 같으면 아기 옆에 바짝 붙어서 뛴다고, 십오 분 전에 소변을 보라고 했던 몰리의 말을 듣지 않았다고, 쓸데없이 소리를 지른다고 비브를 야단쳤을 것이다. 그러나 몰리는 비브를 번쩍 안아서 욕실로 향하면서 평상시보다 아이를 더 꽉 끌어안을 구실로 이 상황을 이용했다. 아동용 변기 커버를 끼우고 나서 비브를 앉힌 다음 소변으로 흠뻑 젖은 바지와 속옷을 벗겨냈다.

"엄마 왜 울어요?" 비브가 물었다

침실에서 벤이 울기 시작했다.

6

코리의 눈물겨운 노력에도 불구하고(포푸리, 레몬 비누, 철제 휴지통) 편의점 화장실은 어쩔 수 없는 편의점 화장실이었다. 물이 십 초쯤 나오다가 저절로 멈추는 그런 수도꼭지였다. 몰리는 유축기를 최대한 닦은 다음, 흡입구를 벽에 설치된 핸드드라이어 밑에 대었다. 사무실로 돌아와 문 대신 사용하는 커튼을 치고, 셔츠 단추를 풀고, 수유브라의 컵 부분 후크를 풀고, 유축기 튜브를 흡입구에 끼우고, 몸을 기계에 연결하고, 다이얼을 돌려 최고 강도로 맞추었다.

제 엄마가 동생에게 줄 젖을 짜는 것을 처음 보았을 때 비브는 겁에 질려 얼굴을 가렸다. "저 기계가 엄마한테 무슨 짓을 하는 거예요?" 비브가 손가락 사이로 기계를 쳐다보며 묻고는 플라스틱 흡입구에 의해 부풀었다가 오그라드는, 일그러진 젖꼭지를 바라보았다.

그러나 비브는 어느덧 유축기와 그 유난스러운 쌕쌕 소리에 적응해 그것을 반려동물 정도로 여길 수 있게 되었다. 비브는 소파에 엄마와 나란히 앉아, 마치 자기가 그 기계를 작동하게 한다는 듯 기계를 한 손으로 쓰다듬으며, 유축기의 호흡에 맞춰 숨을 헐떡이곤 했다.

지금 여기, 몰리의 사무실에서는 모유가 시원하게 나와주지 않았다. 오른쪽에서 한 방울, 왼쪽에서 두 방울. 양쪽에서 적어도 80밀리미터 정도씩은 나와줘야 하는데. 그다음에 모유를 미니냉장고에 넣어두고, 관람 안내를 시작하기 전에 정신을 차리고 다른 사람이 되어 있어야 할 텐데. 지난 두 주 반 동안의 상황으로 짐작해보건대, 관람객의 숫자는 늘어날 전망이었다.

그녀는 관람객이 아마추어 고식물학자와 외국인 관광객 몇 명뿐이던 시절—벌써 아득히 먼 옛날처럼 느껴졌다—을 아련하게 떠올렸다. 아직 한 달도 채 되지 않은 운명의 그날, 그녀가 안내 막바지에 자랑하려고 사무실에서 성경을 들고 나갔을 때만 해도 관람객은 단 세 명이었다. 상냥한 브라질 커플과 나이 지긋한 고고학 애호가. 아마도 일종의 반항심이었을 것이다. 화석이 아닌 발굴품을 무시하는 듯한 샤이나와 로즈, 코리의 태도에 대한(코리는 "몰리의 작은 쓰레기"라고 불렀고, 로즈는 아무렇지도 않게 "가.짜." 라고 한 글자씩 말했다). 어쩌면 그들, 그 소수의 관람객들과 무언가 통한 것일 수도 있었다. 질의응답 시간이 평상시보다 길게 사십오 분간 진행되었고, 부부 중 아내가 식물화석 외에 발굴 현장에서 발견한 게 있는지 물었고, 몰리는 안전하다고 생각했고, 마음을 열었으며, 놀라운 발굴품들을 보여주고 싶은 마음이 간절했다.

아마도 나이 지긋한 고고학 애호가가 지역신문에 제보했을 거라고 몰리는 짐작했다. 다음날 관람 안내에 기자 한 명이 나타났다.

어쨌든 모유는 좀처럼 나오지 않았다. 모유를 짤 때마다 몰리는 젖소가 안됐다는 생각이 들었다. 비브에게 우유를 따라줄 때마다 그녀는 불현듯 엄마 대 엄마로서 고마움을 느꼈다. 고마워, 엄마소야. 네 우유를 빼앗아서 내 새끼를 먹일 수 있게 해주어서.

몰리는 고르지 않은 타일로 마감된 천장을 올려다보았다. 필립스 66에 여전히 주유소 냄새가 배어 있다는 사실이 놀라웠다. 졸리랜처 사탕과 소고기 육포가 뒤섞인 그 영원한 냄새, 발굴 현장의 흙먼지 냄새가 얇게 한 겹 덮여 있는 그 냄새. 몰리는 초조하게 모유가 나오기를 기다렸다. 그러나 초조해할수록 모유는 나오지 않았다.

그녀는 다시 두 개의 동전을 떠올려보았다. 듬직하면서도, 하찮은 것들.

젖병으로 젖이 쏟아졌다.

7

침실로 달려가보니 벤이—울면서—스스로 몸을 뒤집어 침대 가장자리 쪽으로 기어가고 있었다. 벤이 떨어지기 직전에 몰리가 붙잡았다. 아슬아슬했던 구조에 승리감을 느낄 수도 있었지만, 그 대신 벤이 얼마나 활동적이고 날쌘지 누구보다 잘 알면서도 아이를 혼자 방치했던 것에 대한 죄책감이 들었다.

그러나 죄책감에 탐닉하고, 자신의 행동을 되짚어보고, 미래를 구상할 시간은 없었다. 욕실에서 비브가 그녀를 부르고 있었고, 벤이 그녀의 목을 사랑스럽게 움켜잡고 있었다(벤의 손톱을 깎아주어야 한다고 벌써 며칠째 벼르고 있지만 손톱깎이를 들고 다가갈 때마다 벤은 너무나도 맹렬하게 손톱을 감추었다). 혼자 아이들을 돌보아야 하는 상황에 처하면, 상상 속의 발걸음소리가 들리건 들리지 않건 늘 심장박동이 빨라졌다. 다른 엄마들도 다 이런가. 늘 이렇게 살짝 겁에 질려 있을까. 다른 엄마들은 그렇지 않고 자신에게만 문제가 있는 것일까봐 걱정이 되었다. 아이들과 함께 있다는 건 정말이지 얼마나 엄청난 일인가, 매초 도사리고 있는 부상의 가능성, 그 아찔함을 선명하게 의식하며 매 순간을 보낸다는 것은.

벤이 그녀의 목에 키스하기 시작했지만 이제 막 배워가는 단계라 벤의 키스는 주로 벌린 입과 침과 치아로 이루어져 있었다.

비브가 변기에 앉아 긴 연설을 하고 있었다. "『자유의 여신상』 읽어주면 안 돼요? 아니 『버스데이 블루』 읽어주면 안 돼요? 아니 그거 말고 『와이 북』 읽어주면 안 돼요?"

매 순간, 아이들 때문에 미치고 아이들 때문에 마음이 녹았다. 미치고 녹고, 미치고 녹고, 미치고 녹고.

그녀가 불쾌한 키스를 음미했다. 그리고 비브에게 말했다. "알았어, 알았어, 알았다고. 잠깐, 『와이 북』이 어디 있는지 모르겠네. 에리카 왔을 때 『와이 북』 찾았니?" 몰리는 침실에서 나와 욕실로 향했다. 겨우 몇 걸음이었다. 바로 그 순간 현관홀을 지나치지 않았더라면 아마 놓쳤을 것이다. 장난감 보관함으로 쓰는 커피 테이블 뚜껑이 1센티미터 올라갔다가 곧바로, 살짝, 다시 닫히는 것을.

8

몰리는 뿌듯함을 느끼며 젖병 뚜껑들을 닫았다. 한 병에 거의 120밀리미터씩 담았다. 모유로 따듯해진 젖병들을 뺨에 대어보았다. 어느 정도는 동물적인 성취였고, 어느 정도는 신적인 성취였다. 그녀는 젖병들을 조그만 보냉 가방 속에 숨겨두고 지퍼를 잠갔다. 아마도 코리와 로즈는 그녀의 몸에서 나온 액체가 공동 냉장고 속 그들의 점심 옆에 놓이는 것을 원치 않을 것이다.

몰리는 후크를 채우고 단추를 잠갔다.

두어 주 전 아이들 사진을 컴퓨터 바탕화면으로 설정했다. 아이들은 체구에 맞지 않는 커다란 배낭을 메고 서로를 꽉 끌어안고 있었다. 두 아이 모두 웃지 않았다. 눈이 휘둥그레진 채, 겁에 질린 표정이었다. 소리지르며 웃다가 아주 잠깐 심각한 표정을 지은 아이들을 휴대전화 카메라로 우연히 포착한 사진이었지만 그토록 연약한 모습의 아이들을 보고 있자니 거의 괴로울 지경이었다. 큰 화면으로 보니 비로소 아이들이 얼마나 겁에 질린 표정이었는지 보였다. 몰리는 바탕화면을 바꾸어야겠다고 아마도 스무번째로 생각했다. 하지만 지금은 말고. 나중에, 시간 있을 때. 하하!

사무실에서 나와 맥주와 슬러시 코너를 개조하여 만든 간이주방으로 가는 길에, 몰리는 하마터면 우편물을 한아름 들고 있는 코리와 부딪힐 뻔했다. 그는 고식물학은 내 친구!라고 적힌 티셔츠를 입고 있었다. 로즈가 주문 제작해서 선물한 티셔츠로 세 장을 주문해 한 장씩 나누어주었다. 애들이 있는 사람은 결코 실행에 옮길 수 없는 사려 깊은 행동이었다. 몰리는 그 티셔츠를 잠옷 서랍 맨 아래 칸에 넣어두었지만, 코리는 잘 입고 다녔다.

"몰리 잘못이에요." 코리가 몰리의 코앞에서 과장스럽게 우편물을 흔들며 말했다. "로즈와 난 그저 앉아서 선사시대 식물 얘기나 하고 싶은 사람들이라고요."

그녀는 협박편지의 필체와 비뚤게 붙인 우표를 알아보았다. 지난 몇 주간의 공포, 그토록 고요하고 사적이었던 일이 그렇게 입소문이 나고 통제 불능 상태로 치달을 수 있다는 사실의 충격이, 아침 내내 외면했건만 이제 가슴속에 묵직하게 느껴졌다.

"미안해요." 몰리가 말했다. 필립스 66 발굴 현장이 온갖 관심을 받고 발칵 뒤집어진 것은 그녀의 잘못이었다. 두 아이의 엄마답게 수면 부족 상태로 배회하다가, 로즈와 코리(그리고 예전의 몰리)였다면 그저 바람을 타고 발굴 현장으로 굴러들어온 쓰레기 정도로 여겨 눈길도 주지 않고 내던져버렸을 물건들을 주워서 관찰했던 사람은 바로 그녀였다. 오직 벤을 낳은 직후의 종말적 피로감 속에서만 홀린 듯이, 찬찬히 매혹될 수 있는 것들이었다. 코리와 로즈와 샤이나는 질그릇 조각과 성경이 나왔을 때에야 비로소 몰리의 발굴품에 그나마 조금 진지한 태도를 보였다.

"괜찮아요." 코리가 말했다.

"우리가 그저 미관을 해치는 도로변 풍경이었던 시절이 좋았지." 그녀가 말했다.

그녀와 코리 사이에는 언제나 기꺼이 유머를 추구하겠다는 무언의 의지와, 심지어 그 유머가 실패하더라도 웃어주겠다는 대화의 관용이 있었다. 오랜 시간 함께 일했고, 수개월에 걸쳐 당혹스러운 화석들을 상대했으며, 그들이 느끼는 혼란에 대해 농담을 주고받아온 코리는 몰리에게 동생 같은 존재였다.

"그래도 로즈는 입장권이 잘 팔려서 아주 신이 났던데요. 최근에 우리 소셜 미디어 좀 확인해봤어요?"

물론 코리는 그녀가 확인해보지 않았다는 걸 알고 있었다. 소셜 미디어는 코리 담당이었고 몰리는 전혀 관심이 없었다.

"그나저나 로즈는 어디 있어요?" 몰리가 말했다.

"일찌감치 퀸시 식물 표본실에 갔어요."

"피피 플라워?" 몰리가 말했다. 그 단어는 늘 그녀를 미소 짓게 했다. 로즈는 자신의 최근 발굴품의 별명을 비브가 짓도록 허락해주었다.

"그거 말고 뭐겠어요."

로즈가 몇 달 전 발굴한 화석에 그들 모두가 집착하고 있었다. 혹은, 최근 발굴품이 주의를 분산시키기 전까지 집착했다고 해야 하나. 표본 발굴은 모든 고식물학자의 꿈이었다. 최대한 많은 특성(꽃, 수술, 꽃가루, 잎사귀, 뿌리)을 보유하고 있는 잘 보존된 식물 표본. 그 꽃은 난초나 붓꽃처럼 좌우대칭을 이루고 있었다. 그러나 전혀 난초나 붓꽃처럼 보이진 않았다. 지구상에서 알려진 그 어떤 종과도 달랐다. 필립스 66에서 발굴된 표본 중 상당히 높은 비율이 그러하듯이, 화석기록에서 피피의 위치를 파악하기는 어려웠다. 수많은 식물 표본을 확인해보고 수많은 전문가들을 만나보아도 마찬가지였다.

그래서 몰리와 코리와 로즈는 계속 앞으로 나아갔고, 점점 더 땅속 깊이 파고들어갔다. 언젠가는 모든 표본들이 제자리를 찾게 되기를 바라면서. 말이 안 되는 것이, 신기하게, 말이 되는 것으로 변환되기를 바라면서. 그러나 발굴 현장이 그들의 삽질과 괭이질에 수많은 화석들을 토해냈음에도 불구하고, 팔 년 동안 알아낸 것이 팔 개월간 알아낸 것보다 더 적은 경우도 종종 있었다.

하루하루 투자한 시간만큼 수확이 있는 직업을 갖는다는 건 어떤 기분일지, 몰리는 가끔 궁금했다.

"우리에겐 새 이름이 필요해요." 코리가 말했다. "피트 스톱*?"

그가 진지하게 하는 말인지 몰리는 파악할 수가 없었다.

"지금 내 메일함 터지기 일보 직전이에요." 로즈가 말했다. 이미 초조한 상태였던 몰리는 상사가 갑자기 나타나자 화들짝 놀랐다. "비브를 인턴으로 고용할까요? 주차장 봤어요? 입장권 가격을 올려야겠어요. 피피는 절대 난초과가 아니에요."

로즈는 대답을 기다리지 않고, 방금 나타났던 것처럼 순식간에

---

* Pit Stop. 자동차 경주에서 급유, 타이어 교체를 위해 정차하는 곳. 여기서는 발굴 현장(Pit)이 있는 정류장의 의미로도 쓰였다.

사라져버렸다.

"자, 그럼." 로즈가 사라지는 순간 밀려든 침묵 속에서 코리가 말했다. 두 사람은 로즈의 그런 태도에 익숙해진 지 오래였다. 퉁명스럽지만, 그러면서도 어딘가 카리스마 있는 태도. 그때 코리가 몰리를 똑바로 쳐다보며 말했다. "애들 때문에 많이 힘들어요?"

"네?" 갑자기 민감해진 몰리가 물었다. 눈 때문인가? 아니면 피부? 그녀는 지친 엄마처럼 보이지 않으려 애썼다. 직장에서는 아예 엄마처럼 보이지 않으려고 애썼다. 중성적으로 옷을 입었고 피로를 드러내지 않으려 애썼다.

"진정해요!" 코리가 말했다. "별거 아니니까. 실은, 어젯밤에 차를 몰고 가다가 몰리가 마트 주차장을 가로질러 뛰어가는 걸 봤거든요. 울고 있지 않았어요? 차를 세울까 했는데 이미 좌회전 차선에 들어선 뒤여서."

"나 어젯밤에 거기 안 갔는데요."

"괜찮아요." 그가 말했다. "몰리, 나도 그런 적 있어요. 지난 주말에는 이케아에서 펑펑 울었다니까요. 조명 매장이었어요. 눈이 부시더라고요. 데이비드는 벌써 부에노스아이레스로 떠났어요?"

"오늘 아침에요. 일주일 동안이요. 진짜 진지하게 말하는데, 나 거기 안 갔어요."

"알았어요. 내가 잘못 본 거겠죠."

코리는 못 믿는 눈치였다. 몰리는 짜증이 치밀었다. 그러나 몰리는 자신이 짜증을 빨리 떨쳐내는 사람이라고 믿고 있었다.

"곧장 재활용품 수거함으로?" 우편물을 가리키며 그녀가 물었다.

"로즈가 얘기 안 하던가요? 편지가 갈수록 더 많아져서 이제 전부 다 분류해서 보관해야 한다던데요. 만약을 대비해서요. 파일에 이름표를 붙여놓고 있어요. 죽이겠다는 협박. 지옥에 가라는 협박. 가족 관련 협박. 영혼 관련 협박. 코리의 하룻밤 연인에 관한 협박."

성경에 관한 소문이 퍼진 이후 그들 세 사람에게 꽤 잘 먹혔던 종류의 블랙 유머였지만 지금 몰리는 웃을 수가 없었다.

"안내할 거죠?" 코리가 휴대전화를 흘긋 쳐다보며 말했다. "금요일은 몰리 담당이잖아요."

"설마 벌써 열한시라고는 말하지 말아요."

"아직 사 분이나 남았어요. 마지막으로 세어봤을 땐 서른세 명이더라고요. 화장실 창문에서 세어봤어요. 혹시 저 사람들이 미치광이로 판명되면, 사무실에 있을 테니까 나 불러요. 알았죠?"

9

그녀는 벤을 품안에 가둔 채(꼼지락, 꼼지락) 꼼짝 않고 서 있었다. 커피 테이블 뚜껑을 쳐다보면서, 방금 본 것이 자신의 상상인 척하려 애썼다.

몰리는 계속되는 비브의 독백에 귀를 기울였다. "그래서 내가 말했어요, '아빠 『와이 북』 어디 있는지 알아요?' 그랬더니 아빠가 말했어요, '아마 엄마가 알 거야.' 그래서 내가 엄마한테 물었어요. '엄마 『와이 북』 어디 있는지 알아요?' 그랬더니 엄마가, '아빠한테 물어봐' 그랬잖아요. 기억해요? 그래서 내가 벤한테 물었어요. 벤은 알고 있다는 걸 내가 알거든요. 벤이 어딘가에 숨겨놓고 나한테 말을 안 해주는 거라고요. 하지만 두 살이 되면 말을 할 수 있을 테니까 그때는 『와이 북』이 어디 있는지 말해주겠죠. 그런데 아직 아기인 벤이 『와이 북』을 숨겨놓고 지금 나한테 말도 해줄 수가 없어서 살짝 화가 나요. 아니면 도러시도 『와이 북』이 있으니까 도러시

네 집에 가서 『와이 북』을 가져오고 대신 도러시 베개 밑에 1천 달러짜리 지폐를 숨겨놓으면……"

"비비언," 몰리가 커피 테이블에 시선을 고정한 채 비비언의 말을 잘랐다. "지금 당장 네가 아주 중요한 일을 해주어야겠어."

"뭔데요?" 비브는 곧바로 하던 말을 멈추고, 긴장하며 속삭였다.

"첫째, 혼자 변기에서 내려와. 둘째, 현관홀 벽장문을 열어. 셋째, 벽장 안쪽에서 야구방망이를 찾아. 넷째, 너의 그 튼튼한 팔로 방망이를 들고 엄마한테 가져다줘."

"그럼 내 질 닦는 건 어떻게 해요?"

"이번엔 안 해도 돼."

"와! 신난다! 질 안 닦는다!"

"지금 당장." 그녀가 말했다. "내가 말한 네 가지를 해."

비브가 무기를 챙기는 동안 현관홀로 들어가는 문은 몰리가 지킬 수 있었다.

어쩌면 방망이라는 말을 꺼낸 것만으로도 침입자가 겁에 질렸을 수 있었다.

어쩌면 방망이로 커피 테이블의 뚜껑을 내리치고 또 내리쳐서 침입자가 기절하거나 죽으면 그때 경찰을 부를 수도 있었다. 그러면 그를 볼 필요조차 없을 것이고, 살갗에, 얼굴에 방망이가 닿는 느낌도 없을 것이고, 말을 섞을 필요도 없을 것이다.

10

몰리는 인간의 젖을 냉장고에 넣은 다음 소의 젖을 꺼냈다. 전기
주전자를 켜고 얼그레이 디백을 하나 꺼내 그 위로 우유를 끼얹곤
물이 끓기를 기다렸다. 문득 몇 주 전 처음으로 이 차가 얼마나 이
상한 음료인지 생각했던 일이 떠올랐다. 그뒤로는 차를 만들 때마
다 그 생각을 하게 되었다. 말린 찻잎을 뜨거운 물에 흠뻑 적신 다
음, 그 위에 다른 종種의 젖을 붓다니. 그런 관점에서 본다면 야만
적인 음료였지만, 이것은 관람객을 상대하기 전에 그녀에게 필요
한 문명의 이기였다.

그녀가 3월의 여린 화사함 속으로 들어섰다. 주차장에는 다양한
차들이 있었다. 번쩍거리는 렌터카, 찌그러진 미니밴, 요란하게 칠
한 히피밴, 오토바이 두 대, 자전거 세 대. 예전에 주유 펌프를 비
바람으로부터 보호할 목적으로 설치된 차양 밑에 코리가 의자들을
네 줄로 배열해놓았다. 전에는 한 줄뿐이었다. 오늘은 서른 명 넘

는 사람들이 그늘에 앉거나 서서 그녀를 기다리고 있었다. 젊은 커플이 지금은 작동하지 않는 펌프에 기대서 있었다. 그들 뒤로 필립스 66의 간판이 보였고, 그 뒤로는 발굴 현장이 있었고, 그 뒤로는 고속도로 진입로가 있었다. 고속도로에서는 이곳이 황폐한 주차장 옆에 있는 평범하고 오래된 주유소처럼 보였다.

어린아이 넷이 있어서 다행이었다. 어른들은 아이들 앞에서는 공격적으로 변할 확률이 적기 때문이었다. 아이들은(형제이거나, 오 분 만에 친구가 되었거나) 필립스 66 간판 근처에서 서로를 쫓아다녔다.

기다리던 사람들이 한 명씩 그녀를 주목했다. 클립보드와 몰리 나이, 지질학 학사, 식물학 석사라고 적힌 이름표. 그들이 서로를 조용히 시켰다. 관람객의 규모와 상관없이 이런 순간은 늘 그녀에게 감동을 주었다. 사람들이 잠자코 귀를 기울이기로 하는 암묵적 합의의 순간.

그러나 성경에 관한 소문이 퍼지기 시작한 뒤로 몰리는 관람객들을 안내하는 일이 싫어졌다. 그들과 인사를 나누는 동안 그녀는 초조해졌다. 어떤 사람들을 만나게 될지 알 수 없었다. 종교운동가인지 여성운동가인지, 수상한 기자인지 수상한 학자인지, 호기심 많은 마약중독자인지 호기심 많은 노인인지.

그녀가 두려워하는 사람들은 외모가 험상궂은 사람들이 아니었다. 흔히 외모가 가장 사나워 보이는 사람들이 행동은 가장 온순했다. 그녀를 불안하게 만드는 사람들의 특징을 딱히 말로 표현할 수는 없었다. 그들은 종종 겉으로는 가장 무해한 사람처럼 보였다. 그런데도 그들을 보면 아무 이유 없이 소름이 돋았다. 이 주 전에 왔던, 특별히 눈에 띌 게 없었던 그 여자처럼. 청바지에 스웨트 셔츠를 입고 야구모자를 쓴 수수하고 뼈만 앙상한 삼십대 여자가 구부정한 자세로 뒤쪽에서 서성거리고 있었는데, 그녀에겐 어딘가 묘한 구석이 있었다. 그저 사무적으로 안내를 진행하는 동안 그 여자의 무언가가 자꾸만 몰리의 시선을 끌었고, 그러다보니 여자가 성경이 전시되어 있는 유리 진열장(입장권 판매량이 늘자 로즈가 아이디어를 낸 것이었다)에 가까이 다가가기 위해 사람들을 세게 밀어제치는 것을 알아차릴 수 있었다. 어느 순간 여자가 몸을 떨기 시작했다(물론 성경과의 조우에 그토록 격한 반응을 보이는 사람이 그녀가 처음은 아니었다). 두 사람의 눈이 마주쳤고, 여자의 눈은 슬프고 연약하고 충혈되어 있었다. 아무 잘못 없는 사람을 이렇게 싫어하다니 자신이 너무도 비이성적이고 편협한 인간이라는 생각에, 몰리는 설명을 중단하고 여자에게 괜찮아요? 도와드릴까요? 좀 앉으시겠어요?라고 물어야겠다고 생각했다.

그러나 친절을 베풀 기회를 포착하기도 전에, 천장에서 바닥까지 이어진 주유소 창문 밖의 움직임에 몰리의 주의가 분산되었다. 주차장에서 어린아이 하나가 건물 쪽으로 달려오고 있었다. 그 아이는 비브였고, 그 뒤에서 에리카가 벤을 안고 달려왔다. 에리카는 가끔 금요일 오후 근무가 끝날 무렵 아이들을 데리고 와 몰리를 놀래주곤 했다. 코리는 벌써 비브를 맞이하려고 문을 열고 있었다. 코리는 비브를 귀여워했다. 이것은 엄마로서 드물게 경험하는 달콤하고도 편안한 순간이었다. 그들을 귀여워하는 어른들과 함께 있는 내 아이들의 모습을 바라보는 어느 늦은 오후, 일과 가정의 편안한 뒤섞임, 빨리 안내 일정을 마치고 아이들을 안아주고 싶은 이 뜨거운 열망. 비브가 문을 지나고, 모여 있는 사람들 사이를 가로질러 몰리에게 달려왔다. 벤은 에리카의 품을 벗어나 엄마에게 안기려 했고, 관람객들이 따스하게 웃으며 두 사람의 만남을 위해 길을 터주었다. 그 여자는 마지막 순간 아이들을 의식하며 아주 살짝 비굴한 몸짓으로 아이들에게 고개인사를 했지만, 어쩌면 그건 몰리의 상상일 수도 있었다. 에리카와 코리가 아이들을 서둘러 안쪽 사무실로 데려갔다. 몰리가 다시 관람객들에게 주의를 돌렸을 때 여자는 보이지 않았다. 주차장에서 검은색 렌터카가 너무 빠르게 후진하고 있었다.

투어가 끝난 뒤 질의응답 시간이 이어지는 동안, 그리고 코리가 데리고 있던 아이들을 차에 태우고 카시트에 앉히기까지 한바탕 소동을 겪는 동안, 여자가 불러일으켰던 섬뜩한 감정은 전부 다 지워졌다. 바로 그날, 저녁식사를 하다가 벤이 코피를 흘렸다. 가느다란 한줄기 피가 닦아내고 닦아내도 코에서 흘러나와 입술, 턱, 목, 가슴으로 흘러내렸다.

11

몰리는 발버둥치는 벤을 꽉 끌어안았다. 비브가 벽장에 다다랐다. 벽장의 여닫이문이 열리는 소리가 들렸다. 비브가 코트와 모자와 스카프와 신발과 공과 장난감 사이를 뒤지는 소리도 들렸다.

비브가 야구방망이를 들고 오는지 돌아보았지만 현관홀에는 아무도 없었다. 그녀의 품안에서 벤의 몸이 뻣뻣해질 때에도 그녀는 현관홀 쪽을 돌아보고 있었다. 몰리가 얼른 고개를 다시 돌렸다. 벤은 본능적인 영장류의 악력으로 그녀의 셔츠를 움켜잡은 채 커피 테이블 쪽을 바라보고 있었다.

침입자의 흔적은 없었다. 커피 테이블에서 새어나오는 숨소리도.

그러나 커피 테이블은 어딘가 전과 다른 기운을 품고 있는 것 같았다. 모서리가 어딘가 더 날카롭게 느껴졌고, 광채가 번득이는 것 같은 초현실적인 느낌이 배어났다.

말 같지도 않은 소리.

12

몰리는 관람객을 27미터 거리에 있는 발굴 현장으로 안내했다. 몰리는 이 독특한 고생물학 발굴 현장에 특별한 관심을 가져주어서 고맙다고 말했다. 마치 그들이 무엇 때문에 필립스 66에 왔는지 모른다는 듯이. 몰리는 언제나처럼, 로즈 모토 박사의 이야기를 했다. 인근 화석 발굴 현장에서 박사 논문을 마무리하던 중 방치된 주유소 인근의 들판에 화석이 풍부하게 묻혀 있다는 의심을 품었고 (몇 차례의 은밀한 야간 방문 이후) 어느 순간 확신하게 되었다는 이야기였다. 가장 좋아하는 고모할머니로부터 얼마간의 유산을 물려받은 뒤 로즈는 오랫동안 매물로 나와 있던 이 땅을 매입할 수 있었다.

그로부터 얼마 안 되어 모토 박사의 발굴 현장에서는 상당수의 화석들이 나왔다. 하루에 오십 점, 칠십 점, 때로는 백 점까지. 그런데 이상하게도 로즈와 로즈의 팀이 현장에서 발굴을 시작한 이후 지난 팔 년간 찾아낸 것들 중 15퍼센트 정도는 여태까지 알려진 화석이나 현대 식물군에 일치하지 않았고, 따라서 전문가들 사이에 엄청난 논란을 일으켰다. 그중에는 이 화석들이 가짜라는 비난도 있었다. 고식물학자에게 자신이 발굴한 화석을 화석기록에 위치시키는 일은 쉽지 않은 경우가 많고, 전혀 새로운 분류군이 등장하는 일도 허다하지만, 필립스 66을 특별하게 만든 것은 미확인 화석의 양이었다. 모토 박사는 그들이 발굴한 것을 이해하는 데 도움을 주고자 현장을 방문하는 국내외의 모든 고식물학자들을 자유롭게 초대했고 따뜻하게 환영했지만, 여전히 이 발굴 현장을 이해하는 것은 힘든 일이었다.

그러고 나서 몰리는 늘 하던 농담을 했다(원래 코리가 하던 농담을 그녀가 훔쳤다). 고식물학 발굴 현장이라 공룡 화석은 없어서 미안하다는 말이었다. 지구상에 동물보다 잎사귀가 얼마나 더 많은지를 생각해보라고. 따라서 비록 재미는 덜하지만, 식물화석이 동물화석보다 훨씬 더 많다고.

몰리는 다시 사람들을 낡은 주유소로 안내했다. 주유소의 앞쪽 절반 공간에는 임시로 만든 전시실이 있었다. 전시실은 현장에서 발굴된 것들 중 가장 인상적이고 불가사의한 화석들을 진열해놓은 유리 진열장들로 꽉 채워져 있었다. 로즈가 피피 플라워에 대해 더 이상 알아낼 것이 없다고 판단하면, 그것도 이 전시실에 추가될 것이었다. 모든 화석에 붙여놓은 로즈의 심오한 해설은 보통, 요즈음에는 더더욱 아무도 읽지 않았다. 문을 통과하는 순간, 몰리는 사람들이 소품 진열장 쪽으로 목을 길게 빼는 것을 느낄 수 있었다. 그곳에는 지난 아홉 달 동안 그녀가 현장에서 발굴한 각종 물건들이 두 개의 조그만 유리 진열장에 들어 있었다. 몰리는 성경을 항상 투어의 맨 마지막까지 기다렸다가 보여주었다. 감정이 격해지는 시간을 되도록 줄이기 위해서였다.

점점 더 그것들을 상자에 담아 책상 밑에 두었어야 했다는 생각이 들었다. 아무도 모르게 숨겨두었어야 했다. 왜 그것들을, 특히 성경을 보여주고 싶어서 안달했던가?

몰리는 다양한 화석을 소개했다. 이 식물이, 혹은 저 식물이 너무도 완전히 멸종되어서 화석기록에서 그 어떤 연결고리도 없이 고립되어 있다는 사실에 대해 관람객들이 생각해보도록, 그녀가 가진 역량을 최대한 동원했다.

그러나 마침내 그 물건들이 진열되어 있는 두 개의 진열장에 다다르면, 그녀는 입을 다물었다. 몰리는 자신이 발굴 현장 밑바닥에서 그랬던 것처럼 사람들이 그 물건들을 직접 체험할 기회를 주었다. 익숙하지만 아주 살짝, 그러나 근본적으로 다른 물건이 풍기는 섬뜩함을. 빨간 바탕에 흰색 글씨가 오른쪽이 아니라 왼쪽으로 살짝 기울어진 코카콜라 병. 잠깐, 내가 착각하는 건가? 보통의 것보다 조금 더 깊고 좁은 녹슨 알토이즈 통. 질그릇 조각이 던지는 매혹적인 암시. 그리고 비브가 가장 좋아하는, 유니폼 뒤쪽 구멍으로 원숭이 꼬리가 삐져나와 있는 조그만 플라스틱 장난감 병정.

"여기 박물관이에요, 아니면 꿈이에요?" 며칠 전 투어에 온 휠체어 탄 여자아이가 물었다.

몰리는 고도로 숙련된 장난으로 보는 것이 가장 합리적이라는 샤이나(그리고 코리, 그리고 로즈)의 평가에 동의했다. 그러나 대체 어떤 장난꾸러기가—제아무리 고도로 숙련된 사람이라고 해도—각기 다른 시대에 속한 물건들을 무작위로 골라 그토록 진짜 같은, 그토록 완벽한 물건들을 만들 수 있단 말인가? 물건들의 기이함은 제쳐두고라도, 그것들은 제각기 특정 시대에 비슷한 수준으로 흔했던 물건들이었다. 콜럼버스가 아메리카에 오기 이전 시대의 질그릇 조각, 1900년대 초반의 성경, 1960년대의 장난감 병정, 1970년대 중반의 코카콜라 병, 1980년대의 알토이즈 통.

어쨌건, 투어에서 몰리는 그 물건들이 스스로를 대변하게 했다.

성경은 9.5센티미터에 14센티미터로 자그마했고 두께는 3.8센티미터 정도였다. 오른쪽 하단 모서리가 물에 조금 훼손되었고 적갈색 제본은 낡아서 군데군데 분홍색이 되었다. 표지에는 황금빛으로 성경 Holy Bible이라고 적혀 있었다.

겉보기에는 평범한 구닥다리 성경이었다.

로즈는 첫 페이지를 펼쳐 진열장 안에 넣어두었다.

태초에 하느님이 천지를 창조하시니라.

땅이 혼돈하고 공허하며

흑암이 깊음 위에 있고

하느님의 영은 수면 위에 운행하시니라.

하느님이 이르시되 빛이 있으라 하시니 빛이 있었고

빛이 하느님이 보시기에 좋았더라.

하느님이 빛과 어둠을 나누사

그녀가 빛을 낮이라 부르시고 어둠을 밤이라 부르시니라.

사람들이 유리 진열장 주위로 바짝 붙어섰고, 지루해진 아이들은 화석 진열장 주위로 8자를 그리며 뛰어다녔다. 몇 명이 익숙한 글귀를 읽으며 입을 움직였다. 몰리는 그들의 표정을, 그들의 경탄을 바라보았고, 그러면서 다시 한번 그녀 자신이 경탄했다.

성경을 볼 때마다, 심지어 유리장 안에 있는데도, 몰리는 몇 달 전 처음 흙속에서 파냈을 때 그랬던 것처럼 위험한 에너지가 손끝에 차오르는 것을 느꼈다. 적갈색의 책 모서리를 보는 순간의 그 희열, 그때까지 그것을 알아차리지 못했다는 충격, 그것이 방금 솟아났을 거라는 황당한 확신. 몰리는 그 순간 아주 미묘하게 중력이 강해지는 것 같은 느낌을 받았다. 지금도 그 느낌이 생생했다. 현장에서 그녀를 아래로 잡아당기던, 조금 더 묵직해진 힘.

샤이나를 부르기 전에, 그녀는 성경을 집어들었고, 흙을 털어냈다.

바로 이 첫 페이지를 펼치기 위해서. 익숙한 글귀를 훑어보기 위해서. 새로운 대명사와 충돌하기 위해서.

신을 지칭하는 바로 그 대명사.

13

비브가 현관홀에서 몰리의 뒤쪽으로 다가올 때까지 몰리의 시선은 계속 커피 테이블에 고정되어 있었다. 단호함과 경쾌함이 어우러진 비브의 발걸음. 비브를 임신했을 때 몰리는 갓난아이가 생기는 건 상상했지만 어린아이가 생기는 건 상상하지 못했다. 조수이자 동료이자 협력자인 아이. 복잡한 지시 사항을 수행할 수 있는 아이. 무기를 가져올 수 있는 아이.

몰리가 벤을 왼팔로 바꾸어 안고 방망이를 받아들기 위해 오른팔을 뒤로 뻗었다. 방망이에 닿으려 손을 뻗으면서도 막상 손에 넣으면 그걸로 무얼 할 수 있을지는 생각하지 못했다.

상황을 잘못 이해한 비브가 엄마의 손을 잡고 힘을 꽉 주었다. 비브의 행동이 너무도 어른스럽고 너무도 든든해서 몰리는 눈가가 촉촉해졌고 두려움과 함께 마음이 약해지는 것을 느꼈다. 마음이 약해지니 두려움이 더 커졌다. 앞으로 육십 초 혹은 삼십 초 혹

은 오 초 내로 이 아이 혹은 아이의 남동생에게 그 어떤 끔찍한 일
도 일어나선 안 되었다. 젖이 흘러내렸다.

"방망이bat." 몰리가 속삭이고는 비브의 손에서 자신의 손을 빼
며 초조하게 손가락을 꼼지락거렸고, 그동안 시선은 커피 테이블
뚜껑에 고정했다.

"네." 비브가 속삭이며 몰리의 손바닥에 보드라운 가죽 질감의
물건을 올려놓았다.

노마 숙모가 지난 핼러윈 때 비브에게 선물한 동물 인형, 박쥐bat
였다.

14

 이번 관람객들 중에는 유독 미소를 머금고 고개를 끄덕이는 사람이 많아서 다행이었다. 안내가 끝나고 다시 건물 밖의 차양 밑으로 돌아와서 진행된 질의응답 시간에, 전부 예상했던 질문들이 나왔다.

 몰리는 탄소연대측정법에 대해 대답하는 중에(아뇨, 그 방식을 사용할 수 없어요, 화석들이 너무 오래됐거든요. 아뇨, 발굴품의 진위여부는 단정할 수 없어요. 질그릇을 제외하면 전부 너무 최근 제품들이지만, 반경 내에 유기물질이 발견되지 않아서 탄소연대측정이 불가능했어요) 노마 숙모네 집 화초에 며칠 전 물을 주었어야 했다는 생각이 떠올랐다. 일요일 밤에 아이들을 데리고 숙모네 집에 갈 계획이었지만 그때 데이비드가 아르헨티나 공연에 관한 전화를 받았다. 노마 숙모는 화초에 유난스러웠고, 그녀의 화초들도 유난스러웠다. 아마 지금쯤 죽었을지도 몰랐다. 퇴근 후에 노마의 집에 들를 시간이 있을지 생각하고 있는데(노마의 집 열쇠가 내 열쇠고리에 있겠지?), 아이 둘을 무릎 위에 앉히고 맨 앞줄에 앉아 있던 중년의 남자가 손을 높이 들었다.

"실례합니다." 필요 이상으로 큰 목소리로 남자가 말했다. "참 좋은 분 같아요."

몰리는 정신이 번쩍 들었다. 초조했다.

"결혼반지를 끼셨네요." 그가 말을 이었다.

그녀는 반사적으로 고개를 끄덕이고는 등뒤로 양손을 움켜잡았다. 손가락이 축축했다.

"아이가 있으신가요?" 그가 말했다.

그녀는 흠칫했다가—모르는 남자가 이런 걸 궁금해하는 건 사생활 침해가 아닌가? 하지만 이 남자가 내가 엄마라는 사실을 안다고 해서 무슨 해를 끼칠 수 있겠어?—고개를 끄덕였다.

"다행이네요." 그가 말했다. "다행이에요. 훌륭합니다. 축하해요."

그 순간 거의 감당하기 힘든 수준의 긴장감을 느낀 사람은, 한낮의 고속도로와 새들의 소음이 들리지 않을 만큼 위협을 느낀 사람은, 이 황량한 들판에 무슨 일이 일어날 것만 같다고 느낀 사람은 오직 그녀 한 사람뿐이었을까? 아니면 관람객들 역시 그 남자를 미심쩍어하고, 불안해하며, 심지어 그들의 가이드인 그녀를 보호하려는 마음으로 남자를 주시했을까?

젖꼭지에서 두 줄기로 흘러내린 젖이 그녀의 브라를 살짝 적셨다.

"괜찮으시다면," 남자가 말했다. "아이들과 제가 당신의 영혼을 위해 기도를 해도 될까요?"

15

몰리는 박쥐를 바닥에 던졌다.

"배티가 아프잖아요." 비브가 속상한 표정으로 말했다.

그녀는 손을 잡고 비브를 현관홀 쪽으로, 벽장 쪽으로 끌기 시작
했다. 야구방망이를 꺼내는 동시에 아이들을 지키기 위해서였다.

비브는 맨발로 바닥에 힘을 주고 서서 버텼고, 엄마가 잡아끌 때
마다 비브의 살갗이 밀려 찍찍거리는 소리가 났다.

"당장 엄마 따라오지 못해." 몰리가 고함처럼 속삭였다.

"하지만 우리 커피 테이블 속에 사슴이 있는걸요." 비브가 말했다.

사실이었다.

커피 테이블 뚜껑이 활짝 열려 있었고 그 위로 사슴 머리가 떠다
녔다.

사슴 머리가 저 혼자 떠다니고 있던 것은 아니었다. 검은색 터틀
넥에 검은색 후드티셔츠와 검은색 바지를 입은 사람이 사슴 머리

를 쓰고 어둑어둑한 거실에 서 있었던 것이다.

비현실적이면서도 한편으로는 친근한 느낌이 밀려드는 이유를 파악하기까지 오래 걸리지 않았다. 그 사슴 가면은 데이비드가 몰리에게 생일 선물로 준 것이었다. 다시 젖이 흘렀고, 이번에는 좀 더 집요하게 흘렀다. 데이비드가 종이반죽으로 만들어 황금색 스프레이로 칠한 가면이었다. 머리 전체를 덮는 가면에는 좁은 주둥이, 가느다란 눈, 날카로운 뿔이 달려 있었다.

몰리는 세 사람이 낭떠러지 앞에 서 있다는 듯, 비바람이 그들을 때리고 발밑의 자갈이 무너져내린다는 듯, 아이들을 꽉 붙잡았다. 움직일 수가 없었다. 그녀의 삶에서 앞으로의 몇 초를 어떻게 넘겨야 할지 알 수 없었다.

비브가 말도 안 되는 손놀림으로 몰리의 손아귀에서 자신의 손을 뺐다.

아이의 움직임이 엄마의 마비 상태를 해제했다.

몰리는 두 번 비명을 질렀다. 한 번은 비브에게, 한 번은 도와달라고.

그러나 비브는 이미 몰리에게서 벗어나 검은 장갑을 낀 사슴의 손에서 무언가를 받아들기 위해 손을 뻗었다. 『와이 북』이었다.

16

그녀의 영혼을 위해 기도해주고 싶다던 남자가 찌그러진 미니밴에 아이들을 태우고 주차장에서 빠져나갔다. 몰리는 차양 밑에 서서 그들을 지켜보았고, 그들이 떠나는 것을 확인했다.

그의 질문에도 불구하고, 질의응답 시간은 그럭저럭 차분하게 끝났다. 박수가 약간 나왔고, 두어 명의 수줍은 사람들—관람객 중에서 유일하게 실제로 고식물학에 관심이 있는 사람들—이 그녀에게 특정 화석에 대해 물어보려고 남았다.

몰리는 남자의 질문에 대한 자신의 반응—고개를 한 번 끄덕이고, 미소를 짓고, 고마워요라고 웅얼거린 후, 계속 설명을 이어간 것—이 영 떨떠름했다. 그런 자신의 모습이 못마땅했다. 용기 없고, 충돌을 피하고, 분노를 억누르는 모습.

그러나 만약 그의 질문에 전혀 공격적인 의도가 없었다면? 그가 단지 호의를 베풀려던 것이었다면?

몰리는 자신을 위해 기도해주겠다는 남자에 대해 코리에게 빨리 말하고 싶었지만 로즈에게는 말하지 않을 생각이었다. 로즈는 한때 과자 코너였던 자리에 놓인 책상에 앉아 편지봉투에 침을 바르고 있었다. 그녀의 팔꿈치가 바깥 방향으로 뾰족하게 튀어나왔다. 몰리의 불안에 대한 로즈의 덤덤하고 싸늘한 반응을 벌써 예상할 수 있었다. 그랬군요. 그래서요?

"편지봉투를 핥는다는 건," 로즈가 말했다. "참 원시적이네요. 투어는 잘 끝났어요?"

"그럭저럭요." 몰리가 말했다.

"이거 봤어요?" 로즈가 수많은 지원금 신청서, 과학 간행물과 미납 청구서 들로 가득찬 무정부 상태의 책상에서 잡지 한 권(힙한 글자체, 차분한 색상)을 집어들었고 그 바람에 서류들이 바닥으로 우수수 떨어졌지만 정리할 생각은 없어 보였다. "다음번 도로 여행에서 들러볼 만한 기이한 명소들! 미국을 최대한 즐기는 방법!" 그녀가 읽었다. "이거 혹시 놀리는 건가?" 로즈는 몰리의 대답을 기다리지 않고 복합현미경을 켠 다음 다이얼을 조작하기 시작했다.

"현장 나갈게요." 몰리가 말했다.

"일 너무 열심히 하지 말아요." 그러나 로즈는 주변의 모든 사람들이 언제나 너무 열심히 일하기를 바랐다.

코리는 연구실에서 치과용 탐침으로 맥기니티아* 잎사귀를 해부하고 있었다. 그는 관람객 남자 이야기를 듣고 안타까워하면서도 건성으로 흠 하고 소리를 냈다. 몰리는 본심을 말하려다가 멈칫했

---

* 팔레오세에서 시신세까지 북아메리카에 분포했다 멸종한 버즘나뭇과 식물.

다. 이 협박편지들을 좀더 진지하게 다루어야 하는 건 아닐까? 관람 안내를 중단해야 하는 건 아닐까?

"네시 투어는 내가 대신할게요." 그가 말하며 탐침을 내려놓고 바늘을 하나 뽑아들었다. 몰리와 로즈는 화석 해부 준비 작업에 아무 도구나 사용한다며 그를 놀리곤 했다. 그러나 그들 세 사람 중 코리가 준비 작업을 가장 잘했다.

"정말?" 그녀가 말했다. 코리가 이렇게 제안하도록 만드는 것이 그를 찾아온 목적의 전부는 아니었다. 삼 주 전 그 필요성이 대두되기 전에는 네시 투어가 아예 없었다.

"주말을 시작하는 완벽한 방법이잖아요." 그가 말했다. 자조적이지만 그러면서도 진심이었다.

현장으로 향하기 전에 몰리는 전시실에 들렀다. 몰리는 하루 중 이맘때를 사랑했다. 투어와 투어 사이, 불이 꺼지고, 화석들과 발굴품들이 특유의 정적, 특유의 흙냄새를 발산하는 이 시간. 몰리는 신자가 아니었지만, 이 성경만은 그녀에게 어떤 영향력을 행사했고 그녀의 피를 끓게 했다. 하느님이 뭍을 땅이라 부르시고 모인 물을 바다라 부르시니 그녀가 보시기에 좋았더라. 그럴 생각이 없었는데도 몰리는 마치 기도하듯 양손을 힘껏 모았다.

몰리가 전화를 걸어 혹시 1900년대 초에 하느님을 여성대명사로 칭한 성경을 인쇄한 적이 있는지 물었을 때, 영국성서공회의 여자는 기겁을 했다. "하지만 제가 지금 그런 성경을 갖고 있는데요." 몰리가 설명하는 도중에 여자가 전화를 끊었다.

평상시 같았으면 발굴 현장으로 내려가는 게 즐거웠을 것이었다. 그 밖의 삶으로부터의 약간의 휴식이랄까. 그곳에서는 그녀의 몸에서 젖을 요구하는 사람도 없었고 왜 소변이 노란색이냐고 묻는 사람도 없었다. 그러나 오늘, 현장으로 내려가면서, 그녀는 집중을 할 수 없을 정도로 아이들이 무지막지하게, 고통스럽게 보고 싶었다.

데이비드도 보고 싶었다. 공항에서 여러 악기를 들고 보안대를 통과할 그의 모습을 그려보았다. 언제나처럼 의심을 불러일으키는 커다란 악기 케이스들을 경유지에서 질질 끌고 다니다가, 마침내 그를 아주 멀리 데려가줄 비행기에 탑승하는 모습을.

그러나 결국엔 익숙한 절차들과 삽, 끌, 망치, 면도날의 움직임이 오랜 세월 그랬던 것처럼 그녀를 위로했고, 그녀를 잠식했다. 집중력에 장악되었고 시간이 그녀를 지나쳐 흘러갔다. 발굴 현장에 들어가 집중할 때면 몰리는 자신이 어머니라는 사실을 잊었다. 그녀는 한 쌍의 눈과 손 이상으로 존재하지 않았다.

그녀는 몇 시간 동안 너무 열심히 일했다. 낮시간에 동전 때문에 손해본 시간을 만회했다. 땅은 그녀에게 여덟 개의 견본을 내어주었다. 이미 여러 개의 온전한 견본을 확보한 잎의 변형들이었다.

일하다 말고 고개를 들어보니, 현장이 어두워졌고 하늘은 빛깔을 바꾸고 있었다. 이제 곧 아이들이 있는 집으로 달려갈 것이다. 문을 열고 또다른 삶으로, 은밀한 동물의 삶으로 들어서서, 사과를 자르고 콩을 해동하고 조그만 엉덩이들을 닦아주고 그녀의 몸이 고갈되고 또 고갈되게, 채워지고 또 채워지게 할 것이다. 그녀의 이름이 열정과 필요에 의해 하루에도 수십 번 불리는 그곳. 그녀의 침대에 각기 다른 크기의 네 개의 몸이 번갈아 드나들어 항상 따뜻하게 유지되는 그곳. 무언가를 찾아내기 위해 퇴적물을 느리게, 끊

임없이 파내는 발굴 현장의 시간과는 정반대인, 어수선하고 북적이는 혼돈의 그곳.

17

사슴이 『와이 북』을 선물처럼 비브에게 내밀었다.

비브는 가다가 멈춰 서서 망설였다. 마치 마법의 줄이 비브를 뒤로 당기는 것처럼, 몰리의 사랑으로 이루어진 그 줄, 아이를 어머니에게로 잡아당기는 탯줄이 낭떠러지 끝에 선 아이를 붙잡고 있는 것처럼. 비브가 몰리를 쳐다보았고, 비브의 눈은 휘둥그레진 채 반짝이고 있었고, 몰리는 생각했다. 그래, 바로 그거야. 가지 마. 엄마 곁에 있어.

그러나 그 생각을 하기 무섭게, 이제 거의 네 살이나 되었으니 비브도 가면 쓴 낯선 자에게 달려가지 않을 정도의 지각은 있다는 사실에 감사하려는 바로 그 순간 줄이 끊어졌고, 비브는 달려가 사슴의 손에서 『와이 북』을 낚아챘다.

비브는 책상다리를 하고 바닥에 앉더니 책장을 넘기기 시작했다.

거실에 침입자가 있었다. 이제 그들은 어느 때고 살해당할 수 있었다. 그런데도 아이들은 전혀 겁에 질린 것 같지 않았다. 그녀는 그 사실이 불안하기도 했고 안심이 되기도 했다. 토네이도가 다가오고 있음을 미리 아는 동물들처럼 아이들도 직감이 뛰어나다는 게 사실일까, 거짓일까?

품안에 있던 벤이 내려달라고 버둥거렸다. 몰리는 근육이 지친 상태였지만 힘을 주어 벤을 가두었다. 벤이 짜증내고 칭얼거리며 사슴 쪽으로 몸을 뺐다.

몰리는 문득 현기증을 느꼈다. 사슴에 관한 정보를 정리해보려 애썼고, 경찰에 신고하고 이 상황을 데이비드에게 상세히 설명하는 상상을 해봤지만, 아는 게 거의 없었다. 검은 옷, 황금색 가면, 커피 테이블 속에 서 있는 놀랍도록 침착한 태도, 그녀의 공간 안에 있으면서도 선명하게 배어나는 자신감.

너무도 무방비 상태인 자신의 처지가 충격적이었고 현기증이 났다. 데이비드는 수천 킬로미터 밖에 있었다. 그녀의 휴대전화 또한 아마도 몇 미터 밖, 현관 앞에 팽개쳐놓은 가방 속에 있을 것이었다. 전화를 가져오려면 돌아서야 했고 비브를 침입자의 발치에 방치해야 했다.

그녀가 가진 것이라고는 오직 자신의 몸과 말뿐이었고, 그 두 가지로 아이들을 구해야 했다.

"우릴 해칠 건가요?" 사슴에게 묻는 자신의 목소리가 조용하고 침착해 스스로도 놀랐다. 아이들을 자극하지 않기 위한 본능적인 노력이었다.

"누구를 해치는데요?" 비브가 『와이 북』에서 고개를 들며 말했다.

"제발, 원하는 게 뭔지 말해요." 몰리가 다그쳤다. 그녀는 마음을 다잡고 사슴을 똑바로 쳐다보았다. 그러나 데이비드가 눈구멍을 어찌나 좁게 만들어놓았는지 안을 전혀 들여다볼 수가 없었다. 그저 어두운 얼굴과 흐릿하게 어른거리는 눈빛뿐이었다.

"이게 뭐예요?" 멀리 어딘가에서 비브가 물었다.

침입자가 커피 테이블에서 나와 방충문 쪽으로 살금살금 걸어갔다. 아담하고 가냘픈 남자였다. 그 역시 너무도 나가고 싶어하는 것 같았고 몰리는 이렇게 해서 그들이 살아남는 건가 하는 생각이 들었다. 그러나 마지막 순간, 문을 나서기 전, 그가 장갑 낀 손을 들어 비브를 가리켰다. 그의 손가락이 위협적으로 날카로웠다.

18

일을 마치고 차에 올라탄 순간 데이비드가 작업중인 일렉트로닉 비트가 울려퍼졌다. 그는 배경음을 시디에 녹음해 틀어놓고 운전하면서 그 위에 무얼 얹을지 구상하기를 좋아했다. 아이들이 태어나기 전에는 저녁에 몰리가 그를 태우고 운전하곤 했다. 창문을 전부 다 열어놓고 음량을 최대로 올렸고, 그는 정면을 바라보고 음악을 들으면서 곡을 만들었다. 사십오 분 동안 한마디도 주고받지 않으며 그저 황혼과 어둠 속에서 차를 몰았지만, 몰리는 그럴 때 그와 가장 친밀한 느낌이 들었다. 마치 차가 그의 두뇌인 것처럼.

주차장에 차를 세우고 그들의 조그만 집으로 걸어들어갈 때 고마운 마음을 담은 묵직한 그의 팔이 그녀의 어깨에 얹어지던 그 느낌을 지금도 기억하고 있었다.

덕분에 멜로디도 없이 낮게 깔린 반복되는 리듬을 견딜 수 있었지만 오늘은 데이비드가 그리워서인지(그의 존재 자체가 그리웠고, 그의 뻐딱함과 그와의 결속감과 그녀의 영혼을 위해 기도하겠다는 남자에게 그가 내뱉을 예측 불가능한 말이 그리웠고, 그녀에게 그리고 이 집에서의 그의 쓸모가 그리웠고, 청소할 여벌의 손, 아이를 안을 여벌의 팔이 그리웠다) 그의 음악이 지루하지 않았다. 음악 없는 음악은 그녀를 지쳐 나가떨어지게 만든 평일의 일상으로부터 그녀를 분리하는 역할을 해주었다. 중단된 공사 현장을 지날 때, 완공되지 않아 목재 골조가 드러난 집들과 갈수록 딱딱하게 굳어가는 파헤쳐진 땅을 지날 때, 그의 음악은 훌륭한 사운드트랙이 되어주었다. 그다음엔 상가가, 황량한 대로가 나왔다.

이런 돌발 상황은 힘들었다. 아이들과 일주일을 혼자 버텨야 한다는 소식을 불과 며칠 전에 알려주다니. 그러나 그들에겐 돈이 필요했다, 늘 그랬듯이. 하지만 그녀는 지쳐 있었다. 그녀에게 기운이 남아 있는지 알 수 없었다. 아니 기운은 남아 있었다. 하지만 지금부터 다음주 토요일까지는 너무도 많은 식사, 너무도 많은 기저귀, 너무도 많은 투정이 있었다. 누군가가 토할 위험, 또다른 누군가가 바닥을 기어가 토사물을 만질 위험이 있었다. 어지럼증이 도지기라도 하면 어쩌지? 펑 도는 그 작은 불청객이 찾아오면? 더구나 내일 비브의 생일파티는. 데이비드가 출장 갔다고 해서 파티를 취소할 수는 없었다. 비브는 벌써 몇 주째 그날만 손꼽아 기다리고 있었다. 앞으로 스물네 시간 뒤 거실이 어떤 상태가 될지 생각만 해도 피곤했다. 바다를 주제로 한 물건들과 종이컵들과 냅킨들과 피냐타* 잔

---

* 주로 미국 내 스페인어권 사회에서 아이들이 파티 때 눈을 가리고 막대기로 쳐서 넘어뜨리는, 장난감과 사탕이 가득 든 통.

해들과 컵케이크 부스러기들과 쏟아진 주스. 그래도 에리카는 거기 있어줄 것이다, 물고기 복장을 하고서. 몰리는 에리카에게 돈을 조금 더 주어 처음 한 차례 청소를 도와달라고 할 수도 있을 것이다.

"물고기 파티 놓쳐서 좀 속상하네." 데이비드가 곤히 잠든 비브의 몸을 사이에 두고 그날 아침 일찍 침대에서 속삭였다. 그 말이 진심이라는 걸 알면서도 몰리는 기가 막힌다는 듯 눈을 크게 떴다. 그가 손을 뻗어 몰리의 목을 쓰다듬었다.

정신없이 돌아가는 일상 때문에 그녀와 데이비드가 섹스한 지도 일주일이 훨씬 넘었고, 이제 또 한 주가 지나갈 참이었다. 너무 지친 상태였지만, 그리고 그녀의 가슴이 가족의 공동 자산처럼 느껴졌지만(아기는 배가 고파서 빨고, 아이는 아기 흉내를 내며 빨고, 남편은 욕망 때문에 빨고, 유축기도 빨고) 몰리는 그들 침대의 침입자인 비브를 제 침대로 옮겨놓으라고 말했다.

데이비드가 비브를 안아들자 비브의 사지가 축 늘어지고 머리가 뒤로 젖혀지며 머리카락이 아무렇게나 늘어져서 마치 죽은 것 같았고, 몰리는 그 광경을 보지 않으려 눈을 질끈 감았다.

데이비드가 돌아와 방문을 잠글 때까지도 몰리는 눈을 감은 채로 있었다.

"그나저나, 벤이 잠옷을 안 입고 있네." 그가 말했지만 이미 그의 페니스가 몰리의 입안에 들어와 있었다.

"알아." 잠시 멈추고 몰리가 말했다.

"젠장, 당신 간밤에 벤한테 갔어?"

몰리는 하나 마나 한 대답을 할 기운이 없었다.

"벤이 추울까?"

"다른 얘기 하면 안 돼?" 그녀가 말했다. "아니면 아무 얘기도 안 하든가."

그녀는 그와 함께 문을 지나 다른 경지로 가고 싶었다. 그들이 단지 적나라하고 황홀한 목표를 향해 나아가는 두 개의 몸인 곳으로.

몰리는 아이를 낳기 전에 두 사람이 섹스를 엄청나게 많이 한 게 다행이라고 생각했다. 요즈음 그들이 하는 섹스는 그 모든 시간들의 반영이었고, 그 모든 섹스의 누적이었으며, 그들이 기억할 수 없는 시간들과 그들이 기억할 수 있는 시간들의 집합체였다.

그녀의 머리에 닿던 그의 손길은 얼마나 다정하던가. 그들은 함께 그 문을 지났고, 그녀는 기뻤다. 그가 그녀의 머리를 놓아주고 그녀가 그를 놓아주면 그녀가 그에게로 몸을 일으켰다. 예전의 방식대로 키스하기 위해서였다. 건포도처럼 메마른 엄마와 아빠의 건성 뽀뽀가 아닌, 입을 벌리고 치아의 야만성을 받아들이는 키스.

몰리는 오르가슴이 인간 존재 방식에 관해 우리가 가진 모든 믿음을 반박하는 현상이라는 인식이 널리 퍼져 있지 않은 게 이상했다. 오르가슴이야말로 다른 존재 방식이 가능하다는 증거가 아닐까? 인간이 이런 기분을 느낄 수 있다는 사실, 이 수수께끼 같은 힘에 완전히 사로잡히고 완전히 매혹당할 수 있다는 것, 비록 짧은 순간이나마 이런 느낌이 가능하다는 것이야말로, 우리가 대부분의 시간을 보내는 존재 방식은 그저 여러 가능성 중 하나일 뿐이라는 증거가 아닐까?

"당신을 증오하지만 사랑해." 두 사람 다 절정을 느끼고 나서 몰리가 그에게 말했다. 그와 나른하게 누워 있으니 기분이 좋았다. 부자가 된 기분이었다. 백만장자보다도 더.

"나도 당신을 증오하지만 사랑해." 그가 대답했다.

그것은 그들이 막 부모가 되고 지금까지 공유해온 모토였다. 당신이 아이들의 욕구의 폭풍에 휘말려 있는데, 당신의 배우자는 화장실을 쓰거나 샤워하거나 일하거나 잠자는 등 하고 싶은 일을 하고 있다면 때로 그를 증오할 수밖에 없기 때문이었다.

일주일쯤 전, 비브가 밤에 잠을 못 자고 여러 번 그들의 방으로 왔고, 결국 몰리는 잠을 포기하고 비브의 조그만 침대로 갔다. 덕분에 비브는 잠을 잘 잤지만 비브의 불면이 몰리에게 옮았다. 다음 날인 토요일 아침 데이비드가 악몽을 꾸는 바람에 잠을 거지같이 잤다고 투덜거렸다. 그러더니 자기가 싫어하는 걸 알면서도 왜 자꾸 자기 얼굴을 쓰다듬었느냐고 물었다. "대체 그게 무슨 개소리야?" 아이들이 들을까봐 낮은 목소리로 몰리가 버럭 화를 냈다. 난 네 자식들을 돌보고 있었다고. 거지같이 잔 거 좋아하시네. 나는 아예 못 잤어. 분명히 말하는데, 만약 내가 밤새 잠을 안 자고 누군가의 얼굴을 쓰다듬어야 했다면 그건 당신 얼굴은 아니었을 거야. 당신을 증오하지만 사랑해.

그때, 잠긴 문밖에서 조그만 목소리가 그들을 불렀지만 데이비드는 삼 초 전에 용케도 잠이 들었고, 결국 침대에서 일어난 사람은 그녀였다.

19

"이게 뭐예요?" 비브가 황금색 별 스티커로 뒤덮인 봉투 하나를 머리 위로 높이 쳐들고 물었다.

"그거 어디서 났어?" 방금 사슴이 빠져나간 문을 닫고 거실을 서둘러 가로지르며(이제는 민첩하게 움직이는 것이 가능했고, 힘들이지 않고 벤을 한 팔로 안을 수 있었으며, 아드레날린이 솟구쳤다) 몰리가 물었다.

"『와이 북』안에서요, 당연히." 비브가 말했다. 비브는 최근에 모든 문장을 당연히로 끝내는 습관이 있었다.

몰리가 재빠르게 다가가 비브의 손에서 편지를 낚아챘다. 새로운 위협을 상상하면서. 노르스름한 가루, 희끄무레한 가루.

"안 돼요." 비브가 항의했다. "그건 내 편지고 내 스티커가 붙어 있고 내가 찾았고 그러니까 내가 열어봐야 해요, 당연히."

"안 돼."

"내 편지 돌려줘요." 비브가 항의했다.

"독이 들어 있을지도 몰라." 몰리가 생각나는 대로 여과 없이 내뱉었다.

"독이 뭔데요?" 비브가 말했다.

"나쁜 거."

"얼마나 나쁜데요?" 비브가 겁에 질렸다.

"아주아주 나빠." 그녀가 벤을 비브 곁에 내려놓았다. 일단 편지를 뜯어보아야 했다. 그다음에 911에 신고할 생각이었다. "잠깐 벤 좀 봐줄래?"

겁에 질린 비브는 고분고분해져서 다시 『와이 북』으로 돌아갔다. "벤," 비브가 속삭였다. "나방이 왜 나비처럼 화려하지 않은지 알아?"

몰리는 주방으로 들어가 고무장갑을 끼고는 칼꽂이에서 가장 날카로운 칼을 뽑아들었다. 그녀가 황금색 스티커들을 갈랐다. 종이가 한 장 떨어졌고 수상한 가루는 보이지 않았다. 종이 한 면은 비브의 유치원 통신문으로 휴지와 종이타월을 추가로 보내달라는 내용이었다(젠장 자꾸 까먹네). 다른 한 면은 번호를 매긴 목록이었는데, 자홍색 잉크로 정성 들여 대문자로 써놓았다. 몰리는 그 펜의 색상을 알아보았다. 침실의 작은 책상 위에 놓인 유리병에 꽂혀 있는 펜. 침입자가 이 방 저 방 돌아다니면서 펜을 찾고, 통신문을 찾고, 스티커를 찾고, 사슴 가면을 찾고, 『와이 북』을 찾았다고 생각하니 소름이 돋았다.

1. V비브와 B벤에게 저녁을 먹이고 재울 것.

2. E에리카 7시 도착 예정.

3. E가 도착하면 차로 나올 것.

4. 나오지 않으면 영원히 후회할 것임.

5. 경찰은 당신이 미쳤다고 생각할 것임.

그러니까 그는 그들의 이름을 알고 있었다. 5번에 명시된 말에도 불구하고 그녀는 911에 전화할 것이다. 당연히. 그러나 당연히라는 말은 비브가 하는 말처럼 유치하고 부적절하게 들렸다.

몰리는 가방이 있는 곳으로 달려가 휴대전화를 꺼냈다. 배터리가 10퍼센트밖에 남아 있지 않았다. 에리카로부터 영문을 알 수 없는 문자가 와 있었다. 넵 가능해요 일곱시에 봐요. 몰리는 암호를 누르고 두 사람이 주고받은 문자를 확인했다. 몰리의 휴대전화에서 여섯시 십육분에 문자가 갔다. 갑자기 일이 생겨서요 미안하지만 오늘밤 몇 시간만 더 애들 봐줄 수 있어요? 여섯시 십칠분에 에리카로부터 답장이 왔다. 그럼요, 방금 술 약속 미뤄졌거든요. 오히려 잘됐어요. 여섯시 십팔분 몰리의 답장. 빠른 답장 감사! 곧 봐요. 일곱시에 올 수 있어요? 애들 둘 다 재워둘 테니까 와서 편하게 있어요.

"안 돼, 벤!" 비브가 소리쳤다. "그러면 찢어져!"

911을 부르는 건 더이상 가능한 선택지로 여겨지지 않았다.

단 한 단어도 그녀가 쓰지 않은 문자, 그녀가 컴컴한 다른 방에서 거울 앞에 웅크리고 앉아 있을 때 오고간 문자. 그러나 이것이 그녀가 쓴 문자가 아니라는 걸 경찰에게 어떻게 설득할 것인가(**경찰은 당신이 미쳤다고 생각할 것임**)? 더구나 그녀가 에리카와 주고받은 다른 모든 문자들과 전혀 구분이 가지 않는 어투라면?

필립스 66은 집에서 3킬로미터가 안 되는 거리라 몰리의 통근 시간은 짧았다. 그녀는 엑설런트 빨래방의 네온사인을 지나자마자 우회전했다. 이곳에 산 지 벌써 팔 년이 넘었는데도 사람을 피곤하게 하는 시끄러운 간선도로에서 벗어나 조그만 단층집들이 있는 고요한 거리로 들어설 때면 일종의 육체적인 반응이 일어나곤 했다. 이맘때면 보드라운 회색으로 변하는 동네, 나이든 나무들 밑으로 절뚝거리며 지나가는 나이든 여자, 어디선가 울고 있는 개, 몰리 자신도 느끼는 약간의 쓸쓸함, 빈약한 보도와 무성하게 자란 장군풀과 잘 가꾸어주지 않은 야생 능금나무들.

"갈퀴질해줘서 고마워." 그날 아침 커피를 내리며 그들의 자그마한 뜰을 바라보던 데이비드가 말했다. 그의 여행가방과 악기들은 문 앞에 놓여 있었다.

그가 무슨 말을 하는 건지 그녀는 알 수 없었다. 최근 그녀의 삶에 갈퀴질 같은 것은 존재한 적이 없었다. 그러나 그 문제를 파고들 시간이 없었다. 비브가 그녀를 현관홀 벽장으로 잡아끌면서 왼쪽 장화가 없다고 울기 직전이었기 때문이었다. 더구나 양손으로 한 움큼씩 오트밀을 떠먹고 있던 벤은 오트밀 덩어리를 천장에 던지는 실험을 막 시작한 터였다.

이제 집에 도착해 평행 주차를 할 필요가 없어 다행이라 생각하며 집 앞 보도에 차를 세울 때, 몰리는 비로소 트레이드마크처럼 그녀의 집을 빙 두르고 있던 낙엽이 사라졌음을 알아차렸다. 암울한 몇 달의 잔해를 치우고 집 주위로 걸어다닐 수 있는 길을 새로 터놓은 것은 누구인가, 혹은 무엇인가(바람이었나?).

그러나 현관문을 열고 블루베리 범벅이 된 벤과 마치 자유의 여신상 횃불처럼 마개를 연 보라색 마커를 오른손으로 높이 쳐들고 "생일! 생일!"이라고 외치는 비브를 본 순간, 몰리는 그 의문을 바로 잊었다.

21

나이프로 땅콩버터를 바르는 그녀의 손이 떨렸고, 빵을 받친 손도 떨렸고, 사과잼을 퍼낼 때도 떨렸고, 바나나를 자를 때도 떨렸다. 그러나 조촐한 저녁을 먹으면서 아이들은 평온하고 행복했고, 그녀가 알지 못하는 이유로 웃고 있었다. 그녀는 방안에, 혼자, 조용히 있어야 했다, 이제 어떻게 해야 할지 생각할 수 있도록. 그러나 그럴 시간이 없었다.

아이들을 침실로 데리고 가면서 몰리는 자신의 고분고분함에 놀랐다. **V와 B에게 저녁을 먹이고 재울 것.** 기억하는 게 맞는 것 같았다. 작전을 짜고, 전화를 하고, 도움을 청해야 할 것이다. 그럼에도, 앞으로 어떤 일이 닥칠지는 몰라도, 이 지시 사항은 안전하게 느껴졌다. 반드시 아이들을 잘 먹이고, 반드시 아이들을 잘 재우라는 얘기였다. 몰리는 침실 문을 잠그고 창문을 잠그고 커튼을 내렸다. 그리고 전등을 켰다.

하루 일과의 이 마지막 삼십 분, 지친 두 아이의 욕구를 충족시켜주기 위해 부산을 떨 때면, 데이비드 없이는 감당할 수 없을 것 같은 기분이 들곤 했다. 그러나 오늘은 아이들이 블록을 주워 담을 때 통을 들고 서 있는 일이 성스럽게 느껴졌다. 비브는 블록을 통에 던져넣을 때마다 색상을 말하며 재미있어했고, 벤은 기다란 파란색 블록을 입에 물고 기어왔다.

"빨강." 비브가 말했다. "초록. 초록. 초록. 파랑. 빨강. 노랑. 파랑. 파랑. 빨강."

다시 아이들하고 여기 이렇게 무릎 꿇고 앉을 수 있을까?

나오지 않으면 영원히 후회할 것임.

비브가 벤의 관심을 끌기 위해 벤의 눈 바로 위에서 손가락을 꼼지락거렸고 그동안 몰리는 기저귀를 갈았다. 비브에게 벤의 잠옷을 고르게 했다. 비브는 자기가 입던 발 달린 보라색 잠옷을 골라왔다. 잠옷에는 가슴 부분에 아이스크림콘 문양이 수놓아져 있었는데 비브가 그 아이스크림을 핥는 시늉을 했다. 비브의 머리가 벤의 턱을 쳤고 벤이 울음을 터뜨렸다. 비브가 벤에게 조용히 하라고 소리질렀다. 비브가 벤에게 조용히 하라고 속삭였다. 벤이 진정했다. 비브는 고래 의상을 입고 자겠다고 했다. 몰리는 안 된다고 타일렀다. 비브는 물고기 잠옷으로 타협했다. 비브가 몰리에게 바다 소리를 배경음악으로 틀어달라고 했다.

"엄마 손이 떨리고 있어요." 비브가 말했다.

몰리는 진정하려고 더 애썼다.

세 사람이 비브의 좁은 침대로 올라갔고 몰리는 비브가 벤의 머리카락 냄새를 맡는 동안 벤에게 젖을 먹였다. 벤이 유축기보다 훨씬 더 빠르고 완벽하게 젖을 빨아들여서 몰리는 시원했고 고마웠다. 젖이 너무 오랫동안 불어 있었다. 브라가 흠뻑 젖어 있었다. 벤은 가슴이 더이상 단단하지도 기형적이지도 않을 때까지 젖을 빨았다. 몰리는 벤이 젖을 빨다가 잠드는 모습을 지켜보았다. 벤이 곯아떨어지자, 젖꼭지를 빼내는데도 아기의 입술이 다시 단단히 젖꼭지를 조이지 않자, 몰리가 벤을 안고 아기침대 쪽으로 갔다.

이미 곤히 잠들어서 그럴 필요가 없는데도, 몰리는 벤의 머리에 손을 얹고 귓가에 자장가를 몇 마디 불러주었다. 머리는 딱 한 손에 들어가는 크기였고, 묵직하면서도 가벼웠다. 벤을 이렇게 안고 있으니, 사람들 틈에서 데이비드와 함께 밤늦도록 춤을 출 때처럼 육체적으로 황홀한 기분이 들었다. 한때 몰리가 좋아했던 일이었다. 그럴 때면 그들의 몸과 그들을 둘러싼 수많은 몸들은 그저 비트 그 자체일 뿐이었다.

몰리가 벤을 아기침대에 눕혔다. 모유를 양껏 먹고 침대에 누운 아기는 양팔을 벌리고 십자가에 못박힌 예수를 닮았다.

몰리가 책 두 권을 들고 비브의 침대로 가서 다시 비브 곁에 누웠다. 그녀의 딸도 덩달아 모유에 취했는지 잔뜩 졸린 상태였다.

"『와이 북』 주세요." 비브가 가까스로 내뱉었다. 몰리는 『와이 북』을 떠올렸다. 편지를 품고 있던 『와이 북』, 저녁식사 부스러기와 얼룩에 둘러싸여 식탁 근처 바닥 어딘가에서 뒹굴고 있는 『와이 북』.

"안 돼." 그녀가 단호하게 말했다. 비브는 처음으로 대들지 않았다.

몰리는 토끼에 관한 책을 읽어주었고 그다음에는 생쥐에 관한 책을 읽어주었다. 두번째 책을 다 읽었을 때 비브의 눈이 감겼다.

몰리는 일어나 불을 껐다.

"노래 안 불러줬잖아요." 비브가 원망하듯 말했다.

"미안, 잠든 줄 알았지." 다시 침대로 돌아가며 몰리가 말했다. 당신은 나의 햇살. 몰리는 아직 취침시간이 끝나지 않아서 기뻤다, 눈물나게 기뻤다. 나의 유일한 햇살. 저 문밖에 무엇이 기다리고 있을지 아직은 생각할 필요가 없었다. 당신은 날 행복하게 하네. 우주에 이 방 말고는 아무것도 없는 척할 수 있어서 좋았다. 하늘이 흐릴 때면. 그녀의 아이들이 타고 있는 이 따스하고 어두침침한 우주선이 깊은 잠으로 향하고 있었다. 당신은 절대 모를 거예요. 몰리는 비브를 뒤에서 안았다. 내가 당신을 얼마나 사랑하는지. 비브의 헝클어진 갈색 머리카락 냄새를 들이마셨다. 제발 나의 햇살을 가져가지 말아요.

문밖에서 그녀를 기다리고 있을 것에 겁이 나 아이들 방문 앞에서 머뭇거리다가, 몰리는 그제야 비브의 양치를 잊었음을 기억했다.

22

"……금요일 밤이라 친구들하고 맥주 한잔하려고요." 벤의 이마에 묻은 블루베리 얼룩을 닦으려고 몰리가 종이타월을 물에 적시고 있을 때 에리카가 말했다. 몰리가 에리카에게 일당을 주었고 에리카가 떠났으며 이제 엄마와 아이와 아기만 남았다. 그녀 그리고 그녀의 뱃속에서 자란 두 결실. 아이들과 함께 있는 건 행복하면서도 피곤했다. 오늘 아침 현장에서 발굴한 동전이 가짜 경보가 아니라 진짜 발굴품이었더라면 좋았을 텐데. 남자가 그녀의 영혼을 위해서 기도를 하지 않았더라면 좋았을 텐데. 오 분 정도만 가만히 앉아 있다가, 차건 와인이건 한 잔 마시고 나서 아이들과 놀아주면 좋겠는데.

그러나 아이들은 이미 그녀와 놀고 있었다. 비브가 집안에 있는 베개들을 전부 다 가져오라고 했다. 엄마 아빠 침대 옆에 쌓아놓고 그 위로 뛰어내리겠다는 것이었다. 벤은 신발 한 짝과 크레용 한

개를 들고 침실로 기어갔다. 두 개를 번갈아 씹으면서 기대에 찬 표정으로 엄마를 바라보며 각각의 물건에 엄마가 어떻게 반응하는지 살폈다.

아이들을 쳐다보고 있자면 때로는 자연 서식지에 있는 야생동물들의 영상을 보는 것 같았다.

발굴 현장 안에 들어가 있으면 때로는 자신이 모든 것을 이해하게 되는 상상을 하게 되었고, 심지어 뭔가 결정적인 진실이 밝혀질 거라고, 현장이 그녀에게 다 설명해줄 거라고 몇 분 동안은 실제로 믿게 되기도 했다.

유리 진열장의 문을 열고 성경을 꺼낼 때면 때로는 성경이 살아 숨쉬는 것처럼 느껴지곤 했는데, 그것이 그녀의 손 살갗 속에서 흐르는 피가 만들어낸 환상일 뿐이라는 것을 알면서도 그랬다.

영적인 삶이라는 문구가 그녀의 뇌리를 스쳤고, 그 문구는 곧바로, 본능적으로, 기저귀의 삶으로 바뀌었다.

뭉개진 시리얼의 삶. 축축한 뽀뽀의 삶. 끈적이는 바닥의 삶.

바로 그때 다른 방에서 발걸음소리가 들렸다. 그녀는 불을 끄고, 벤을 안아들고, 비브를 데리고 방 한구석으로 갔다. 아이들을 꽉 끌어안고, 어둠 속 거울 앞에 웅크리고 앉았다. 오른팔에는 아기를, 왼팔에는 아이를 안고서.

2부

1

문밖 거실에서 에리카가 불을 켜고 크레용을 주워 담고 있었다. 불을 전부 켜놓아서 그런지 환한 거실은 견고해 보였다.

"제가 애들하고 거실을 어질러놓아서 마음이 불편했는데, 이렇게 만회할 기회가 생겨서 다행이네요." 몰리가 아이들 방에서 나와 거실로 향할 때 에리카가 말했다. 에리카는 몰리가 아는 가장 에너지 넘치는 사람이었다. "일이 어떻게 된 거냐면요, 오늘 토리네 집에서 만나 감자튀김 먹기로 했거든요. 혹시 토리네 지하실에서 물이 넘쳤다는 소식 들었어요? 그래서 대신에 베바네 집에서 모이기로 했어요, 조금 이따가요. 아 내일 물고기 임무 전에는 잘 쉬어둘 테니 걱정 마세요. 어머, 비브가 『와이 북』 찾았네요!"

에리카가 여전히 존재한다는 것, 그녀가 불과 반시간 전에 사슴이 있던 자리에 서 있을 수 있다는 것, 늘 그랬던 것처럼 말을 하고 있다는 것이 얼마나 이상한지.

몰리는 극심한 불안감을 느꼈다. 모든 게 평범해 보였고, 이 평범함이 혼란스러웠다.

E가 도착하면 차로 나올 것.

몰리는 문득 아이를 재우는 내내, 에리카가 곧 도착한다는 사실이 일종의 구명보트처럼 그녀의 머릿속에 자리잡고 있었음을 깨달았다.

E 7시 도착 예정.

그러나 지금, 씩씩한 베이비시터가 아늑한 불빛 속에서 얘기하는 모습을 보면서, 몰리는 자신이 처한 상황을 설명할 말을 찾는 것이, 침입자에 대해 에리카에게 설명하는 것이, 그녀의 도움을 받아 이 사건을 경찰에 신고하는 것이 불가능한 일처럼 느껴졌다.

"재밌게 놀다 오세요!" 몰리가 가방을 들고 현관문을 열 때 에리카가 말했다. 그 순간 무언가가 몰리의 몸을 장악했고, 마치 자석 같은 힘이 그녀를 집밖으로 끌어내 거리로 이끌었다.

2

사슴은 어둠 속에서 그들의 차 운전석에 앉아 있었다.

그들에겐 자동차 열쇠가 두 개 있었다. 하나는 비행기를 타고 다른 대륙 위를 날아가고 있었다. 또하나는 몰리가 퇴근하고 집에 도착해 차를 잠그고 나서 가방에 넣어두었다.

그런데 이 사슴이 어둠 속에서 그들의 차 운전석에 앉아 있었다.

돌아설 수도 있었다. 뛰어서 집안으로 들어갈 수도 있었다.

나오지 않으면 영원히 후회할 것임.

그녀가 조수석 문손잡이를 당겨보았다. 잠겨 있었다. 사슴이 곧바로 버튼을 눌러 잠금을 풀고 문을 밀어 열고는 검은 장갑을 낀 손으로 조수석을 가리켰다.

몰리는 열린 차문 앞에 가만히 서 있었다.

그녀의 열쇠고리가, 비브가 유치원에서 만든 것이 틀림없는 그 열쇠고리가, 그녀의 가방 밑바닥에서 찰랑거려야 할 그 열쇠고리가 시동장치 밑에서 달랑거리고 있었다.

사슴이 한 수 위였다. 사슴은 그가 알 도리가 없는 것들을 알고 있었다. 사슴은 원하기만 하면 그녀와 그녀의 아이들을 파멸시킬 것이다. 몰리를 위한 길이 마련되어 있는 것이 분명했고, 그 길을 걷는 것 외에는 선택지가 없었다.

몰리의 눈물에 사슴은 아마도 짜증이 났거나, 화가 났을 것이다. 그가 손바닥을 위로 하고 몰리를 향해 두 손을 내밀었다. 그것은 분노의 몸짓일 수도 있었고 혹은 초대, 항복의 몸짓일 수도 있었다.

3

운전중인 사슴은 초조해 보였다. 몰리는 좌회전을 해 대로에 접어들 때 그의 망설임을, 그 익숙한 불안감을 자신의 몸으로 느꼈다. 사슴 머리가 몰리의 긴장을 가중시켰고, 아마 사슴 자신에게도 그런 것 같았다. 가면이 시야를 심각하게 방해했기 때문이었다. 사슴 머리를 쓰고 있는 게 어떤 기분인지 몰리는 기억하고 있었다. 밀가루와 풀 냄새, 찌그러진 시야, 환호하던 아이들, 자기가 맞는 사이즈로 만들었는지 묻던 데이비드.

금속성의 가면 표면에 신호등 불빛이 반사되어 빨간색과 초록색과 노란색 그림자가 드리워졌다. 나뭇가지와 전화선의 그림자가 반들거리는 가면의 외피 위로 어른거렸다.

걱정 많은 어느 시민이, 심지어 어느 경찰관이 사슴을 보고 놀라서 행동을 취할 수도 있을까? 그러나 사실 그 사슴 가면은 아름다웠다. 지나가는 차 안의 모든 목격자들에게 그녀와 그녀의 납치범은 장난삼아, 혹은 파티에 가기 위해 동물 복장을 하고 차를 타고 가는 한가한 커플로 비칠 것이 분명했다.

몰리는 두 사람의 안전을 위해 가면을 벗어달라고 요구할까도 생각해보았지만, 말을 꺼내려고 마음을 다잡기도 전에 사슴이 방탄 플라스틱이 설치된 주류 상점 앞에 차를 세웠다. 그가 차에서 내리더니 그녀도 나오기를 기다렸고, 몰리는 악몽에서 그러듯 차에서 내렸다.

사슴이 그녀를 안으로 안내했다. 매장 안에는 수염이 덥수룩한 계산원 말고는 아무도 없었고, 그는 색이 바랜 플라스틱 뒤에서 카탈로그를 넘기느라 바빠서 사슴이 여자를 현금인출기로 안내하고 말없이 가방에서 지갑을 꺼내 카드를 인출기에 넣게 하는 광경을 보지 못했다.

몰리는 떨렸지만 망설이지 않고 사슴이 시키는 대로 했다. 에리카라는 용이 현관홀을 지키고 있는 동안 평화로운 방안에 곤히 잠들어 있는 아이들을 위한 대가로 200달러쯤이야. 어쩌면 이게 다일 수도 있었다, 이 소소한 강도질이. 이것만 끝나면 집으로 돌아가 망각의 과정에 돌입할 수 있을지도.

그런데 비밀번호 네 자리를 입력해야 하는 상황이 되자, 갑자기 번호가 생각나지 않았다. 그녀의 생일처럼 너무도 익숙했던 숫자들이 이런 상황 속에서, 두려움 속에서 까맣게 사라졌다. 그녀의 손가락들이 머뭇거리며 멍청하게 자판 위를 맴돌았다.

장갑 낀 사슴의 손이 그녀의 손 밑으로 들어오더니 네 자리 번호를 입력했고 기계가 정확히 20달러짜리 지폐 열 장을 내놓았다.

그러니까 사슴은 정말로 그녀의 모든 비밀을 알고 있었다. 몰리는 섬뜩했고, 멀미가 났다.

몰리가 방금 자신의 납치범에게 건넨 돈으로 사슴이 그뤼너 벨트리너(몰리가 좋아하는 화이트와인이었지만 커다란 냉장고에서 그 와인을 꺼낸 사람은 사슴이었다)의 값을 지불할 때 계산원은 별다른 반응을 보이지 않았다.

4

다시 차로 돌아오자 사슴이 뒷좌석에서 회색 스웨트셔츠를 집어들었다. 비브는 늘 그곳에 옷을 쌓아두고 그 위에 먹을 것을 흘렸다. 그가 스웨트셔츠를 접더니 몰리의 눈을 가렸다. 섬뜩한 일이었다. 납치범이 눈을 가린다는 것은. 그러나 몰리는 그가 왜 그러는지 알았거나 안다고 생각했고, 그래서 셔츠의 양팔을 묶고 또 묶는 동안 잠자코 있었다. 몰리는 비브의 냄새를, 어린아이의 경쾌하고 꿉꿉한 바나나 향을 들이마셨다.

그녀의 눈이 가려지자, 예상했던 대로 그가 사슴 가면을 벗는 소리가 들렸다. 종이반죽으로 만든 뿔이 차 천장을 부드럽게 긁는 소리. 그리고 손가락에서 장갑이 벗겨지는 소리.

앞이 보이지 않으니, 그녀가 사는 동네의 익숙한 교차로에 있는데도 그가 택한 길들을 따라가기가 힘들었다. 그가 방향을 한 번 꺾고 그다음에 또 두 번을 꺾었는데, 몰리는 벌써 헷갈리기 시작했다. 몰리는 운송중인 화물, 이동중인 물체가 되었다. 몰리는 마을 외곽을, 도로변의 외진 숲을 떠올렸다.

그녀의 몸이 희망 없이, 아무데도 묶인 데 없이 떠도는 것 같았다.

주말 아침에 네 명이 커다란 침대에 누워 있을 때면 그녀의 몸이 얼마나 묶여 있는 기분이었던가. 종종 벤은 기저귀만 차고 발가벗은 상태였고, 비브도 발가벗은 채 누구라도 옷을 입히려고 하면 화를 냈다. 엄마와 아빠는 발가벗은 조그만 두 개의 몸을 둥글게 감싸고 있었다. 그곳보다 안전한 곳은 없었다. 옥시토신*이 그들 사이에서 휘몰아쳤다. 세상이 끝나야만 한다면 지금 끝나기를. 우리가 여기 이러고 있을 때. 그 외의 다른 모든 것들은—한 주간의 피로에서부터 진화 자체에 이르기까지—다 이 순간을 위한 것이었다. 이 순수한 욕망의 부재 상태. 그 무엇도 아닌 바로 이것에 대한 욕구.

그녀를 집과 연결해줄 휴대전화가 너무도 절실해서 가방에 손을 넣었다. 그러나 그녀의 손에 닿는 것은 열쇠고리였다. 비브가 유치원에서 만든 바로 그 구슬장식이 달린, 시동장치에 걸려 달랑거리는 것과 똑같은 열쇠고리.

---

* 뇌하수체 후엽 호르몬의 일종으로 진통·모유 분비 촉진제.

5

　납치범이 차를 세우고 시동장치에서 똑같은 열쇠고리를 뽑은 다음 차를 빙 돌아와 몰리 쪽 문을 열고 그녀를 밖으로 끌어내는 동안, 몰리는 가방 속 열쇠고리를 꽉 움켜쥐고 있었다.

　열쇠들이야말로 이 상황의 열쇠였다.

　납치범이 그녀를 포장된 보도로 이끌었다. 그가 조금 전까지 시동장치에 꽂혀 있던 열쇠 꾸러미를 만지작거리는 소리가 들렸다. 그가 문을 열었다. 몰리는 열쇠고리에 달린 열쇠로 열 수 있는 모든 문들을 떠올렸다. 그들의 집 현관문. 그들의 집 뒷문. 차. 데이비드의 지하 작업실. 필립스 66. 그녀의 사무실 사물함.

　납치범이 그녀를 데리고 안으로 들어간 다음 다시 문을 잠갔다. 실내의 냄새가 친숙했지만 어디인지는 떠오르지 않았다.

　눈가리개를 풀고 싶은 충동을 느꼈지만, 이 인위적인 어둠 속에 있는 편이, 잠시나마 다른 감각에 용감한 역을 맡기는 편이 더 안전할 것 같았다. 계피, 낡은 침구, 락스, 바짝 마른 흙.

바짝 마른 흙. 당연히. 노마 숙모의 주방이었다. 사슴은 그녀의 모든 비밀을 알고 있었다. 그녀가 화초에 물을 주는 임무를 소홀히 한 것까지도.

납치범이 그녀를 식탁으로 안내했다. 몰리는 의자에 앉으며 마음의 눈으로 볼 수 있었다. 빨간색과 흰색 체크무늬 쿠션들. 때가 찌든 구리 주전자가 놓여 있는 레인지, 화려한 세공이 놀라운 창살들(불과 얼마 전에 그녀는 바로 이 자리에 노마와 앉아 차를 마시면서, 사람을 보호하기 위해 만든 물건이 이렇게 예쁠 수도 있다는 사실이 재미있다고 생각했다). 몰리는 항상 노마의 주방을 사랑했다. 진열장과 찻잔이 있는 구식 주방은 상투적이면서도 아늑했다. 이곳은 납치가 일어날 곳이 아니었고, 살인이 일어날 곳도 아니었다.

납치범은 둥근 이인용 식탁의 노마 자리에 앉았다. 그가 손을 뻗어 그녀의 눈을 가린 셔츠를 풀었다.

몰리는 자기 자신과 마주앉아 있었다.

6

그녀는 자기 자신을 보고 있었다. 똑같이 고르지 않은 눈썹과 최근에 늘어난 이마의 주름. 지난 한 달 동안 그녀가 매일 하고 다닌 똑같은 육각형 모양의 귀고리. 다듬어야 할 때가 된 짧게 자른 짙은 색 머리카락. 코의 각도, 목의 점. 눈동자의 색, 흰자위의 모세혈관, 눈 밑에 살짝 드리워진 다크서클.

그녀가 자신을 보았고 자신도 그녀를 보았다.

몰리는 유일한 차이점을 발견하고 놀랐다. 앞에 있는 여자에겐 오른쪽 관자놀이에서 턱까지 이어지는 길고 가느다란 상처가 있었다. 몰리는 본능적으로 자신의 뺨을 만져보았다. 거울을 보다가 설명할 수 없는 상처를 발견하게 되면 누구라도 그러듯이. 그러나 그녀의 피부는 깨끗했다.

천장 불빛이 감당하기 벅찰 정도로 환했다.

몰리는 시선을 내리깔았다. 허벅지와 무릎의 모습과 견고함에서 위안을 얻어보려 했지만 그것들마저도 더이상 그녀의 것처럼 느껴지지 않았다.

여자가 일어서더니 장식장 위에 놓인 딸기 모양 램프를 켜고 천장의 전등을 끈 다음 레인지 쪽으로 다가가 주전자가 놓인 화구를 켰다.

몰리는 그제야 여자가 자신의 낡은 검은색 청바지를 입고 있다는 걸 알았다. 사타구니에 구멍이 두 개 난 편안한 바지였다. 지난 주말에 저 바지를 찾았는데, 옷장 서랍을 다 뒤져도 찾을 수가 없었다.

"내 청바지." 몰리가 말했다. 조용한 주방에서 그 말은 한심하고 측은하게 들렸다.

여자는 레인지 옆 자신의 위치에서 침착하게 그녀를 바라보고 있었다.

몰리는 냉장고에 집중했고, 노마 숙모가 기억할 것들을 적어놓으려고 붙여둔 조그만 자석 화이트보드에 집중했다. 화이트보드에는 파란색 글씨로, 대문자로, 꼭 한 단어가 적혀 있었다. 피.

"난 몰이라고 부르기로 하죠." 여자가 선심 쓰듯 말했다.

몰리는 항상 그 이름을 싫어했다.

"몰." 여자가 반복했다. "몰, 멀, 말Mal."

그녀의 이름이 악evil에 해당하는 스페인어 단어로 변해간다고 몰리가 상상한 것일 수도 있었다.* 그러나 여자가 이름을 반복할 때마다 실제로 목소리가 점점 더 악랄해졌다. 몰리는 문득 끓는 물이 두렵다는 생각이 들었다. 주방 반대편으로 날아와 그녀의 얼굴

---

* 'Mal'은 스페인어로 '악' '악행'을 의미한다.

에 화상을 입힐 수도 있는 끓는 물.

"노마가 애리조나에서 돌아오면 피검사를 해야 해서 써놓은 거예요." 몰이 다시 평정을 되찾고 설명했다. "얼그레이?"

몰리는 이 시간에는 카페인이 있는 차를 마시지 않았다.

"디카페인이에요." 몰이 분명히 했다. 몰리는 자신의 목소리가 다른 이의 두개골에서 나오는 것을 들었다. "물론 당신이 곧 잠자리에 들 것 같진 않지만요."

몰리는 문을 쳐다보았다. 몰이 문을 쳐다보는 몰리를 보았다.

"엄청 고상해 보이지만," 몰이 몰리의 맞은편 의자에 앉으며 말했다. "참 야만적인 음료 아닌가요? 말린 찻잎에 뜨거운 물을 붓고, 다른 포유동물의 새끼를 위해 만들어진 우유를 거기 끼얹어서 먹다니."

몰은 의미심장한 미소를 지으며 그 말을 했고 몰리는 원초적인 전율을 느꼈다.

몰리는 자세를 바로잡으려 애쓰다가 멀리서 벤이 잠결에 칭얼대는 소리를 들었다. 그러나 도로에서 들려오는 구급차 소리일 뿐이었다. 사이렌은(그녀는 엄마가 되고 얼마 안 되어 그 사실을 깨달았는데) 아기가 우는 소리와 비슷했다. 아마 결코 우연은 아닐 것이다.

"벤." 몰이 말했다.

그 말에 몰리는 불안해졌다. 아들의 이름을 여자가 너무도 편안하게 말하고 있었다.

"당신 내 생각을 읽을 수 있는 거예요?" 몰리가 말했다.

"내 생각을 읽는 거예요."

"당신 어디서 왔죠?"

처음에 몰은 질문을 무시하려는 것처럼 보였다. 몰은 양손을 맞잡고 식탁 위에 올려놓았다. 피투성이의 큐티클과 이로 물어뜯은 손톱이 보였다.

잠시 후 몰이 청바지 주머니에서 몰리의 것과 똑같은 열쇠고리를 꺼내 식탁 위에 올려놓았다.

"알잖아요." 몰이 말했다.

"내가 안다고요?"

"네."

"당신 어디서 왔는데요?"

"틈새."

"뭐라고요?"

"틈새."

"틈새?"

"발굴 현장."

"발굴 현장이 틈새였군요." 몰리는 질문을 할 생각이었지만 단정하듯 말이 나왔다.

"가능성들 사이에서." 몰이 말을 이었다. "서로 다른 가능성의 세계들 사이에서."

"발굴 현장에서 왔다고요?" 몰리가 말했다. 아찔한 두려움이 안에서 차올랐다.

몰이 일어나 레인지로 달려갔다, 마치 삐익 소리에 답하듯이. 그러나 물은 아직 완전히 끓지 않았다. 그녀가 주전자의 뜨거운 부분을 오른손 손바닥으로 두드렸다.

주전자에서 소리가 나자 몰이 티백을 넣은 머그잔에 뜨거운 물을 붓고 우유를 부었다. 몰은 양손에 머그잔을 하나씩 들고 식탁으로 왔다. 둘 중 한 잔에만 우유가 들어 있었다. 몰은 우유를 넣은 것을 몰리 앞에, 블랙은 자기 앞에 놓았다.

"차에 우유 안 넣어요?" 몰리가 말했다.

"안 넣어요."

"그럼 우린 똑같진 않네요." 몰리가 말했다. "난 차에 꼭 우유를 넣거든요."

"나도 전엔 그랬어요." 몰이 말했다.

"우린 똑같지 않아요." 몰리가 다시 한번 말했다.

"여왕 엘크." 몰이 말했다.

몰리는 아이를 낳을 때 보았던 환각을 그 누구에게도 얘기한 적이 없었다. 데이비드에게도 말하지 않고 흐릿한 병원의 기억 속에 남겨두었는데, 이제야 되살아났다. 비브의 출산이 임박했을 때, 몰리는 언덕 위 초원에서 포효하는 거대한 엘크의 몸에 갇힌 자신의 모습을 보았다. 그녀는 그 숭고한 고통을, 커다란 창밖으로 저물어가는 태양을 기억하고 있었다. 그날 아니면 그 이전에 폭풍이 지나갔고, 환하게 혹은 어둡게 빛나며 지고 또 지는 황혼을 배경으로 나뭇가지들이 흔들렸다. 절정의 통증 속에서 그녀가 데이비드에게 물었다, 왜 아직도 해가 지고 있어? 그러자 그가 말했다, 뭐라고? 그러나 몰리는 그 말을 다시 한번 하기 전에 서둘러 여왕 엘크로 돌아가 거대한 울음을 울어야 했다. 나중에 그에게 시간을 묻자 그가 여섯시 이십삼분이라고 말했고, 일곱 시간이 지난 뒤에 다시 물어보니 여섯시 이십사분이라 말했으며, 그로부터 삼 분 뒤에 다시 물으니 자정이라고 말했다.

몰리는 몸이 후끈 달아올랐다. 지금 생각해보면 얼마나 황당한 얘기인가, 여왕 엘크라니. 그러나 당시에는, 내일이면 꼭 사 년 전이 되는 그날에는, 그게 얼마나 본질적으로 느껴졌던가.

"여섯시 이십삼분과 여섯시 이십사분," 몰이 말했다. "일곱 시간 간격. 내일이 비브의……" 그녀가 말을 멈추었다.

"당신 삶이 내 삶과 똑같다는 거예요?"

"전에는 그랬죠." 그녀의 시선이 차가웠고, 거만했다.

"당신도 발굴 현장에서 일했다는 거예요? 코리와 로즈와 함께?"

"전에는요."

"당신도 코카콜라 병을 찾았어요? 그리고 성경도……"

"그랬어요. 나에게도 작은 발굴품들이 있었어요, 당신처럼."

"그럼…… 그게 어느 시대 건지 알아요?"

"나도 당신이 아는 만큼만 알아요. 히틀러가 그저 예술가였던 세계? 콜럼버스의 배가 침몰했던 세계? 아니면 어느 동굴에 살던 여자가 어느 오후 이 딸기가 아니라 저 딸기를 먹은 세계? 그걸 누가 알겠어요."

이런 세계. 저런 세계.

깨달음이 전류처럼 몰리를 관통했다.

그녀가 아주 오랫동안 알면서도 알지 못했던 것. 불가해한 화석들. 불가해한 물건들. 우주에 존재하는 다른 세계의 증거들.

"당신 세계에서는 벤이 태어나고 나흘째 되던 날 새벽 세시에 비브가 무얼 했죠?" 몰리는 묻지 않을 수 없었다. 몰리는 아직도 당시의 느낌을 생생하게 기억하고 있었다. 데이비드의 품안에서 두 아이가 울고 있고 몰리가 욕실 바닥의 토사물을 컵으로 떠내려고 몸을 웅크릴 때 봉합한 부위가 당기던 느낌. 데이비드가 "내 잔이 넘치나이다"*라고 말했을 때 그녀는 웃지 않았다.

"욕실 바닥," 몰이 짧게 고개를 끄덕이며 말했다. "봉합 부위의 당김." 그녀의 눈빛이 어딘가 어두웠다, 어둡고 아득했다.

"그럼," 몰리가 또다른 비밀 기억을 시험해보려고 말했다. "벤이 태어나고 한 달 지났을 적에 벤에게 젖을 먹이다가 젖 한 방울이 하필 애의 손바닥 위로 떨어졌을 때, 당신은……"

"제발!" 몰이 말했다. 그녀의 목소리에 담긴 맹렬함에 몰리가 깜짝 놀랐다. 공손한 한 단어였지만 그녀의 입에서 나온 그 단어가 몰리에게 입을 다물 것을 강하게 요구하고 있었다.

몰은 몸을 앞으로 숙이더니 검은 스웨트셔츠에 달린 후드를 당겨서 썼다. 몰리는 그제야 팔꿈치에 황금색 스프레이 페인트 얼룩이 묻은 데이비드의 낡은 후드티셔츠를 알아보았다. 몰은 후드를 쓰고 일어나 냉장고 쪽으로 다가갔다. 냉장고를 열고 얼굴을 그 안에 넣고는 냉기로 얼굴에 감각이 없어질 때까지 기다렸다.

마침내 몰이 뒤로 물러났을 때, 몰의 얼굴은 반짝였고 어떤 표정도 지을 수 없는 상태였다. 그녀의 얼굴에 난 상처의 검은색 줄이 전보다 더 선명히 보였다.

그제야 몰리는 그 상처에 친구가 하나 더 있음을 알아차렸다. 쇄골 바로 위, 5센티미터 길이였고, 대부분의 각도에서는 스웨트셔

---

* 시편 23장 5절을 빗대어 한 말.

츠에 가려져서 보이지 않았다. 그리고 차가워진 얼굴의 턱밑에 거의 숨겨져 있던 두 개의 멍자국도 있었다.

몰이 냉장고에서 물러서더니 싱크대 쪽으로 갔다. 그녀는 스웨트셔츠의 지퍼를 내리고 티셔츠를 걷은 다음 검은색 수유브라의 후크를 풀었다. 몰리도 똑같은 것을 입고 있었지만 몰의 것이 더 낡아 보였다. 몰리는 몰이 오른손을 아래에, 왼손은 위에 놓고 가슴(똑같은 주근깨)을 감싸쥔 다음 자세를 취하는 모습을 지켜보았다. 몰이 젖을 짰고 모유가 금속 싱크대를 향해 곡선을 그리며 여섯 줄기로 뻗어나왔다. 모유가 보드랍게 금속을 때리는 소리.

몰리가 그녀를 쳐다보았다.

"십사 일째 모유를 손으로 짜내고 있어요." 몰이 말했다.

몰을 보고 있자니 가슴이 찌릿하고 팔목이 욱신거렸다. "왜요?"

몰이 경멸어린 표정으로 그녀를 보았다. "젖이 마르는 걸 원치 않으니까요."

"젖이 마르는 걸 원치 않는다고요?" 몰리는 선뜻 말을 할 수가 없었다.

"기억해요?" 몰이 말했다. "이 주 전 금요일, 성경에 관한 논란의 불길이 번지기 시작했을 즈음 관람객으로 왔던 여자? 야구모자를 쓰고 스웨트셔츠를 입었던 삼십대 여자."

몰리의 배에 갑자기 힘이 들어갔다.

"바로 그날," 몰이 말했다. "사무실에서 아이들 사진을 컴퓨터 바탕화면에 띄웠어요."

"배낭 메고 있는 거요?" 밀려드는 두려움을 외면하며 몰리가 물었다.

"잠깐 웃지 않을 때 포착된 모습이지만 귀엽다고 생각했고, 그 래서 큰 화면으로 설정해두고 보았는데……"

몰리의 잔이 쓰러졌고 우유를 넣은 차가 쏟아졌다. 그녀의 팔꿈 치가 저지른 짓이 분명했지만 몰리는 알아차리지 못했다.

두 사람 다 종이타월을 가지러 가지 않았다.

다 짠 건 아니었지만 몰이 가슴을 쥐었던 손을 놓고 브라를 도로 채웠다. 그러고는 냉장고로 가서 와인을 꺼내고 노마의 찬장에서 파란색 유리 와인잔을 하나 집어 식탁으로 가져왔다. 몰은 그것들 을 엎질러진 차 위에 놓은 다음 뚜껑을 따고 와인을 따랐다.

몰리가 마셨다. 몰은 지켜보았다.

7

와인이 사라지고 없었다. 몰리가 너무 빨리 마셔버렸다. 몰이 그 녀의 잔을 다시 채웠다.

"내가 당신과 같이 당신 집에 갈게요." 몰이 말했다. "가서 벤에 게 젖을 먹일게요."

그러고 보니 몰이 와인을 마시고 있지 않았다.

그러고 보니 몰이 와인에 독을 탔을 수도 있었다.

그러고 보니 와인은 그 자체로 이미 독이었다.

"싫어요." 몰리가 말했다.

"혈액 속에 알코올이 있을 때 젖을 먹이면 안 돼요."

"겨우 한 잔이잖아요."

"내가 대신할 수 있어요." 몰이 말했다. 별일 아니라는 듯 온순 한 목소리였지만 그녀의 눈 속에서 일렁이는 갈망이 혐오스럽게 느껴졌다.

"안 돼요." 몰리가 말했다.

"허락해줘요." 몰은 큐티클이 피투성이인 손가락을 몰리에게 뻗었다.

"가서 당신 아이한테나 젖을 먹여요."

몰리가 몰의 손길을 가까스로 피하며 몸을 뺐지만, 몰은 식탁 앞으로 몸을 숙이며 몰리의 팔 윗부분을 잡았다. 몰의 손길은 어딘가 이상하게 느껴졌다. 셔츠를 입었는데도 화끈거리는 느낌이 있었다. 몰리는 자신의 몸에 닿는 손가락의 느낌을 도저히 참을 수 없었다. 날카롭고 더러운, 다듬지 않은 손톱.

"우리 아이들은 여기 없어요." 몰이 말했다.

"당신이 살던 곳으로 돌아가요."

"아이들은 거기 없어요."

"이거 봐요."

"허락해줘야 해요. 왜냐하면 당신 아이들은 온전하니까요."

"온전하다고요?"

"당신 아이들은 온전해요."

"당신 아이들은요?"

"당신 아이들은 살아 있어요."

8

(몰의 손아귀에서 벗어나고 몰에게서 벗어난 뒤) 노마의 화장실에서 머문 시간이 주는 잠깐의 위로. 그곳에는 꼭 거울에 비춘 것 같은 상처 난 얼굴이 아닌, 실제 화장실 거울에 비친 그녀의 얼굴, 변기 뒤에 놓인 암탉 모양 케이스에서 휴지를 뽑아내는 간단한 행위가 있었다. 몰리는 도브 비누와 빨간 수건에 의지하여 잠시나마 거의 제정신으로 돌아온 것 같은 기분이 들었다.

그러나 화장실에서 나와 다시 주방으로 돌아가자 우주적인 불안정성이 엄습해왔다. 한 사람의 분노가 노마의 집 전체로, 현관홀, 마룻바닥, 천장으로 번져갔고, 몰리는 도저히 머릿속에서 떨쳐낼 수 없는 이미지들로 자신이 오염되고 나약해지는 것을 느꼈다.

남편이 비브를 안아들었는데, 비브의 머리가 뒤로 축 늘어지고 젖혀지며 헝클어진 머리카락이 거칠게 흔들렸어요.

몰은 여느 사람들처럼 꼼짝 않고 테이블에 앉아 있었다. 눈은 감고 있었다. 눈꺼풀 안에 그 어떤 움직임도 없었다. 엎질러진 차는 아무도 닦아내지 않아 계속 바닥으로 떨어져 번져갔다.

집으로 가고 싶은 욕구. 이 침입자를, 이 악몽을 떨쳐내고 두 개의 완벽한 조그만 몸뚱이들에게 돌아가고 싶은 욕구. 이 절박한 욕구.

몰이 눈을 뜨더니 몰리를 쳐다보고는 자신의 몸, 자신의 상처, 자신의 멍, 잠시 빌린 주방, 엄밀히 말하면 남의 돈으로 산 와인을 가리켰다. 당신일 수도 있었어, 라고 말하는 것처럼.

두 사람이, 아이들이 살아 있는 몰리와 아이들이 죽은 몰리가, 서로를 바라보았다.

9

몰리는 문 앞에 서 있었지만 몰은 계속 말을 이어갔다. "……에리카는 죽었어요. 코리도요. 관람객 서너 명도 같이 죽었어요. 그리고 물론, 그 여자도요."

몰리는 문 앞에 서 있었고 몰이 그녀에게 물을 건넸다. "자, 마셔요. 어서."

몰리는 물을 거절했다. "이제 당신은 모유를 말려야 해요."

몰은 마치 한 대 얻어맞은 듯 벽에 기대섰다.

몰리가 문밖으로 뛰쳐나갔다. 보도를 달려가면서 몰이 쫓아오기를 기다렸다. 몰리는 열쇠를 찾느라 가방을 너무 오래 뒤졌고, 차문을 열었고, 차에 탔고, 후진했다.

몰리는 차를 빠르게 몰았다. 백미러를 계속 쳐다보면서, 뒤따라오는 몰의 모습을 상상하면서, 가로등 불빛이 그리는 원의 안과 밖을 넘나들며 달렸다.

10

차에서는 눅눅한 통밀 크래커와 종이반죽 냄새가 났다. 몰리는 그 냄새 속으로 피신했다. 운전을 하면서 생각했다. 당신에겐 끔찍한 일이 일어났지만 나한테는 그 일이 일어나지 않았어요. 그런 일이 일어났다니 너무도 유감이지만 나의 소소한 일상은 나의 것이고 오직 나만의 것이에요. 왜 내가 느닷없이 내 아이들을 낯선 사람과 함께 키워야 하죠? 당신에겐 끔찍한 일이 일어났지만 나한테는 그 일이 일어나지 않았어요. 그런 일이 일어났다니 너무도 유감이지만 나의 소소한 일상은 나의 것이고 오직 나만의 것이에요. 왜 내가 느닷없이 내 아이들을 낯선 사람과 함께 키워야 하죠?

몰리는 차를 세우고 뛰쳐나와 불이 밝혀진 집으로 달려갔다.

에리카가 주방에서 웃으며 통화를 하고 있었다.

그런데 현관으로 이어진 보도에 깨진 맥주병이, 위험하게 뾰족한 초록색 유릿조각들이 뒹굴고 있었다.

그런데 알고 보니 깨진 유릿조각들은 그저 흩어져 있는 나뭇잎들이었다.

11

"……근데 우리 언니 말이에요, 그 해양생물학 공부한다는 언니요, 수컷 돌고래 중 한 마리가 자기하고 섹스하고 싶어한다는 거예요. 근데 발가벗고 물에 들어갈 순 없잖아요, 그게 약간 문제가 되나본데, 기본적으로는 술집에서 어떤 남자랑 할 법한 일하고 똑같은 거죠. 근데 언니는 그 돌고래를 사랑한대요, 애가 아주 똑똑하다나, 하지만……"

"비브한테 돌고래가 에리카의 언니와 사랑에 빠졌다고 말해야겠네요." 몰리가 현실로 돌아왔다. 목소리는 에리카만큼이나 밝고 유쾌했지만, 그녀는 자신이 배우가 된 것 같았다─적절한 대사, 적절한 몸짓, 익숙한 세상.

"말이 나왔으니 말인데, 물고기 복장 어제 입어봤거든요. 그거 정말 끝내주더라고요, 완전 인정. 그거 어디서 났어요? 맹세하는데 입도 벙긋 안 할게요. 물고기가 저라는 건 절대 모를 거예요." 두 사람은 신비감을 유지하기 위해 에리카가 말 못하는 물고기가 되는 것에 합의했다. 마임 물고기. "환상적인 물고기 묘기 몇 개 연습하고 있는데, 두시 사십오분 맞죠?"

"네, 그럼 좋죠…… 파티는 세시부터 시작이니까. 고마워요. 그럼 아이들은 줄곧……"

"아이들은 줄곧……"

목소리가 겹쳤고, 끊겼다.

"……잤어요." 에리카가 말을 이었다. "여긴 완전 조용했어요. 우리 언니가 전화해서 난리친 거 말고는."

"그 얘기 진짜 황당하네." 몰리는 그저 해야 할 법한 말을 했다.

"마침 올리하고 조던이 왔네요." 에리카가 집 앞에 멈추는 낡은 도요타 코롤라를 바로 알아보고 말했다. "시간 한번 끝내주게 맞췄네. 오늘은 진짜 이상하게 모든 일이 술술 풀리는 날이었어요."

"지금 현금이 없는데, 혹시 내일 줘도 될까요?"

"그럼요." 살짝 다른 세계에서는 이 주 전에 죽은 에리카가 말했다. "쟤들 기다리게 하고 싶지 않아요. 스페셜 음료 나오는 시간에 맞춰 가고 싶어하거든요."

진재킷을 걸쳐 입으며 에리카는 그제야 몰리의 얼굴을 제대로 보았다.

"어머." 에리카가 흠칫 놀란 듯 말했다.

"왜요?" 몰리가 말했다.

"어머." 그녀가 말을 멈추었다. "아무것도 아니에요. 죄송해요. 갑자기 좀 이상한…… 신경쓰지 마세요. 제가 원래 좀 이상하잖아요."

에리카가 문으로 향했고, 바로 떠났다. 그녀와 그녀의 돌고래 섹스 이야기와 스페셜 음료와 환상적인 물고기 묘기 모두.

　잠깐, 몰리는 말하고 싶었다. 가지 말아요. 날 두고 가지 말아요. 제발, 여기 있어줘요. '끝내주게'라고 한 번만 더 말해줘요.

12

몰리는 집안을 돌아다니며 문을 다 잠갔다. 먼저 현관문을 이중으로 잠갔다. 그다음에는 뒷문을 이중으로 잠갔다. 모든 창문을 잠갔다. 욕실 창문까지. 한 번도 이 창문을 잠갔던 기억이 없었다. 욕실 창문을 잠그기 위해 욕조에 들어갔다.

욕조 밖으로 나오다가 욕실 바닥에 있는 거대한 검은색 벌레를 보고 기겁했지만 자세히 보니 엉킨 검은색 실밥이었다.

아이들 방 창문이 잠겨 있는지도 확인해야 했다. 이미 잠가두었다는 걸 알면서도. 그녀는 천천히 문을 열었다. 아이들이 두려웠고, 아이들을 깨울까봐 두려웠고, 하필 이 순간 아이들과 교감해야 한다면 얼마나 감정이 격해질지 두려웠다.

아이들 방에 들어가는 것은 희귀 품종의 토마토들이, 그녀의 몸에서 나온 토마토들이 자라고 있는 온실을 침범하는 것과도 같았다. 그녀는 토마토의 숨소리에 귀기울였다. 그녀의 경탄에 두려움과 경이로움, 그리고 습기가 배었다.

한밤중 아이들 방에서 배어나는 수분의 냄새. 달콤하면서도 시큼한.

그녀가 (돌이킬 수도, 감당할 수도 없이) 책임져야 할 두 생명.

몰리는 다시 거실로 나와 블라인드를 전부 내렸다. 그녀의 집이 닫힌 상자 같으면 좋겠다고, 공중부양도 가능하고, 접근도 침입도 불가능한, 그 자체로 완벽한 독립 공간이면 좋겠다고 생각했다.

그러나, 똑같은 열쇠고리가 한밤중에 이 근방 어딘가에서 돌아다니면서, 누군가의 주머니 혹은 누군가의 손에 묵직하게 들려 있었다.

몰리는 소파에 앉았다. 그녀의 집에 깃든 평온함에 놀라며, 발을 커피 테이블에 올려놓았다.

3부

1

아기가 울고 있었다.

새벽 다섯시 삼분이었다.

아기가 울고 있었고 어느 순간 아이도 울고 있었다.

문을 사이에 둔 채 아이들이 악을 쓰고 우는 소리를 들으며, 몰리는 행복에 겨운 상태로 누워 있었다. 몰리는 그 소리를 영원히 듣고 싶었다.

그러나 그녀가 늑장을 부릴수록 아이들 울음소리는 점점 더 정점으로 치달았고, 다섯시 육분이 되자 몰리는 아이들 방 앞의 복도에 임시로 만들어놓은 잠자리에서 빠져나와 방문을 열고 안으로 다급하게 들어갔다.

몰리는 아기를 아기침대에서 안아들어 누나의 침대에 눕혔다. 둘 다 울고 있었지만 그들의 목표가 달성되었기 때문에 울 명분이 사라졌다. 두 아이가 서로의 주의를 분산시키기 시작했다. 아기가 누나의 목에 자기 얼굴을 지그시 눌렀다. 아기의 축축한 속눈썹이 살갗에 닿자 누나가 꼼지락거렸다.

"우리 귀여운 오줌싸개!" 누나가 동생을 불렀다.

"생일 축하해." 몰리가 비브에게 말했다.

"선물은요?" 비브가 물었다.

"나중에. 생일파티 할 때."

아이들이 침대에서 몸싸움을 했고, 번갈아 울거나 소리를 질렀으며, 몰리는 그들을 바라보았고, 마치 두 아이가 전부 간밤에 태어난 것처럼 그들에게 집착했다. 그들은 온전했고, 완벽했다. 두 아이가 그녀의 수면을 방해했던 기억, 이런저런 요구로 그녀를 고갈시켰던 기억은 없었다. 몰리는 두 아이가 그들의 몸집보다 훨씬 큰 힘으로, 천사처럼, 혹은 외계인처럼, 그들의 집을 꽉 채우고 있음을 깨달았다. 몸 구석구석에 후광이 있는 듯 아이들의 피부는 너무도 싱그러웠다.

다섯시 칠분부터 다섯시 십삼분까지였다. 누나 머리카락을 파고드는 저 손가락 좀 봐! 동생 잠옷 단추를 푸는 저 손가락 좀 봐! 인형의 팔을 깨무는 저 이 좀 봐! 깨질 수도 있는 뮤직박스를 잡으려고 까치발을 할 때 팽팽해지는 저 종아리 좀 봐!

2

아침 다섯시 십팔분. 정신을 차려야 하는 세속의 시간. 벤은 젖을 달라고 칭얼거렸고 비브는 변기에 앉아 종이와 파란색 마커와 황금색 마커를 달라고 했고 만약 황금색이 없으면 노란색이라도 달라고 했고 그래야 똥을 누는 동안 그림을 그릴 수 있다고 했다. 그리고 종이를 받칠 책도 한 권 달라고 했다. 제발. 그래야 마커를 눌러서 쓸 수 있다면서.

오랫동안 변비에 시달려온 비브가 원하는 물건을 챙기려고 몰리가 일어설 때, 벤이 마치 엄마가 자기를 길모퉁이에 버리기라도 했다는 듯이 비명을 질렀다.

"엄마 금방 올게." 몰리가 말했다.

그녀는 물건들을 챙기러 뛰어갔다. 몰리는 그것들을 비브에게 전해주면서 칫솔을 흘금 보았고, 텁텁한 와인의 숨결을 양치질로 걷어내고 페퍼민트 향으로 자신을 회복시키는 환상, 계획 비슷한 것을 세우는 환상, 데이비드에게 전화를 거는 환상을 품었다. 그러나 그사이 벤은 몰리에게 들리도록 캑캑거리며 숨이 넘어가게 우는 상태에 성공적으로 진입하고 있었다.

"엄마 벤 죽는 거예요?" 비브가 물었다.

침실로 돌아온 몰리는 티셔츠를 걷어올리고 벤과 함께 비브의 침대에 자리잡고 앉아 아기의 뜨거운 머리를 쓰다듬었다. 그녀는 다시 행복으로 손을 뻗었고, 후광을 보려 애썼다.

그것들이 되살아났다. 행복, 후광, 자신이 누리는 풍요로움에 대한 죄책감. 평범한 일상이 주는 황홀경. 살아 있는 두 아이. 그녀에게 코를 파묻는, 이제 막 껍질을 벗은 우주의 한 조각.

화장실에서 비브가 소리를 질렀다.

몰리는 정신이 번쩍 들어 열쇠 구멍에 꽂혀 돌아가는 열쇠를, 엄마와 똑같이 생긴 납치범을 떠올렸다.

"파란색 펜이 변기에 빠졌어요!" 비브가 소리질렀다. "파란색 펜이 꼭 필요하단 말이에요!"

벤은 몰리의 가슴을 양손으로 꽉 붙잡고 있었다.

"엄마! 엄마!" 비브가 소리질렀다. "엄마, 내가 '엄마! 엄마!' 하고 부르잖아요!"

3

아이들이 아침식사를 하고 있었다. 아이들은 요구르트와 잼을 먹었다. 아이들에겐 욕구가 있었다. 요구르트 더. 잼 더. 숟가락이 바닥에 뒹굴었다. 엉망진창이군! 젖은 행주. 하지만 이 행주는 냄새가 고약하네. 그렇다면. 또 한 가지 할일. 빨래 시급. 요구르트로 하얗게 범벅이 된 손들. 여기도 손자국. 저기도 손자국. 잠깐. 그만. 만지지 마. 이리 와. 엄마가…… 물 주세요. 아니, 물 말고 주스 주세요. 주스가 없어. 주스가 없다고요? 엄마 나한테 좋은 생각이 있어요! 내가 레몬으로 레모네이드 만들게요! 안 돼. 그건 일이 너무 많아. 내가 치울게요! 미안. 지금은 안 돼. 너무 복잡해. 너무 일이 많아. 나중에. 아마도. 지금 당장이요! 레몬 반으로 잘라주세요! 약속할게요.

다른 상황이었다면 늘 하던 생각이 떠올랐을 것이다. 두 아이의 엄마로 산다는 것은 곧 매일 두 개의 소화기관을 돌보며 사는 것이라고.

그러나 오늘 아침 그녀는 이렇게 생각했다. 소화기관, 온전하다.

그녀는 현관문과 뒷문을 수시로 흘금거렸다.

하루가 시작되고 있었다. 조마조마했다.

똑, 똑, 똑 하는 소리가 들렸다. 뭐가 똑, 똑, 똑 하는 거지?

비브가 숟가락으로 식탁 다리를 두드리고 있었다.

"숟가락으로 식탁 다리 두드리지 마."

"엄마 무서워요." 비브가 웃으며 말했다. "아니, 엄마가 무서워
해요."

한쪽 구석에서 벤이 투정을 부리면서 아기 특유의 에 에 에 소리
를 내고 있었다. 벤은 사이드보드에 매달려 해마 모양 램프로 손을
뻗고 램프를 가리키면서 칭얼댔고, 몰리도 벤이 줄을 잡아당겨 램
프의 불을 켤 줄 안다는 것을 알고 있었다. 최근에 습득한 이 능력
에 대해 벤은 엄청난 자부심을 느꼈다.

"램프 때문에 벤이 화났어요." 비브가 설명했다.

"왜?"

"어둡기만 하니까요."

"그게 무슨 뜻이야?"

"불이 안 들어오잖아요." 비브는 인내심이 없었다. "어둡기만
하다고요."

"아, 전구가 나갔나?"

"당연하죠."

"언제?"

"에리카."

"엄마가 고칠게. 알았지?" 몰리가 벤에게 말했다.

벤이 손을 흔들었다. 요즘 들어 그가 사용하고 있는 다목적 동작으로, 네, 아니요, 안녕, 잘 가, 가져와, 가져가의 의미를 담고 있었다.

멀리 내다볼 줄 알았던 과거의 몰리는 현관홀 벽장 맨 위 칸에 새 전구들을 쟁여두었다. 몰리는 전구 하나를 들고 거실로 돌아왔다. 몰리가 램프의 전원코드를 뽑고 전구를 돌려서 빼냈다. 아이들은 마치 전구 가는 것을 한 번도 본 적 없는 것처럼 그녀의 모습을 지켜보았다. 그러고 보니, 정말 한 번도 본 적이 없는 것 같기도 했다. 가장 어려운 대목은 전등갓을 빼는 것이었는데, 전등갓을 빼지 않으면 전구를 갈아끼울 수 있는 각도가 나오지 않았다. 몰리는 두 개의 전구를 겨드랑이에 하나씩 끼었다. 몰리가 전등갓과 씨름하는 동안 아이들이 전구를 만지는 것을 원치 않았기 때문이다. 전등갓이 거칠게 빠졌고, 그 바람에 몰리가 양팔을 벌렸다. 전구 두 개가 바닥에 떨어져 산산조각났다.

비명을 지른 건 그녀였다. 아이들은 조용했고, 그들의 맨발에서 불과 몇 센티미터 떨어진 곳에 널려 있는 유릿조각을 보고 아이들의 눈이 휘둥그레졌다.

몰리는 작은 소리로 스스로에게 욕을 내뱉었다.

"아무도 움직이지 마." 그녀가 말했다. 어렸을 때 이런 상황이 벌어지면 어른들이 하던 말을 흉내낸 것이었다.

그녀는 혼돈의 바닥을 빙 둘러 주방으로 향했다.

"아무도 움직이지 말라면서요!" 비브가 그녀를 야단쳤다.

"그래, 아무도." 몰리가 말했다. "나만 빼고." 그게 꼭 나일 필요가 없다면 좋으련만.

아이들에게 명령을 되풀이할 필요는 없었다. 빗자루와 쓰레받기와 비닐봉투를 가지러 가면서, 몰리는 꼼짝 않고 있는 아이들을 계속 돌아보며 감탄했다. 아이들은 서로를 꼭 끌어안은 채 얼음 동상처럼 가만히 있었다. 조용히, 긴장한 채로.

바닥의 유리를 쓸어내면서 몰리는 에너지 효율이 높은 전구에 수은이 함유되어 있다는 사실을 떠올렸다. 데이비드가 마트 통로에 서서 그녀에게 그 사실을 언급했었다. 아이들 클 때까지 일반 전구를 사자. 수은이라니 생각만 해도 끔찍해. 그녀가 눈을 위로 치켜떴다. 이것이 그들 사이의 오래된 역학이었다. 한 명이 편집증을 보이면, 다른 한 명은 대범하게 반응하는 것.

"애들아." 그녀가 말했다. "너희들 해줄 일이 있어."

"뭔데요?" 비브가 말했다. 비브는 엄마가 당황했을 때면 그것을 항상 알아차렸다. "뭔데요?"

"여기서 나가줘. 그리고…… 네 방으로 가. 좋아. 벤도 데리고. 가서 블록이든 뭐든 하고 있어."

수은은 보이지 않았다. 그녀를 향해 반짝이는 미세한 유릿조각은 없었다. 그래도 직접 확인하고 싶었다. 양이 얼마나 되는지, 어디 있는지. 아무것도 모르는 상태로, 몰리는 혼자 남아 이 난장판을 쓸어내야 하는 상황에 처했다. 적어도 그녀의 눈에 보이는 것들이라도. 몰리는 스프레이와 종이타월을 가져왔다. 피와 수은과 보이지 않는 유리 가루로 반짝이는 조그만 발들을 상상하면서. 유리 가루에 수은이 섞여 있을지도 모른다고 의심하면서. 그러나 인터넷에서 수은을 치우는 방법을 찾아보는 건 내키지 않았다. 그러기엔 너무 두려웠다.

　다 치운 건가? 다 치웠다. 더이상 할일이 없었다.

　아마도 아이들과 집을 엄청난 양의 독극물에 노출시키지는 않았
을 것이다.

　"벤." 비브가 몰리의 허리를 잡아서 그녀를 놀라게 했다. "어디
있어요?"

4

벤은 주방에 없었다. 욕실에도 없었다. 침실에도 없었다. 침대 밑에도 없었다. 옷장 속에도 없었다. 현관홀 벽장 속에도 없었다. 엄마가 복도에 임시로 만들어놓은 잠자리의 담요와 쿠션들 사이에도 없었다. 다른 침실에도 없었다. 다른 침대 밑에도 없었다. 다른 옷장 속에도 없었다. 아기침대 밑에도 없었다. 문 뒤에도 없었다. 다른 문 뒤에도 없었다.

"어쩌면 숨바꼭질하는 건지도 몰라요." 비브가 조심스럽게 말했다.

벤은 여전히 옷장 속에도 없었다. 벤은 여전히 다른 옷장 속에도 없었다.

"거긴 벌써 봤잖아요, 엄마."

식탁 밑에도 없었다. 소파 뒤에도 없었다. 커피 테이블 안에도 없었다. 싱크대 밑에 있는 장 속에도 없었다. 빨래 바구니 속에도 없었다.

"엄마, 벤은 그 안에 못 들어가요."

뒷문이 잠겨 있던가? 뒷문은 잠겨 있었다. 그러나 그 여자는 문을 열었을 수도 있다. 그러고도 남을 여자였다.

"엄마, 제발 그런 표정 짓지 말아요."

그 여자가 벤을 훔쳐갔다.

"어쩌면 날개가 돋아나서 날아갔을지도 몰라요."

사악한 년.

"엄마, 그런 표정 짓지 말라니까요!"

5

단음절의 머! 소리를 들은 건 비브였다.

벤은 욕조 바닥에 엎드려 있었다.

"머." 그들이 샤워커튼을 젖히고 그를 바라보자 벤이 다시 한번 말했다. 욕조에 짝이 맞지 않는 일곱 개의 퍼즐 조각이 벤과 함께 있었다.

"우린 네가 죽은 줄 알았어." 비브가 말했다.

몰리가 벤을 안아든 다음 변기에 등을 기대고 바닥에 주저앉아 두 아이를 동시에 끌어안으려 했지만 아이들은 안기고 싶어하지 않았다. 아이들이 그녀에게서 빠져나갔다.

"사이렌!" 비브가 소리쳤다. 사이렌소리가 가까워지고 있었다.

"사이렌." 몰리는 밀려드는 안도감에 어쩔 줄을 몰랐다. "저건 인류가 스스로를 돌보는 소리란다. 너희들 그거 알고 있었니?"

6

그들이 여기, 마트의 평범한 불빛 속에 있다는 게 작은 기적처럼 느껴졌다. 평범한 윙윙 소리, 쇼핑 카트에 갇혀 있는 것을 침착하게 견디는 아기, 진열대 가장자리를 붙잡고 딸기 피라미드를 바라보는 아이도.

딸기가 할인 행사중이었다. 몰리는 카트에 딸기 상자를 담고 또 담았다. 딸아이의 네번째 생일파티 테이블에 넉넉하게 채워진 딸기 그릇들을 상상하면서. 그러나 그와 거의 동시에, 파괴적인 이미지가, 야무지지 못한 유치에 해체된 딸기, 벽과 바닥의 빨간 얼룩, 어른의 손으로 집기에는 너무 작은, 곳곳에 흩어진 초록색 잎 부스러기 들이 떠올랐다.

짧고 검은 머리의 여자가 시리얼 코너를 돌아 농수산물 코너로 들어섰다.

몰리는 다시 한번 찬찬히 살펴보았다. 몰은 아니었다.

그런데도.

경계심이 잦아들자 몰리는 문득 자신이 데이비드를 그리워하고 있다는 걸, 아주 오랫동안, 모르긴 해도 최근 몇 년 동안 이렇게까지 그를 그리워한 적이 없다는 걸 깨달았다. 몰리에겐 그가 필요했다. 그의 몸태가 필요했고, 그의 불경스러운 언행이 주는 위안이 필요했다.

그러나 이제 겨우 토요일 아침. 그가 그녀의 곁으로 돌아오려면 아직 일주일을 더 기다려야 했다. 그리고 그가 무슨 말을 해도, 아무리 재치 있고 아무리 지혜로운 말을 해도, 몰에 대한 사실을 희석시킬 수 있을 것 같지는 않았다.

"주스 산다고 했잖아요." 멀리서 비브가 일깨워주고 있었다. "주스 산다고 했잖아요." 비브가 다시 말했고, 아이의 목소리가 점점 더 가까이, 점점 더 크게 들렸다. 벤은 카트의 안전벨트에서 벗어나려고 몸을 뒤틀었다. 비브가 몰리의 손을 잡아끌었다. "오늘 미니 큐브 치즈 있어요?"

좋았어, 몰리는 생각했다. 파티에 필요한 것들을 사는 동안 치즈 샘플이 아이들을 붙잡아둘 수 있을 것이다. 주스 몇 통, 레인보우 스프링클, 장식용 끈, 그 외에 지친 엄마가 쓸데없이 사는 물건들. 장을 본다는 게 다 뭔지, 너무나 따분하면서도 너무나 중요한 일이었다.

몰리는 카트를 정육 코너 쪽으로 밀었고 비브는 속도를 따라잡으려고 뛰었다. 마트에서 오늘도 치즈 샘플을 제공하기를 얼마나 간절히 바랐는지, 플라스틱 받침대와 치즈 탑을 본 순간 얼마나 기뻤는지 창피할 지경이었다.

"칼 주세요." 비브가 말했다. 비브는 치즈보다 이쑤시개를 더 좋아했다. 그러나 비브가 이쑤시개를 손에 넣는 순간 벤도 이쑤시개를 달라고 했다. 벤이 손을 뻗으며 안간힘을 썼다.

"아기한텐 안전하지 않아." 몰리가 말했다.

"맞아, 미안해, 벤." 치즈를 맛보며 비브가 말했다. "아기가 칼에 치즈를 꽂아 먹는 건 안전하지 않아."

벤의 얼굴이 시무룩해졌고 뺨이 곧바로 눈물범벅이 되었다. 벤이 우는 모습이 너무도 귀여워서 몰리는 가슴이 저렸다.

"비브," 몰리가 말했다. "약올리지 마. 그건 좋지 않아. 아무래도 이쑤시개는 둘 다 안 되겠어."

"약올리는 게 뭔데요?"

"아가," 몰리가 벤에게 말했다. "엄마가 이쑤시개는 줄 수 없지만," 다음에 무슨 말이 나올지 그녀 자신도 알 수 없었다. 그것을 대체할 만한 제안이, 악마의 거래가 필요했다. "엄마가 널 카트에서 꺼내주면 어떨까?"

벤이 횡재했다는 걸 알고 울음을 멈추곤 미소를 지었다. 몰리는 자신의 제안이 후회스러웠다. 그러나 이미 돌이킬 수 없었다.

몰리는 안전벨트를 풀고 벤을 밖으로 꺼내주었다. 비브는 치즈를 세 개째, 혹은 네 개째 먹고 있었다.

"비브, 다른 사람들도 있는데 너 혼자 그걸……"

벤은 이미 판매대로 다가가, 판매대를 이용하여 자신의 불안정한 자세를 유지하면서 치즈와 이쑤시개 쪽으로 손을 뻗었다.

"잠깐, 벤. 그만……" 몰리가 벤을 번쩍 안으며 치즈 조각 한 움큼을 집어 그중 한 개를 그의 입안에 욱여넣었다.

"엄마," 비브가 말했다. "벤한테 치즈를 그렇게 많이 주면 나는요?"

하마터면 죽을 수도 있었던 아이들이었다. 다른 세계에서, 이 아이들은 실제로 죽었다.

몰리는 진열대에서 치즈를 또 한 움큼 집어 아이들에게 나누어 주었다.

"이 노우NO는 뭐예요?" 비브가 치즈를 씹으며 말했다.

"응?" 몰리는 벤의 입에서 흐르는 치즈 국물을 바닥에 떨어지기 전에 훔치려 애쓰고 있었다.

"이 노우가 뭐냐고요." 비브는 정육점의 유리 진열대를 가리키고 있었다. 요즈음 비브는 노우 표시에 집착했다. 흡연 금지, 반려동물 금지, 바비큐 금지. 가운데 줄이 그어진 동그라미.

몰리가 경고 표시를 보았다. 쇼핑 카트에 아기를 태우고 다니는 여자의 모습이 그려져 있었다. 여자 옆에는 어린아이가 정육점 유리 진열대에 기대어 있었다. 그 모든 것이 커다란 동그라미 안에 들어 있었고 줄이 그어져 있었다.

"우리 같아요." 비브가 말했다.

비브 말이 옳았다. 그건 우리 같았다.

"이게 무슨 뜻이에요?" 비브가 말했다. "우리 여기 오면 안 된대요?"

"엄마 생각엔," 몰리는 정신을 가다듬고, 그 경고문이 그녀에게 불러일으키는 불안감을 극복하려 애쓰며 말했다. "무슨 뜻이냐 하면, 아이들이 유리에 기대지 못하게 하라는 뜻이야." 그 말은 비브에게 일러주는 말이면서 그녀 자신을 안심시키기 위한 말이었다.

물론 마트에서는 아이들이 유리에 기대고 손자국을 남기는 것을 원치 않았다. 이것은 통상적인 경고 표시였다.

"유리에 기댄다는 건 지금 내가 하는 행동을 말하는 거예요?"

"바로 그거야." 자신의 목소리가 얼마나 명랑한지 몰리는 믿을 수 없을 정도였다. "그러니까 하지 마."

"알겠어요." 비브가 말했다. "안 할게요. 그래도 이 표시는 계속 보고 싶어요."

"하지만 우린 장을 마저 봐야 해." 몰리가 말했다. "주스 사야 하는 거 기억하지? 계산하고 나면 바로 하나 마시게 해줄게." 몰리는 자신이 탐탁지 않았다. 끝도 없이 지략과 뇌물을 쓰는 자신이.

"나 이 표시 좋아한단 말이에요." 비브가 선언했다. "그리고 오늘 내 생일이잖아요. 전 여기 있고 싶어요. 이걸 보면서. 영원히."

"장을 마저 봐야 해." 몰리가 말했다.

잠시 후 비브가 바닥에 드러눕더니 발버둥치면서 손바닥으로 바닥을 때렸다. 머리핀이 떨어져나왔다. 비브가 소리를 질렀고, 그것은 말이 아니라 단음절들이었다.

몰리는 자신에게 매달려 있던 벤을 붙잡고 뒤로 물러섰다. 구경꾼들이 모여들기 시작했다. 몰리는 온몸이 후끈거렸고 어쩔 줄을 몰랐다. 목격자들이 웅성거리며 도우려 애썼다.

"죄송합니다." 몰리가 모든 사람들에게, 온 세상에 반복해서 말했다. "죄송합니다."

몰리는 비브를 고분고분한 비브로 돌려놓을 방법이 있으면 좋겠다고 생각했다. 그러나 아직 그런 방법을 개발하지 못했다. 내면의 괴물이 밖으로 탈출한 동안 엄마는 그저 넋을 놓고 지켜볼 뿐이었디.

몰리의 반복되는 사과에도 불구하고 아이가 계속 떼를 쓰자 목격자들은 흥미를 잃었거나, 점점 더 힐난의 기미가 강해져가는 눈빛으로 엄마를 쏘아보았다.

마트 직원의 이름은 찰리였고 막대사탕을 갖고 있었다. 그녀가 비브로부터 몇 발자국 떨어진 곳에 무릎을 꿇고 앉아 조심스럽게 막대사탕을 내밀었다. 마치 길 잃은 강아지에게 먹을 것을 주듯이.

비브가 바닥에 드러누운 상태로 손을 뻗었다. 마트로, 문명 세계로 돌아오는 밧줄을 향해.

몰리는 감탄했다. 찰리가 막대사탕의 포장지를 뜯었다. 목격자들이 흩어졌다.

"찰리." 몰리가 말했다. "고마워요."

"저도 겪은 일인걸요." 찰리가 말했다. 찰리는 엄마이기엔 너무 젊어 보였다.

"이 노우 표시에 작별인사하게 해줘요." 평온 그 자체인 비브가 말했다. 비브는 막대사탕을 빨며 유리에 너무 바짝 붙더니 줄이 그어진 동그라미를 어루만졌다. 벤이 이쑤시개를 달라고 했고 몰리는 굴복하고 하나를 주었다. 벤은 기분이 좋아졌다. 벤이 이쑤시개를 바닥에 던졌다.

찰리는 보이지 않았다. 몰리는 계산을 하면서 그녀를 찾아보았지만 어디에도 없었다.

여린 햇살 아래 주차장의 차들이 반짝였다. 태양이 마치 다른 세계에서 온 듯한 빛깔을 발산하고 있었다. 두려움과 피로에 취한 몰리는, 마치 물속을 가르듯, 굼뜨게 움직였다. 그들의 차가 여전히 그 자리에, 주차해둔 바로 그 자리에 있어서 다행이었다. 하지만 그렇지 않으면? 몰이 차를 훔쳐서 그들을 마트에서 오도 가도 못하게라도 할 줄 알았다는 건가?

몰이 원한 건 차가 아니었다.

몰리는 아이들과 함께 집으로 돌아갈 수 없었다. 아직은. 그럴 준비가 되어 있지 않았다. 머리를 식혀야 했다. 아이들을 안전하게 지킬 방법을 찾아야 했다. 이제 곧 젖이 흐를 참이었다. 젖이 불어나는 것을, 그 묵직함을 느낄 수 있었다.

젖도 먹이고 아이들이 놀 수도 있는 곳으로 가야 했다. 몰이 결코 생각할 수 없는 곳으로, 몰리 자신조차 한 번도 생각해본 적 없는 곳으로.

7

중앙분리대에 성근 개나리 덤불이 하나 있고, 노랗고 쭈글쭈글한 꽃봉오리 몇 개가 돋아 있었다. 비브는 개나리 덤불을 보고는 마치 호화로운 정원이라도 된다는 듯 반색을 했다. 땅이 질척였고 오래된 잔디가 깔려 있었지만 차 짐칸에서 꺼낸 파란 방수포를 펼칠 만한, 주로 풀밭인 자리를 확보할 수 있었다. 날이 흐렸고 이상할 정도로 더웠다. 몰리는 스웨트셔츠를 벗어 벤이 부드러운 곳에 누울 수 있도록 방수포 위에 깔았다. 그러고는 티셔츠를 올리고 수유브라의 후크를 열어 벤 옆에 누웠다. 벤이 젖을 먹는 동안 비브는 개나리 덤불 주위를 빙빙 돌며 거기에 대고 속삭였고, 가장 조그만 나뭇가지로 플루트를 부는 시늉을 했다.

중앙분리대는 크고 오래된 주택들이 모여 있는 가장 좋은 주택가에 자리잡고 있었다. 양쪽 도로로 차들이 지나다니긴 했지만 상당히 차분하게 달렸다. 몰리는 가로수가 조성된 이 도로를 생각해낸 자신에게 박수를 보냈다. 다른 날 같았으면 아이들의 놀이터로 이 근사한 동네의 중앙분리대를 떠올리지 못했을 것이다. 어느 아기 엄마의 드러난 젖가슴과 무릎에 흙이 묻은 아이를 커튼 뒤에서 몰래 바라보며 주민들이 무슨 생각을 할지 알 게 뭔가?

그러나 마법의 주문을 외우며 개나리 덤불 주위를 맴도는 비브는 행복했고, 젖을 먹으면서 머리 위를 뒤덮은 나뭇가지를 바라보는 벤도 행복했다. 새들도 근처에 있었다. 눈에 보이지는 않았지만, 노랫소리가 요란했다. 지나가는 차들의 위협으로부터 그들을 보호하는 이 진흙투성이의 관상용 섬은 어쩐지 안전하게 느껴졌다.

난 할 수 있어, 몰리가 생각했다. 정확히 무얼 할 수 있는지는 알지 못했다.

비브는 숨바꼭질을 하고 싶어했다. 중앙분리대에는 숨을 곳이 없었다. 겨울을 지낸 개나리 덤불은 아직 잎이 없었고 나무 세 그루는 묘목이었다.

"숨을 데 엄청 많아요!" 비브가 우겼다. "그냥 해요. 눈 감고 열까지 세요."

몰리는 비브가 눈을 감았다고 생각할 정도로만 눈을 감고 열까지 세었다. 못 숨었어도 잡으러 간다.

덤불을 사이에 두고 반대편에 있는 비브가 또렷하게 보였지만 비브는 돌아서 있었다. 마치 자기가 엄마를 볼 수 없으면 엄마도 자기를 볼 수 없을 거라는 듯이.

몰리는 방수포 한복판에 빽빽거리는 기린과 함께 벤을 남겨두고 묘목마다, 덤불마다 비브가 있는지 찾는 시늉을 했다. 마침내 그녀가 개나리 덤불을 돌아, 나뭇가지 사이에서 빨간 바지를 입은 짧은 다리들을 찾아내고 깜짝 놀라는 시늉을 하자 비브가 기쁨에 겨워 소리를 질렀다. 때로 제법 어른스럽고 복잡한 것들을 이해하는 것처럼 보였지만, 그래도 비브는 아직 어린애였다. 비브가 안기기를 거부하며 벗어날 때까지 몰리는 비브를 잠깐이나마 꼭 끌어안았다.

"벤한테 왜 저걸 줬어요?"

벤은 중앙분리대 가장자리로 기어가서 구근—수선화? 튤립?— 처럼 생긴 것을 축축한 땅에서 야무지게 뽑아내고 있었다.

몰리가 얼른 달려가 구근을 잡아당기는 벤을 잡아당겼다. 벤의 손에서 구근 하나가 대롱거렸다. 비브는 파헤쳐진 땅과 뜯긴 뿌리, 엉망이 된 정원을 바라보며 혼란스러워했다.

"우리가, 우리가," 비브가 초조해했다. "이거 고쳐야 돼요, 엄마." 비브는 질척이는 땅에 웅크리고 앉더니 흙을 파기 시작했다. 비브의 발은 중앙분리대에 있었고, 무릎은 도로 쪽으로 삐져나가 있었다. "안녕, 벌레야."

차 한 대가 다가오고 있었다. 너무 빠른 속도로. 휙 하고 지나가는 차 때문에 비브가 중심을 잃었고, 그 바람에 뒤쪽의 마른 풀밭에 털썩 주저앉았다. 호리호리한 운전자가 몰리에게 끔찍한 말을 내뱉었다.

그러나 운전자가 한 말은 사실이었다. 몰리도 자신이 미쳤다는 생각이 들었다. 왜냐하면 이제야 비로소 이 중앙분리대에 있는 게 얼마나 위험하고, 얼마나 한심한지 깨달았기 때문이었다.

몰리는 방수포를 감고 또 감아서 옆구리에 끼고 그 반대편 옆구리에 벤을 안고, 비브에게 벤의 발을 붙잡고 바짝 붙어서 쫓아오라고 이른 다음, 중앙분리대에서 내려와서, 길을 건너서, 보도로 들어섰다. 가는 길에 뜯긴 구근들과 뒤집힌 벌레들을 떨구면서.

벤의 기저귀에서 똥이 새고 있었다.

8

아이들은 카시트에 벨트를 채운 채 앉아 있었고 몰리는 주차장에 차를 세우고 데이비드에게 전화를 걸었다. 차에서 벤 냄새가 났는데, 벤의 좋은 냄새가 아니라 벤의 나쁜 냄새였다. 전화벨이 울리는 동안 백미러 속에서 비브가 코를 손으로 움켜쥐고 과장스럽게 숨을 쉬고 있었고, 전화는 자동응답으로 넘어갔다.

몰리는 다시 한번 그에게 전화를 걸었다. 왜 어젯밤에는 그에게 전화할 생각을 못했는지, 왜 오늘 아침에 그에게 전화하지 않았는지, 왜 중앙분리대가 아이들이 놀기에 적절한 장소라고 판단했는지 의문이었다. 몰리는 여러 면에서 자신에게 회의가 들었고, 스스로에 대한 의심으로 불안했다.

네번째 벨이 울리자 데이비드가 전화를 받았다. 리허설의 소음—악기를 조율하고 연주하는 소리—이 배경음으로 들렸다.

"여보." 그녀가 말했다.

"무슨 일이야?" 그가 물었고 몰리는 자신을 너무도 잘 아는 남편의 반응에 짧은 순간이나마 안도감을 느꼈으며, 마음이 편안해졌다. 몰리의 목소리만 들어도, 그 한 단어를 내뱉는 순간 살짝 불안정한 것만으로도, 연거푸 두 번 전화를 하는 것만으로도, 그는 뭔가 잘못되었음을 알아차렸다.

기회가 주어졌는데도, 남반구에 있는 그가 그녀에게 온통 주의를 집중하고 있는데도, 몰리는 그 기회를 어떻게 사용해야 할지 알 수 없었다.

"어젯밤에," 그녀가 말했다. "일이 좀 있었어."

"일이라니…… 애들은 괜찮아?"

뭐라고 말해야 할지. "응." 그녀가 말했다.

그가 설명을 기다리고 있었다. 그러나 뭐라고 말해야 할까? 어떤 단어를 사용해야 할까? 또 그 단어가 어떤 파장을 일으킬까? 데이비드를 지구 반대편으로 불러들여 그가 몰리의 정신 상태에 대해, 아이들의 상태에 대해 미친듯이 걱정하게 되는 것도 문제지만, 말로 분명히 표현한다면 이 상황은 몰리에게, 그리고 몰에게 더욱 진실이 되어버릴 것이었다.

"몰리?" 그가 말했다.

내가 한 명 더 있어. 그 여자는 발굴 현장에서 나왔어. 그 여자 애들은 죽었어. 그 여자가 우리 아이들을 원해.

"혹시 나 없을 때 어떤 남자와 하룻밤을 즐겼다고 고백할 참이면, 내가 돌아갈 때까지 좀 기다려줄래?" 그가 말했다.

"그런 거 아니야." 그를 안심시키려 억지로 웃으며 몰리가 말했다. "그런 게 아니고, 무슨 일이냐 하면……"

그 순간 몰리는 뒷좌석에서 감도는 긴장감을, 아이들의 선명한 존재감을 느꼈고 뒤를 돌아보니 아니나다를까, 네 개의 호기심어 린 눈동자가 그녀를 향하고 있었다. 비브는 너무도 날카롭고, 너무 도 집중한 상태였고 온몸을 곤두세우고 있었다. 벤은 차 뒤쪽을 바 라보도록 고정된 카시트 옆으로 고개를 한껏 빼고 있었다.

　"지금 리허설중이지?"

　"그건 신경쓰지 마."

　"주전자들이 듣고 있어. 나중에 얘기할게."

　"그럼 생일 축하 인사라도 하면 안 될까?"

　그녀가 스피커폰 버튼을 누르고 전화기를 들자 데이비드가 큰 소 리로, "생일 축하해, 비브!"라고 말했다. 그 순간 여러 악기들이 정 성스럽게 생일 축하 노래를 연주하기 시작했고 비브가 놀라며 미소 를 지었다. 연주가 끝나자 비브가 외쳤다. "생일 축하해요, 아빠!"

9

"누가 벤의 엄마지?" 몰리가 말했다.

"이 레몬이 벤 엄마예요." 비브가 대답했다.

"누가 벤의 엄마지?"

"이 포크가 벤 엄마예요."

"누가 벤의 엄마지?"

"천장이 벤 엄마예요."

아이들은 이 게임을 항상 재미있어했다. 이 게임을 할 때마다 몰리는 데이비드와 주고받던 농담을 떠올렸다. 두 아이가 섬뜩할 정도로 닮은 행동을 할 때마다 서로에게 묻곤 했다. 혹시 비브가 동생을 위해 몰리의 자궁벽에 뭐가 재미있고 뭐가 무서운지 남매의 암호를 적어놓기라도 한 걸까? 그래서 벤이 자궁 속에서 그것들을 기억해둔 걸까?

"또요, 엄마."

예를 들면, 두 아이 모두 생후 구 개월 무렵 노란 주방장갑을 보고 비명을 지르는 황당한 시기를 거쳤다.

"엄마, 또요."

그 모든 기억들이(그 농담, 그리고 노란 주방장갑) 지금 이 순간 너무도 아득하게 느껴져서 두려웠다. 마치 다른 부부, 다른 가족들의 농담과 특이한 점인 것 같았다.

그녀는 주어진 일에 집중하려 애썼다. 주방 조리대 위에 나란히 놓인 두 개의 조그만 그릇에 사과소스를 담는 것. 그러나 손이 협조해주지 않았다. 몰리는 손을 진정시키려 애쓰며 그릇들을 식탁으로 가져갔다.

"엄마, 또요."

"누가 벤의 엄마지?" 몰리가 말했다.

"벤의 기저귀가 벤 엄마예요!"

몰리는 자동 주행 모드로 돌입해서 몇 초에 한 번씩 주어진 문장을 말했고 비브의 대답에 아이들은 점점 더 깔깔거렸다.

누군가가 쳐다보는 것 같은 기분이 들었다. 몰리는 자꾸 뒷마당을 내다보면서, 창가의 상록수 덤불을, 그 속을 바라보았다. 나뭇가지 사이에 아무도 없었다. 마음이 놓였다.

아니 마음이 놓이지 않았다.

몰리는 알고 있었다. 만약 몰리 자신이라면, 몰리 자신이었다면, 덤불 속에서 그들을 쳐다보며, 갈망하며, 부러워하며, 분노했으리라는 것을.

몰리라도 거기 있지 않았을까? 거기 말고 다른 장소가 있을까?

"누가 벤의 엄마지?"

"그만해요." 비브가 엄마에게 말하고 있었다.

"누가 벤의 엄마지?"

"그만하라니까요." 비브가 말했다. "그만하라고요. 끝났어요. 이제 끝났다고요."

10

몰리는 벤이 곯아떨어지는 순간을 정확히 알 수 있었다. 벤의 몸이 갑자기 신의 무게를 지니기 때문이었다. 그녀를 흔들의자에 더 깊숙이 누르는 벤의 갑작스럽고도 예외적인 묵직함. 그것은 임신 중에 처음으로 느꼈던 그녀의 몸속에서 발현하는 초인적 육중함, 그 신의 무게의 반향이었다.

처음부터 몰리는 아이들에 대한 원초적 책임감이 아이들의 몸에 대한 책임감이라고 생각했다. 두 아이를 두 개의 세포에서 수많은 세포의 집합체로, 하나의 몸으로 성장하게 하고 싶었고, 그다음엔 그 몸이 자라고 또 자랄 수 있게 보장하고 싶었다. 자, 어서, 나의 젖을 먹어, 어서어서 많이 먹고 오늘보다 더 크게 자라렴.

그러나 지금, 나른한 침실에서, 벤의 입은 그녀의 젖꼭지에서 분리되었다. 벤의 잠이 몰리를 재웠다. 벤을 재우는 동안 몰리도 깜빡 졸았다. 그럴 때마다 매번 기겁을 하며 잠에서 깨어나, 집안에서 침입자의 기척을 느꼈고, 비브가 문 밖에서 쉰두 장의 카드를 일렬로 펼쳐놓고 있다는 사실을 잊었다가 기억해냈다. 비브는 여왕 클로버를 가장 좋아했다.

"비브?" 몰리가 네번째인가 일곱번째인가 열세번째인가 불렀다.

"왜요!" 화가 난 목소리로, 문 뒤에서 비브가 대답했다.

"아직 거기 있니?"

"당연하죠."

이제 몰리는 일어나서 벤을 아기침대에 눕히고 비브를 구슬려 파티가 시작되기 전에 낮잠을 재워야 했다. 그러나 몸이 말을 듣지 않았다. 이렇게 붕 뜬 상태로 영원히 머물 수만 있다면 모든 게 한결 수월할 텐데. 오른쪽 발은 잠이 들었고, 왼쪽 상체의 근육도 마찬가지였다. 불면은 마약이지만, 수면도 마찬가지였다. 그것은 다른 세계로 가는 관문이었다. 그녀는 그 문을 통과하는 것을 스스로에게 허락했다. 괜찮아, 괜찮아, 가도 괜찮아, 여왕 클로버가 비브를 보살피고 있으니까, 기다란 회색 복도를 걷는 거야, 너무 춥지도 않고 너무 덥지도 않고 온도가 적당한 곳, 너무 밝지도 않고 너무 어둡지도 않은 그곳, 그런데 그 복도의 끝에서 무슨 일인가 일어나고 있었다, 환하게 빛을 발하는 무언가가 있었다, 몰리는 어서 그것을 보고 싶었고, 기대감에 미소를 지었지만, 그 환한 빛은 알고 보니 칵테일파티가 아닌, 폭발이었다.

그녀는 화들짝 놀라며 잠에서 깨어나 벤을 내려다보았다. 벤이 숨을 쉬지 않았다. 그녀가 방심해서 잠든 사이에 벤이 숨을 멈춘 건가?—그렇다, 그렇게 된 거였다!—그러나 다행히도, 벤은 숨을 쉬고 있었다. 벤은 무사했다. 자줏빛이 아니었고, 평상시와 똑같은 버터스카치 사탕 빛깔이었다.

몰리는 가까스로 흔들의자에서 일어섰다. 그리고 필요 이상으로 조심하며 벤을 아기침대에 눕혔다. 몰리는 복도에 길게 늘어선 카드 행렬을 보았고 카드를 따라 거실로 갔다. 카드가 소파에서 끊어졌고, 그 끝에 비브가, 가슴에 여왕 클로버를 품고 잠들어 있었다.

집은 존재의 또다른 방식으로 접어들었고, 길들지 않은 이 집 거주자들이 마침내 휴식을 취할 때의 숭고한 정적에 휩싸였다. 마치 집 자체도 잠든 것 같았고, 벽도 잠든 아이들의 유난히 느린 들숨 날숨에, 우주의 허파에 맞추어 숨쉬는 것 같았다.

이 상태는 옳지 않다고, 몰리는 초조해하며 생각했다. 전혀 옳지 않다고. 그녀의 집에 감도는 이 과시적인 평화, 기만적 평온, 마룻바닥에 드리워진 마름모 모양의 햇살은.

11

몰리가 온라인으로 주문한 파티용품들이 들어 있는 상자의 테이프를 칼로 자르고 완충재 틈에서 플라스틱 물고기들을 꺼내고 있는데, 데이비드의 전화를 알리는 익숙한 벨소리가 울렸다.

그 소리에 그녀의 눈에 눈물이 고였다.

하지만 그가 영상통화를 요청한 것을 보고, 몰리는 하마터면 빨간색 거부 버튼을 누를 뻔했다. 의도적인 것이라기보다는 본능적인 것이었다.

몰리는 자신의 얼굴을 보고 그가 놀랄까봐 두려웠다.

그는 얼굴만 보고도 알아차릴 것이다, 늘 그랬으니까.

수신 상태가 형편없었다. 그의 얼굴이 깨져서 보였고 목소리는 괴기스러웠다. 그가 있는 곳 뒤쪽은 어둡고 촛불로 가득했다. 그의 어두운 얼굴이 조그만 화면에서 빙하처럼 앞뒤로 움직였다. 그녀는 휴대전화를 조리대 위에 올려놓았다.

"지금 거기……?"

"한시." 그녀가 말했다.

"……그럴 줄 알았어." 그의 목소리가 갑자기 선명해졌다. "시차가 두 시간이니까. 그런데 당신……"

그때 그가 무언가 다른 얘기를 했고 그녀는 무슨 말인지 알아들을 수가 없었다. 수신 상태가 다시 나빠졌고 그의 말은 웅얼거리는 소음으로 들렸다.

그에게 얘기하면 한결 마음이 편안해질 것이다. 그러면 이 두려움이 가라앉을 것이다. 그에게 얘기하는 것은 곧 안심, 도움, 미로에서의 탈출을 의미했다.

그러나 아마 데이비드도 그녀가 듣는 수준으로밖에 듣지 못할 것이다. 그녀의 목소리 역시 알아들을 수 없는 웅얼거림일 것이다.

어쩌면 그것은 안심을 의미하지 않을 수도 있었다. 그가 느낄 황당함, 그가 느낄 혼란과 걱정의 무게. 그리고 이 상황을 바꿀 수 없다는 것에 대한 무력감.

그 순간 모든 것이 돌아왔다. 영상, 소리, 그녀와 한 공간에 있는 데이비드.

"……얼른?" 그가 말하고 있었다. "앞으로 칠 초 내로."

몰리는 아래팔에서 멍자국을 발견했다. 언제 생긴 것인지 알 수 없는 멍자국이었다. 보나마나 아이들을 돌보느라 혼이 나가 있을 때 생긴 또하나의 작은 상처가 분명했지만, 그 멍자국이 왠지 그녀를 불안하게 했다.

"……아마 일 분에 1천 달러 정도 들걸. 애들 볼 수 있어? 오늘 생일 맞은 아이?"

"둘 다 잠들었어."

"당신 좋겠네."

그녀가 휴대전화 화면을 돌려 소파에서 잠든 비브를 비추었다. 비브는 여전히 여왕 클로버를 품고 자고 있었다. 데이비드가 애정이 담긴 소리를 냈다.

"좋다고 볼 수도 있겠지." 두 사람의 일상적 수다로 돌아오는 것이 가장 쉬운 일이었다. "파티 선물로 돌릴 물고기 소품이나 뒤지고 있는 걸 휴식이라고 생각한다면."

"그래서," 그가 말했다. "대체 무슨 일이야?"

두 사람은 항상 서로에 대해 잔인할 정도로 정직한 것에 자부심을 느꼈다. 당신 입에서 냄새나, 당신이 다 망쳤어, 당신 배꼽에 보풀 끼었어.

내가 한 명 더 있어. 왜 지금 말해버리지 않는 걸까, 잽싸게, 용기 있게?

그러나 그 말을 해서는 안 될 것 같았다. 이 상황을 말로 표현하면 하나의 틀을 갖추게 될 것이다. 두려움이 밀려들었고 용기는 증발했다.

"또 잘 안 들리네." 그녀가 거짓말을 했다.

"얼굴 좀 보여줄 수 있어?" 그가 말했다.

"뭐?" 몰리는 안 들리는 척했다.

"당신 얼굴."

그녀는 전화기에 얼굴을 대고 잠깐 보여주고는 다시 전화기를 조리대에 올려놓았다. 알고 보니 그의 뒤쪽에 있는 것은 촛불이 아니었다. 마감하지 않은 벽에 튀어나와 있는 갓 없는 전구들이었다.

"내숭 떨긴." 그가 비난했다.

"피곤해." 그녀가 응수했다. "완전 녹초야. 눈 밑에 다크서클 생기고. 당신 없어서 내가 얼마나 피곤한지 꼭 눈으로 확인하고 싶어?"

"진지하게," 그의 목소리가 걱정으로 날카로워졌다. "대체 무슨 일이야?"

"글쎄," 그녀가 말했다. "내가 수은 전구 두 개를 깨뜨렸고 비브가 마트에서 떼를 썼어. 거긴 어때?" 몰리는 데이비드가 한밤중에 연주를 하는, 다른 대륙의 어느 근사한 장소를 상상조차 할 수 없었다.

"광장도 많고 교회도 많고 커피는 엄청 진해. 됐어? 이제 말해봐."

"파티 시작하기 전에 딸기를 수백만 개 씻어야 해. 피냐타도 만들어 달아야 하고."

"당신 제정신이 아니네." 그가 말했다. "네 살짜리 아이 생일파티에 피냐 콜라다를?"

몰리는 제정신이 아닌 사람으로 보여서 마음이 놓였다.

"알았어, 알았다고. 당신이 이겼어, 몰. 좋아. 그만 끊자." 그가 말했다. "당신 얘기할 기분이 아닌가보네."

몰. 지난 십이 년 동안 그가 그녀를 몰이라고 부른 것은 겨우 몇 번뿐이었다.

놀란 몰리가 전화를 얼굴 앞에 들었다. 그의 얼굴이 다시 깨져서 보였다. 그녀의 얼굴이 보이던 작은 창은 어두워져 있었다.

12

몰리는『와이 북』을 통해 지구가 시속 1600킬로미터로 자전하고 있으며 그와 동시에 시속 10만 킬로미터로 공전하고 있다는 걸 알았다. 데이비드와 전화를 끊고 나서 몰리는 그 두 가지 속도를 모두 몸속에서 느끼며 주방 바닥에 주저앉았다.

어쩌면 그 두 가지 속도가 엄마가 된 이후 그녀를 덮쳐오곤 했던 간헐적 현기증을 설명해줄 수 있을지도 모른다고 생각했다. 아이를 갖게 되면서 그녀의 몸이 지구의 이중 회전에 고통스럽게 맞추어졌을지도 모른다고.

그러나 지금처럼 끔찍했던 적은 없었다. 자신의 집 주방 바닥에 발이 묶인 여자, 발아래에서 기우는 타일들, 수많은 몰리들의 만화경, 완벽한 음으로 노래를 부르는 몰리, 담배를 피우는 몰리, 텃밭을 가꾸는 몰리, 자동차 사고 한복판의 몰리, 침대에서 떨어지는 아기를 미처 붙잡지 못하는 몰리, 급류에 딸아이가 휩쓸리자 비명을 지르며 바다로 뛰어가는 몰리.

몰리는 자신의 어깨에 누군가의 손이 놓이는 것을 상상하려 애썼다. 그 고요하고 침착한 존재감을. 그리고 그 손의 환영을 보는 순간 마침내 눈을 뜰 수 있었다.

그러나 그것은 환영이 아니었다. 비브의 손이었다.

"어머니?" 비브가 말했다. 한 번도 한 적이 없는 말이었다.

13

몰리가 싱크대에서 딸기를 씻어 체에 담아놓으면 그걸 가져가 그릇에 담는 것이 비브의 임무였다. 비브는 딸기 그릇을 많이 놓고 싶어했다. 아주 많이, 지나치게 많이. 비브는 딸기 세 알을 작은 노란 그릇에 담아 거실을 돌아다니며 이 특별한 음식을 놓을 가장 좋은 장소가 어디인지 고민했다.

"커다란 그릇 두 개에 다 담으면 되잖아." 몰리가 말했다. "다들 그렇게 하던데."

"안 돼요." 비브가 말했다.

몰리는 못하게 할 기운이 없었다. 찬장으로 가서 노란색 그릇들을 전부 다 꺼내 비브의 간이의자와 가까운 조리대에 올려놓았다.

그다음엔 바다를 소재로 한 접시, 컵, 냅킨 들을 테이블 위에 올려놓았다. 장식용 끈을 벽에 테이프로 붙였다. 그 모든 과정에서 나온 쓰레기, 그리고 집안이 변신하는 동안 비브의 얼굴에 일어나는 마법. 테이프가 딱 달라붙어 있어서 긁어내야 하는데 몰리가 물어뜯어서 손톱이 너무 짧았다.

뒷주머니에 들어 있던 휴대전화가 울리며 그녀의 몸에 발작적인 전율을 일으켰다.

그러나 그냥 에리카의 문자였다. 현관 앞에 있는데 초인종 안 누를게요 아이들이 보면 안 되잖아요 ☺

흘끔 쳐다보니 비브는 딸기를 또 한 그릇 담는 데 집중하고 있어서 몰리는 슬쩍 빠져나가 문을 열었다.

에리카는 거대한 은색 풍선 한 묶음을 들고 있었다.

"깜짝 선물!" 에리카가 속삭였다.

"이런 거 안 사와도 되는데!" 몰리가 속삭였다. 곁에 그녀 말고 어른이 또 한 명 있다는 게 눈물이 날 정도로 감격스러웠다.

"물고기라면 이 정도는 해야죠." 에리카가 몰리의 말에 손사래를 치고는 제멋대로인 풍선들을 현관 안으로 밀어넣었다. "이거 사오느라고 물고기 복장을 입을 시간이 없었어요. 옷이 차에 있는데, 지금 가서……"

"지하실로 내려가요." 몰리가 말했다. "뒷마당에 창고로 내려가는 문이 있어요. 문이 좀 뻑뻑해서 세게 당겨야 해요. 거기 화장실도 있으니까 혹시……"

"네모난 열쇠, 맞죠?"

"엄마!" 안쪽에서 비브가 소리질렀다.

에리카가 윙크하며 손가락으로 입에 지퍼를 잠그는 시늉을 하고는 현관문을 닫았다.

몰리가 현관홀로 들어서자 비브가 숨을 헉 들이켰다. "이거 어디서 났어요?"

"갈매기가 물고 왔어." 몰리가 말했다.

"갈매기가!" 비브는 황홀경에 휩싸였다. 비브가 풍선 줄을 묶어 놓은 리본을 붙잡고 겨우겨우 현관홀을 지나 거실 쪽으로 향했다. "엄마, 꽃은 없어도 되겠어요."

몰리는 뒤에서 풍선의 방향을 잡느라 정신이 없었다.

"왜냐하면 우리에겐 은색하고 빨간색하고 노란색이 있으니까요." 비브가 선언했다.

몰리와 비브와 풍선들이 현관홀을 벗어나 거실로 들어섰고, 거실에는 빨간 딸기가 담긴 노란 그릇 열다섯 개 정도가 바닥을 포함해 곳곳에 놓여 있었다.

"누가 밟기라도 하면 어쩌려고?" 몰리가 말했다.

그러나 그릇들은, 정말이지, 꽤 아름다워 보였다.

14

초인종이 울리자 비브가 까치발로, 발바닥이 바닥에 거의 닿지 않게 뛰어나갔다. 이제 비브는 현관문의 잠금장치를 풀고 손잡이를 돌리고 문을 잡아당겨 열 수 있을 정도로 키가 자랐다.

물고기 비늘은 무지개 빛깔로 눈부시게 반짝였다. 가면에는 정수리에서 등까지 내려오는 부채꼴의 머리장식이 달려 있었다. 꼬리 부분은 파란색 스판 나팔바지 모양이었다. 물고기는 미리 계획했던 대로, 은색 운동화에 파란색 새틴 장갑을 꼈다.

에리카가 비브를 반기며 두 팔을 활짝 벌리자 파란색 헝겊 비늘들이 드러나면서 마치 아래쪽으로 돋아난 날개들처럼 팔 밑으로 늘어졌다.

이게 얼마나 강렬한 복장인지 몰리는 잊고 있었다. 제대로 보지도 않고 온라인으로 주문한 물건 중 하나였다. 몰리는 반짝이는 고무 가면과 반들반들하고 둥글납작한 눈 뒤의 에리카에게 손인사를 했다. 에리카는 대답 대신 팔을 흔들었다.

비브는 물고기를 두려워하면서도 감탄했다. 물고기가 파란 새틴으로 된 손을 내밀자 비브가 의젓하게 잡더니 물고기를 안으로 안내했다.

15

그렇다, 딸기는 야무지지 못한 유치에 해체되었고, 벽과 바닥에 빨간 얼룩이 생겼고, 곳곳에 흩어진 초록색 잎 부스러기는 어른의 손으로 집기에는 너무 작았다. 아이들 방의 서랍이 모두 열리고 비워졌고, 책들은 전부 책장 밖으로 나왔으며, 기차선로, 블록, 자동차와 공룡 퍼즐을 비롯한 온갖 장난감들의 스튜가, 터진 피냐타의 증거물로 남아 버려진 사탕 껍질들 한복판에서 끓고 있었다.

어른들은 거실에서 술을 마셨다. 네 살 아이를 둔 주름이 자글자글한 부모들은 이 지긋지긋한 아이들 생일파티에 반드시 맥주 한 팩을 들고 와야 한다는 걸 알고 있었다. 취하지 않은sober, 침울한 somber 몰리는 다른 부모들의 우스꽝스러운 쾌활함을 견딜 수가 없었다. 그들은 자기들이 미취학 아동을 겨냥한 프로그램 따위를 신랄하게 비판하고 있다는 이유로, (가는 길에 라떼를 마실 수만 있다면) 배우자와 유언장에 서명하러 가는 것을 데이트로 치고 있다는 이유로 스스로를 한심해하고 있었다. 삼 주 전 비슷한 생일파티에서 비슷한 사람들과 함께 있을 때만 해도 몰리는 이러한 우스꽝스러운 쾌활함을 주도하는 사람이었다. 그러나 지금 몰리는 그들의 아이들이 언제든 어떤 식으로든 죽을 수도 있다는 사실을 그들에게 일깨워주고 싶었다. 그러면 아마도 그들은 장난감 상자 바닥에 썩은 팬케이크가 있었다거나 훌륭한 식품으로 여겨지는 이런저런 채소를 아이들이 이유 없이 거부한다고 투덜대지 않을 텐데.

"데이비드는 어디 있어요?" 모두가 계속 물었고 몰리는 계속 대답했다. 몰리는 거의 말을 하지 않았지만 여기저기에 네댓 마디 정도는 던지고 있었다. 파티의 쓰나미라는 문구가 그녀의 머리를 관통했고, 말할 때마다 그 말이 튀어나오지 않도록 조심하기가 여간 힘들지 않았다.

저마다의 가속도에 휩쓸린 아이들은 시간이 흐를수록 점점 더 과감해졌고 점점 더 심술궂어졌다. 부모들이 부모 노릇에 대해 서로를 위로할 때 아이들은 여러 번 탑을 세우고 또 무너뜨렸다. 몰리는 과자 그릇을 채워주고, 주스를 따라주고, 벤이 입에 넣는 위험한 것들을 빼앗는 일에 몰두했다. 그런 일들로 스스로를 정신없게 만들었고, 그러다가 어느 순간 고개를 들어 과열된 상태로 북적이는 사람들을 둘러보면, 자신이 렘수면 상태의 악몽 속에서, 접근 불가능한 현란한 카오스 속에서 움직이고 있는 게 분명하다고 맹세할 수 있었다.

갓 태어난 도러시의 여동생을 가슴에 매고 온 도러시의 엄마가 몰리에게 질문을 던졌다. 모유 수유에 관한 질문으로, 처음에 벤에게 젖을 먹일 때 비브가 질투를 했었느냐고 물었다. 도러시의 엄마는 수면 습관과 치아 문제에 관한 장황한 대화에도 놀라운 인내심을 보여주는 착한 사람이었다.

"글쎄요." 몰리가 이야기를 시작했다. (물론 비브는 질투를 했다, 비브도 사람이니까, 안 그런가?) "저의, 그러니까 우리의 경우에는, 둘째 아이를 낳고 난 뒤 사후조리 기간에는……"

도러시의 엄마가 충격받은 표정을 지었다. "사후조리라니요." 그녀가 정정했다. "산후조리겠죠."

"맞아요." 몰리가 말했다. "산후조리."

에리카가 함께 있지 않았다면 몰리는 견딜 수 없었을 것이다. 그러나 에리카가 여기 있었고, 그녀가 병따개를 찾았고, 테이블에서 컵이 떨어지기 직전에 잡았으며, 소파 밑에 손을 넣어 벤의 공을 꺼냈다. 아이들은 물고기에게 홀딱 반했고, 미친듯이 방안을 뛰어다니다가도 매번 다시 에리카에게로 돌진했다. 아이들은 물고기의 지느러미와 비늘을 만지고 싶어했고 몰리는 아이들을 나무랄 수 없었다.

비브를 포함한 한 무리의 아이들이 커다란 침대의 회색 퀼트 이불 밑으로 기어들어가 그곳이 동굴인 척했다. 에리카는 이불을 확 들춰서 아이들을 불빛에 노출시키며 한차례의 비명을 유발했지만 아이들의 분노는 곧바로 기쁨으로 바뀌었다. 물고기가 길고 파란 줄을 들고 있었고, 이제 아이들은 기필코 그 줄을 잡고 물고기를 따라 지구 끝까지 갈 것이었다. 에리카는 그들을 방마다 데리고 다니며 아이들을 점점 더 많이 모았고 어느 순간 파란 줄은 조그만 인간들로 꿈틀거리는 장어가 되었다. 물고기는 몇 차례의 완강한 팔동작으로 거실 러그에서 어른들을 몰아냈다. 몰리는 얼른 전화기를 들고 데이비드가 믹싱해놓은 고래 소리를 스피커로 틀었다. 인간들로 이루어진 장어가 물고기를 감쌌고, 공연이 시작되었다.

공연이라고 해봐야 대단할 건 없었다. 에리카는 스카프 세 개를 번갈아 던지며 묘기를 선보였다. 그리고 아이들 한 명 한 명에게 연필에 붙인 기다란 청록색 리본을 나누어주었다. 한 번 불 때마다 스무 개가 넘는 방울이 만들어지는 비눗방울 기계도 있었다. 대단할 건 없었지만 아이들은 완전히 매혹되어서 비눗방울 속을 누비고 다녔고, 청록색 리본을 흔들었으며, 고래 소리에 맞추어 빙글빙글 돌았다.

물고기 공연이 끝나고 얼마 안 되어 파티가 시들해졌다. 비브는 친구들에게 흥미를 잃고 엄마를 쫓아다녔다. 화장실까지 쫓아와 엄마가 소변보는 것을 유심히 지켜보았다. 몰리가 속옷과 바지를 올리자 비브가 말했다. "휴, 이제야 엄마 해골 안 봐도 되네."

두 사람이 다시 파티로 돌아왔을 때 비브는 멈추지 않고 "사랑해요엄마사랑해요엄마"라고 중얼거렸다. 거의 칭얼대는 수준의 웅얼거림이었고, 몰리는 뭉클하면서도 짜증이 났다. 생일 초를 어디에 두었는지 몰라 찾고 있는데 비브가 몰리의 다리에 꼭 달라붙었고 결국 몰리는 비브를 떨쳐내야 했다.

모두가 생일 축하 노래를 부르는 동안(에리카는 어제 아이들과 함께 만들어둔 바닷빛 컵케이크 쟁반을 들고 있었다) 비브가 울었지만, 이유는 말하지 않았다. 몰리는 비브가 화가 난 이유를 찾는 데 너무 몰두한 나머지 벤이 테이블 위에 놓인 라이터로, 아름다운 초록색 장난감으로 손을 뻗는 것을 미처 보지 못했다. 에리카가 벤을 안아들어 다른 곳으로 데려갔다.

몰리는 컵케이크를 나누어주느라 정신이 없어서 잠시 비브를 챙기지 못했다. 몰리는 컵케이크를 나누어주는 어머니가 나오는 연극에서 연기를 하는 것처럼 컵케이크를 나누어주는 자신의 손을 바라보았다.

벤이 컵케이크를 해체하는 과정을 지켜보고 있는데, 비브가 다시 몰리의 팔꿈치 옆에 나타났다. 비브는 손바닥 위에 자기 손과 똑같은 석고 모형 손을 올려놓고 있었다. 그것은 친절한 치과의사가 준 선물이었다.

"제발," 비브가 말하며 손바닥 위의 석고 모형 손을 들어올렸다. "이걸 저 시끄러운 애들 손에 닿지 않는 곳에 놓아주세요."

에리카가 그 손을 받아서 매우 조심스럽게 선반 위에 올려놓았다.

그 손은 소중한 물건이었고, 사랑스러운 기념품이었으며, 세 살 반이었던 비브가, 그 달콤했던 시간이 담긴 작고 귀여운 물건이었다. 그러나 몰리는 그 손을 볼 때마다 섬뜩하다는 생각이 들었다. 그 손은 죽은 아이를 연상케 했다. 데이비드도, 두 사람만 있을 때 그 손이 비브의 메멘토 모리*라는 것에 동의했다. 몰리는 그 손을 진열해놓는 게 내키지 않았지만 비브가 고집을 부렸다.

맨 먼저 일어난 손님들이 현관문을 열자 은색 풍선 한 쌍이 집밖으로 탈출했다. 약하긴 해도 바람이 제법 불었고, 풍선들은 놀라운 속도로 순식간에 하늘로 떠올랐다.

비브는 『와이 북』을 통해 풍선들이 하늘로 날아가면 무슨 일이

---

* '죽음을 기억하라'는 뜻의 라틴어로, 죽음을 상징하거나 경고하는 물건을 가리키기도 한다.

일어나는지 알고 있었다. 그것들이 바다 생물들과 새들에게 어떤 영향을 미치는지.

"911에 전화해요!" 비브가 비명을 질렀다. "911에 전화하라고요!"

생일을 맞은 아이의 애처로운 비명에 다른 손님들도 서둘러 배웅을 받아 차로 갔다. 물고기가 울고 있는 비브를 안고 있었다.

16

벤은 애매한 시간에 잠이 들었다. 낮잠이라기에는 늦고 아주 잠들기엔 이른 오후 다섯시쯤 곯아떨어졌다. 비브는 화장실 변기에 앉아 컴퓨터로 〈호두까기 인형〉을 보고 있었다. 얼마나 그러고 있었는지는 알 수 없었다. 진 빠지는 파티 뒷정리. 에리카가(비브의 환상을 지켜주기 위해 여전히 물고기 복장을 입은 상태로) 주방을 치웠고 몰리는 포장지를 한데 쌓아놓고 리본들을 모으고 아이들 방을 정돈했다.

몰리는 서로 다른 세 개의 퍼즐이 뒤섞인 퍼즐 조각들을 정리하는 단조로움의 최면에 빠져들었다. 다른 상황이었다면, 장난감을 치울 때 자주 그랬던 것처럼 혀를 내둘렀을 것이다. 이런 일에 그녀의 심장박동을 소모할 수밖에 없다는 사실에, 이 따분한 일도 사랑의 한 부분이고 엄마 노릇의 일부라는 사실에. 그러나 오늘 그녀는 이 일의 명확함에, 아무 생각 없이 몰입할 수 있다는 사실에, 사방에 흩어져 있는 아이들의 활력의 증거에, 아기침대에서 들려오는 벤의 숨소리에 감사했다.

몰리는 주방으로 돌아가다가 현관홀에 무릎을 꿇고 앉고는, 어떤 아이가 바닥에 발로 밟아 붙여놓은 반짝이는 돌고래 스티커를 떼어내려 애썼다.

그러다가 어느 순간 고개를 들어보니, 3미터 거리에서 물고기가 주방을 정리하고 있었고, 그때 몰리는 깨달았다.

물고기가 주방을 몰리와 똑같은 방식으로 공략하고 있었다. 싱크대 맞은편의 조리대 먼저, 그다음엔 싱크대 왼쪽, 그다음엔 싱크대 오른쪽. 빈 맥주병은 분리수거를 위해 헹궈서 창가에 나란히 세워놓았다. 오렌지 정향 스프레이를 조리대에 몇 번 뿌렸는데, 불필요하고 과도한 행위였지만 싱크대에 산더미처럼 쌓인 그릇 무더기와 맞서기 전에 마음을 다잡기 위한 것이었다.

"이제 그만 가면 벗지 그래요?" 몰리가 차갑게 말했다.

물고기는 그녀의 말을 무시했다.

그때 비브가 화장실에서 나왔고 몰리는 이러지도 저러지도 못했다. 가면을 벗길 수도 없었고 몸을 문 쪽으로 밀칠 수도 없었다.

"사탕요정이 무서워요." 비브가 말했다. "따뜻한 우유 마시면 안 무서울 거 같아요."

몰은 이미 냉장고를 열고 있었다. 그녀가 머그잔에 우유를 따라 전자레인지에 돌린 다음 바닐라 액을 넣어 식탁 위에 올려놓았다.

"고마워, 물고기야." 비브가 말했다. 그러나 비브는 한 모금을 마시고 잔을 내려놓다가 식탁 가장자리에 잘못 두었다.

비브와 몰리와 물고기는 마룻바닥에서 일어나는 하얀 폭발을,

도자기 파편들로 끝이 날카로운 다각형 별을 쳐다보았다.

엉망이 된 바닥에서 비브를 끌어낸 건 물고기였다. 쓰레기통과 종이타월과 오렌지 정향 스프레이를 가져온 것도 물고기였다.

몰리는 무언가를 완벽하게 박살낸 충격으로 아직까지 떨고 있는 비브를 끌어안고 소파에 앉아 있었다. 그들은 바닥을 청소하는 물고기를 지켜보았다. 물고기는 체계적이었고 꼼꼼했으며, 그 광경은 매혹적이었다. 그들은 물고기가 마룻바닥에 도자기 조각이 남아 있는지 세심하게 살펴보고, 바닥에 박힌 유릿조각을 마치 희귀한 꽃을 뽑는 사람처럼 하나씩 뽑아 네모난 종이타월에 올려놓는 모습을 지켜보았다.

"엄마, 엄마 나 미워요?" 비브가 말했다.

"이런 속담이 있어." 몰리가 비브를 꽉 끌어안았다. "엎질러진 우유를 놓고 울지 말라."

"속담이 뭐예요?" 비브가 물었다. "누가 울었는데요?"

물고기가 몸을 세우고 고개를 들었다. 마치 비브의 질문에, 세 가지 질문 모두에 자신이 대답하고 싶다는 듯이. 그러나 이내 그녀는 자신의 처지를 떠올렸고, 다시 고개를 숙이고는 마룻바닥에 집중했다.

17

이틀 연달아 몰리는 문 뒤에서 무엇이 그녀를 기다리고 있을지 두려워하며 비브를 재웠다. 또다시, 두려움이 단조로운 일상에 신성한 빛을 드리웠다. 취침 등의 불빛이 칫솔과 치약과 잠옷과 담요를 황금빛으로 물들였다. 마치 비브의 손이 닿은 것은 전부 다 신비로운 광채를 띠는 것처럼. 미다스? 몰리는 그 이름을 기억해낼 정신은 있었지만, 이야기의 교훈은 기억나지 않았다.

몰리는 조그만 침대에 비브 옆에 누워 아이의 귓가에 속삭였다. "불을 켜고 책을 읽을 수가 없어. 벤이 깰지도 모르거든."

그러나 알고 보니 비브는 이미 벤을 따라 잠들어 있었다. 배경음으로 들리는 아기의 잠꼬대와 아기침대에 축 늘어져 있는 벤의 몸이 비브를 익숙한 세상 밖으로 유혹했다.

몰리는 아이들의 숨소리가 만드는 해먹에서 흔들거리다 잠들고 싶었다.

뒷주머니에서 휴대전화가 문자를 수신하며 진동했다. 생일파티 어땠어요, 여왕 물고기님? 복장은 잘 맞았어요? 그런데 절 그렇게 유인해서 내쫓기 있어요? 아직도 그 충격에서 벗어나려 애쓰는 중 ;) 하지만 절대 화난 건 아님 하하. 이해해요. 생일 맞은 우리 꼬마에게 내가 키스 육백만 개 보냈다고 전해주세요. 그다음으로 에리카다운 이모티콘들이 이어졌다. 인어, 돌고래, 한 쌍의 하트, 빨간 풍선, 키스.

18

몰이 물고기 가면을 벗어 식탁 위에 올려놓았다. 머리카락은 축 축했고 물기로 번들거리는 얼굴은 고무 같았다. 그 모습을 보니 그 녀 자신도 공기가 통하지 않는 가면 속에서 몇 시간을 보낸 것 같 은 기분이 들었다.

야구방망이가 있으면 좋을 텐데. 그러나 야구방망이를 가지러 가는 게 가만히 서 있는 것보다 더 위험할 것 같았다. 무기를 갖고 있다고 해서 그걸로 딱히 무얼 할 수 있을지 아는 것도 아니었다.

몰리는 자신을 쳐다보았다. 그녀의 몸이지만 그녀의 몸이 아닌 몸이 반짝거리는 비늘 옷을 입고 숨을 쉬고, 눈을 깜빡이고, 의자 에서 뒤척이는 모습을. 몰은 그사이 무언가를 한 것 같았고(딱지를 뗐나? 화장을 했나?) 이제 몰리와 흠잡을 데 없이 똑같았다. 몰은 두 손을 맞잡아 식탁 위에 올려놓았다. 손톱이 단정하고 깨끗했다. 몰리는 고개를 돌릴 수 없었다. 간혹 거울 속 자신의 모습에서 돌아설 수 없을 때처럼. 몰리는 몰의 맞은편 의자에 주저앉았다. 내면에서 싸우는 두 가지 감정을 더이상 가둬둘 수가 없었다. 너무나 친근하면서도 너무나 낯선 느낌.

"나하고 아이들 같이 키워요." 몰이 말했다.

"돈은 줄 수 있어요." 몰리가 말했다. "옷을 줄 수도 있고요. 살곳을 알아봐줄 수도 있어요."

"다음주 토요일에 데이비드가 돌아오면 내가 그 편지를 데이비드에게 줄 수도 있어요."

"편지?"

"별거를 요구하는 편지."

"뭐라고요?"

"나도 잊고 있었어요. 그런데 기억이 나네요. 지난 6월. 그 분노. 새벽 두시에 식탁에 앉아서. 벤의 야간 수유로 인한 불면증도."

"악몽 속에서 쓴 편지예요. 실제로 존재하지도 않고요."

"존재해요. 내가 갖고 있어요. 당신이―내가―우리가 캐비닛에 보관해두었거든요."

몰리를 받치고 있던 의자가 빠져나갔다. 몰리는 바닥으로 미끄러졌다. 등을 벽에 기댄 채로. 얼굴을 두 손으로 가리고서. 몰리는 몰이 알고 있을 다른 비밀들을 생각해보았다. 데이비드가 돈을 너무 조금 버는 것에 대한 그녀의 스트레스, 결혼하지 않고 아이도 없는 로즈에게 이따금 느끼는 부러움, 데이비드는 그녀가 행복하다고 생각했지만 몰리는 슬펐던 밤, 예전 남자친구와 더 만족스러웠던 체위. 우리 모두가 스스로에게 가지고 있는 끝없는 협박거리들.

마침내, 몰이 몸을 일으키고 그녀 쪽으로 다가와 벽에 기대며 곁에 앉는 소리. 몰리의 다리와 엉덩이와 팔 옆에 있는 또하나의 다리와 엉덩이와 팔. 두 개의 몸이 닿는 지점마다 요동치는 감각과 간질거리는 열기.

몰리가 몸을 피했다. 그녀는 오염되고 싶지 않았다.

"당신 참 악랄하군요." 몰리가 말했다.

"그럼 당신도 악랄한 거예요." 몰이 말했다.

몰의 손이 너무도 날렵하게 몰리의 손목을 뱀처럼 휘감아 조였다. 몰의 힘이 더 세다는 걸, 훨씬 더 세다는 걸, 몰리는 한 번도 그렇게 힘이 세어본 적이 없다는 걸 알 수 있었다. 슬픔에 힘입은 몰은 두 주만큼 더 가냘팠고, 두 주만큼 더 맹렬했다. 몰의 또다른 손은 이제 몰리의 머리카락을 움켜잡고 뿌리 부분을 비틀었다. 간질거리는 열기가 끓는점까지 고조되었다.

난 당신보다 훨씬 더 많은 고통을 겪었어. 당신은 편안하고 행복한 삶을 살고 있고, 안정적인 아내인데다 다치지 않은 두 아이의 엄마야. 만약 당신이 내 입장이었다면, 당신도 똑같이 했으리란 걸 왜 자꾸 잊는 거지?

당신은 제정신이 아니야. 미안하지만, 당신은 정상이 아니라고. 당신은 너무 많은 일을 겪었어. 이건 용납할 수 없어. 당치도 않아. 아이들을 공유하다니. 아이들을 생각해봐. 두 엄마가 번갈아 드나들면 얼마나 이상하겠어? 아이들이 우리 둘을 분간하지 못한다고 해도, 결국은 알게 될 거고—아이들은 반드시 알아—그러면 상처를 받을 거야.

아이들은 괜찮을 거야. 무언가를 포기해야 하는 사람은, 완벽한 삶을 포기해야 하는 사람은 바로 당신이지.

마침내 몰이 그녀를 놓아주었을 때, 몰리의 시선은 비브가 벽에 그려놓은 기다란 보라색 낙서로 향했다. 그 낙서가 어쩐지 그녀를 안정시켰다.

그녀는 주방으로 갔고 몰이 따라오지 않는 것을 확인한 다음 스펀지를 적셔 낙서가 있는 벽으로 들고 갔다. 몰리가 낙서 끄트머리를 문질러보았다. 보라색 잉크가 지워지기 시작했다.

몰이 벌떡 일어나더니 달려와 스펀지를 가져갔다.

화가 난 몰리는 다시 스펀지를 빼앗으려고 손을 뻗었다.

몰이 스펀지를 빼앗기지 않으려고 양팔을 활짝 벌렸다. 몰은 모든 것을 포기한 사람의 자세로 몰리 앞에 서 있었다. 몰의 피부와 머리카락에서 고무 냄새가 났고 파란 헝겊 지느러미가 나풀거렸다. 그녀의 눈빛은 다급했고 숨김이 없었다.

"그거 지우지 말아요." 몰이 말했다.

19

그녀는 발굴 현장에서 깨어났다. 혼자였다. 현장은 평상시와 똑같은 빛깔이었다. 하늘도 마찬가지였다. 어쩌다가 발굴 현장에서 잠이 들었는지는 의문이었지만, 전부 악몽이었음을 깨닫고 그녀는 기쁨에 겨워 눈물을 흘렸다. 사다리를 타고 어느 정도 올라가다가 아래를 내려다보니 동전 하나가 벌써 반쯤 흙으로 덮인 상태로 반짝였다. 그녀의 주머니에서 떨어진 모양이었다. 그런 식의 오염이 일어나지 않도록 항상 신경을 썼건만. 동전을 주우러 내려가지 않았다. 내일 아침이 오자마자 주워야겠다고 생각했다. 지금은 빨리 집에 가서 아이들을 보고 싶었다. 주차장은 텅 비어 있었다. 이상한 일이었다. 그녀는 그날 현장에 차를 몰고 왔기 때문이었다. 아니, 어쩌면 차를 몰고 오지 않았을지도. 데이비드가 그녀를 내려주었을지도. 그날 아침이 아주 오래전처럼 느껴졌고 가물가물했다. 그녀는 필립스 66으로 달려갔고, 건물은 멀쩡했다. 커다란 창문 안

쪽을 들여다보니 성경이 제자리에 있고 유리 진열장은 부서지지 않았다. 이곳 전체가 평상시 초저녁의 고요한 느낌을 자아냈다. 코리와 로즈는 이미 퇴근하고 없었다. 늘 가방을 두는 책상 옆에 가방이 없었다. 그것도 이상한 일이었다. 그래도 열쇠는 주머니 안에 있었다. 그녀는 데이비드를 보고 싶었고 데이비드에게 오늘 있었던 이상한 일에 대해 얘기하고 대체 어떻게 된 영문인지 알아보고 싶었다. 집까지 걸어가야 했다. 그녀는 기분이 들떴다. 아이들과 데이비드가 깜짝 놀랄 것이다.

그러면 그녀는 더없이 행복할 것이다.

그녀는 어두운색 옷을 입고 있었고, 지선도로의 두번째 전봇대에 이르러서야(지나가던 트럭 기사가 경적을 울리고 라이트를 깜빡이며 창밖에 대고 "괜찮아요?"라고 소리질렀다) 그녀의 바지와 검은 셔츠에 끈적이는 더러운 얼룩이 묻어 있음을 깨달았다. 손에 묻은 갈색 얼룩과 욱신거리는 관자놀이를 그녀는 놀랍게도 외면하고 있었다. 그녀는 다시 필립스 66으로 달려갔다. 사물함을 열어 갈아입을 옷을 들고 욕실로 들어가 샤워한 다음 새 옷을 입고 지저분한 옷은 사물함 속에 넣고 잊으려 애썼다.

어둠이 내리고 있었고 그녀는 지선도로를 따라 걸었다. 하늘을 선회하는 한 무리의 새를 바라보았다. 들떴던 기분이 가라앉았지만 그러지 않은 척했다. 집으로 돌아가야 했고 그래서 달리기 시작했고 간선도로에 다다랐을 때는 거의 전력으로 질주하고 있었다. 그녀는 엑설런트 빨래방의 네온사인을 결승점으로 여겼다. 빨래방을 지나 오른쪽으로 돌았다. 그녀는 흥분했다. 두 블록 거리에서도 집 앞에서 뛰어노는 아이들의 모습이 보였기 때문이었다. 아이들의 소리가 들렸고 아이들의 몸이 보였다. 완벽하게 온전한 몸이. 데이비드가 벤을 안고 아홉, 여덟, 일곱, 여섯, 다섯, 넷, 셋, 둘, 하나를 세었고, 못 숨었어도 잡으러 간다! 하고 소리쳤다. 비브는 한심한 장소에 숨어 있었다. 너무 잘 보이는 곳, 야생 능금나무 뒤에 몸을 사분의 일만 숨기고 있었다.

"잡았다, 잡았어!" 데이비드가 소리쳤다.

잡았다! 그녀도 외치려는 순간 누군가 현관문을 열었고 그녀가 가장 좋아하는 램프의 스카치 빛깔 불빛이 새어나왔다. 에리카, 사랑스러운 에리카일 거라고 생각했지만 아이들이 불빛 쪽으로 고개를 돌리고 외쳤다. "엄마엄마엄마!"

"스파게티야." 여자가 그녀와 똑같은 목소리로 말했다.

그녀가 현관 계단에 다다랐을 때는 이미 모두 집안에 들어가 있었다. 그녀는 집 뒤쪽으로 향했다. 굳이 숨으려 애쓰지 않았다. 덤불숲을 살금살금 가로지르지도 않았다. 그럴 이유가 없었다. 저 여자는 보나마나 사기꾼이 분명했다. 그러나 안에서는, 창문 안쪽에서는, 다들 아무 일도 없다는 듯 행동하고 있었다. 데이비드는 식탁에 포크를 놓고 있었고, 벤은 소금통으로 손을 뻗고 있었으며, 비브는 의자마다 돌아다니며 오늘밤은 어느 의자에 앉을지 고민하고 있었고, 벤이 바닥에 떨어뜨리기 전에 데이비드가 소금통을 치웠다.

집안의 여자가 창가를 지나갔다. 열두 시간 전에 그녀가 환기를 하려고 열어둔 창문이었다. 어둠 속을 흘긋 쳐다보는 여자의 얼굴에서 순간적으로 피로가 느껴졌다. 뭐가 그렇게 피곤하다고. 만약 안에 있던 여자가 밖에 있던 여자를 보았다면, 그저 자신의 모습이 창문에 비친 거라고 생각했을 것이다.

"오늘은 특별한 간식을 준비했어." 여자가 딸에게 하는 말이 들렸다.

그날 아침 출근길에 편의점에서 계산할 때 막판에 아슬아슬하게 추가한 것으로, 비브에게 줄 프루트 레더*였다. 그날 출근 전에 아이들이 냄비와 팬과 뚜껑을 찬장에서 전부 다 꺼내 바닥에 늘어놓는 바람에 아이들에게 화를 냈다. "그래 봤자 냄비하고 팬일 뿐이잖아." 데이비드가 말했고 그녀는 "말이야 쉽지!"라고 쏘아붙였다. 아이들의 커다란 네 개의 눈동자가 그들을 바라보고 있었다.

여자가 비브에게 시금치 잎사귀 네 개와 콩 스물한 개를 먹으면 식사 후에 특별 간식을 먹을 수 있다고 말했다. 비브는 요즈음 정확한 숫자로 말하면 쉽게 수긍했다.

그녀는 집 모퉁이를 돌아 바삭거리는 낙엽을 밟으며 상록수 덤불을 헤치고 들어갔다. 식탁이 좀더 잘 보이는 각도였다. 갑자기 식탁에서 소란이 일었다. 처음엔 그들이 자신을 본 모양이라고 생각했지만, 벤이 코피를 흘리고 있었다. 벤의 코에서 시작된 빨간 줄이 아기의 맨가슴을 지나 기저귀까지 이어졌고(누군가가, 아마도 저 여자가, 식사를 하다 더러워지지 않도록 셔츠를 벗겨놓았다) 비브가 피를 보고 울었다. 비브가 울어서 벤이 웃었다. 데이비드가 휴지를 가지러 뛰어갔다. 여자는 피곤해 보였다. 걱정이 되면서도 피곤한 것 같았다.

그제야 그녀는 커피 테이블 위에 놓여 있는 열쇠 꾸러미를 보았

---

* fruit leather. 과일 퓌레를 말린 다음 둘둘 말아놓은 달콤한 음식.

다. 사무실 사물함을 열기 위해 그녀가 사용한 지 불과 한 시간도 채 안 된, 비브가 유치원에서 만든 그 구슬 달린 열쇠고리였다. 저 여자가 어떻게 내 열쇠 꾸러미까지 가져갔지? 화가 난 그녀는 주머니에 손을 넣어보았다. 그녀의 열쇠 꾸러미가 거기 있었다. 똑같은 구슬 열쇠고리였다. 두 개를 동시에 보고 있자니 섬뜩한 기분이 들었다. 비브가 내키는 대로 만든 구슬 열쇠고리와 흠잡을 데 없이 똑같은 복제품이 있다는 것이, 여전히 아기 같은 손가락으로 어렵게 구슬을 꿰어 열쇠고리를 만들었으리라는 사실이, 비브와 똑같은 또다른 비브가 초록 구슬, 노란 구슬, 보라 구슬을 열심히 꿰었다는 것이.

그녀는 그녀의 것이 아닌 창문과 그녀의 집이 아닌 집과 그녀의 남편이 아닌 남편과 그녀의 아이들이 아닌 아이들에게서 돌아섰다. 주변 세상에 무감각한 채로 밤새 걸었다. 차를 타고만 지나쳤던 동네를 지났고 존재조차 몰랐던 동네를 걸었다. 그러다가 어느 순간 콘크리트 바닥에서 잠이 들었고 고가도로 밑에서 눈을 떴다. 그녀가 있는 곳이 어디인지 알 수 없었고, 그래서 알아볼 수 있는 곳이 나올 때까지 걸었으며, 몇 시간 뒤 그녀는 다시 집으로, 상록수 덤불로 돌아왔다. 아이들은 완벽하게 온전한 상태로, 역시 완벽하게 온전한 상태인 에리카와 함께 거실에 있었다. 수백 개의 크레용들과 퍼즐 조각들에 둘러싸여 있었고 뒷문을 열어 새 모이통에 다가가는 다람쥐에게 소리를 질렀으며 어느 순간 그것이 하나의 놀이가 되어 아이들은 다람쥐가 달아나고 한참 뒤에도 계속 "저리 가!"라고 소리질렀다. 그녀는 상록수 덤불에 숨어 그들의 엄마 아빠가 돌아올 때까지 아이들을 바라보았다. 아이들을 바라보는 건 위안이 되었지만 그들 가족을 바라보는 건 상처가 되었다. 그녀는 다시 밤새 걸었고 아무데서나 잠들었다. 편의점 화장실이나 공원 수풀에서 볼일을 해결했고 젖을 짜서 더러운 세면대나 흙에 흘려버렸다. 도저히 갈증을 참을 수 없을 땐 수돗물을 마셨고 그 외에는 아무것도 먹지 않았으며 기꺼이 죽을 작정이었다. 몸에서 악취가 풍겼지만 부랑자로 지내는 게 옳다고 생각했다. 아이들의 몸이 더이상 살아 있지 않은데 그녀 자신의 몸이 살아 있다는 걸 믿을 수 없었다. 그녀는 한밤중에 아이들 방에서 풍기던 냄새를, 그 달콤하고도 시큼한 냄새를 떠올렸다. 어둠 속을 거닐며 자신의 실수들을 생각했다. 성경을 없애버렸어야 했고, 그 외의 다른 발굴품들도 아무에게도 보여주지 말고 없애버렸어야 했다. 협박을 좀더 두려워했어야 했다. 모든 관람 안내를 거부했어야 했다. 아이들을 잠겨 있는 아름다운 다락방에 숨겨두고 안전하게 지켰어야 했다. 천장에 하늘이 그려져 있는 곳에. 그녀는 죽고 싶어서 조용히 비명을 지르며 고속도로를 걸었다.

그러다가 며칠 후, 굶주림으로 머리가 맑아졌을 때, 그녀에게 한 가지 생각이 떠올랐다. 그녀는 주머니에서 열쇠 꾸러미를 꺼냈다. 그것이 그녀가 가지고 있는 전부였다. 동그란 열쇠가 친절하게도 그것으로 노마의 집 문을 열 수 있다는 사실을 상기시켜주었다. 그녀는 노마의 집에 가 몸을 씻었고 캔에 담긴 밀감과 검은콩을 먹었고 차를 마셨다. 노마의 화초에는 물을 주지 않기로 했고 자신의 계획에 대해 생각해보았다. 그녀는 침대에서 자고 일어났고, 계획을 실행하는 자신의 모습을 생각해보았다. 차근차근 차근차근. 자신의 행동을 세심하게 점검했다. 그 일을 실행할 다양한 방법들을 생각해보았다. 데이비드가 그녀를 위해 만들어주었던 사슴 머리를 떠올렸다. 그녀의 세계에 있는 데이비드에 대해서는 생각하지 않았고 그의 좌절도 생각하지 않았다. 집이 비었을 때 안으로 들어가 필요한 것들을 챙겼다. 정찰했고 염탐했다. 아기가 『와이 북』을 소파 밑에 밀어넣는 것을 보았다. 한밤중에 아기가 울면 잠긴 뒷문을 열고 아기에게 갔다. 아기는 목이 말랐고 땀을 흘렸다. 그녀가 아기에게 젖을 먹이고 잠옷을 벗겨 아기를 재웠다. 아이 엄마가 딸과 함께 조그만 딸의 침대에서 잠드는 것을 보고 큰 침대로 가서 그녀의 남편과 함께 잤다. 섹스는 하지 않았고 그저 그의 곁에 누워 그의 목 냄새를 맡고 얼굴을 쓰다듬었다.

일요일에 부에노스아이레스 공연 관련 전화가 왔을 때 그녀는 상록수 덤불에 웅크리고 앉아 있었다. 대화가 초기의 흥분에서 구체적인 일정으로 옮겨갈 때 그의 얼굴이 펴졌다가 구겨졌다가 펴졌다가 구겨지는 것을 지켜보았다. 아이들을 혼자 돌보고 있을 때 침입자가 들어온다면 자신이 어떤 행동을 취할지 생각해보았다. 그녀는 여자의 모든 감정, 모든 행동과 반응을 예측했다.

20

침실에서 벤이 울기 시작했다.

처음엔 그저 보채는 수준이었고, 그다음엔 가장 좋아하는 옹알이를 했다.

두 사람 다 긴장했다. 벤의 첫 울음소리와 누나가 깨어 칭얼거리는 소리 사이의 간격이 얼마나 짧은지 두 사람 다 알고 있었다.

마마마마마마마

애매한 시간에 자다가 깬 벤이 뒤척이고, 배고파하고, 목말라하는 건 너무도 당연했다. 어느 때고 이런 상황이 발생할 수 있다는 것을 두 사람 다 조금은 예상하고 있었다. 빠르게 흐르는 몇 초 동안 두 사람이 모두 우왕좌왕했고, 그사이 울음소리는 점점 커지고, 아기의 욕구는 상승하고, 두 사람의 젖은 퉁퉁 불어올랐다.

몰리는 몇 주 전 냄비와 팬을 꺼내놓은 아이들에게 화를 냈던 일을 떠올렸다. 비브를 위해 프루트 레더를 샀던 일도 떠올렸다. 커다란 흐릿함 속의 작은 흐릿함들.

"내 차례예요." 몰이 말했다.

몰리는 실체가 있는 물건처럼 선명하게 느낄 수 있었다. 훨씬 더 잔혹한 현실로부터 밀려온 이 난민, 이 여자에 비해 자신이 터무니없는 수준의 풍족함을 누리고 있다는 것을.

마마마마마마마

몰리는 너무 피곤했다. 정말이지 너무 피곤했다. 몰리는 몇 달 전 어느 날 밤, 비브가 처음으로 죽음에 대해 물었던 일을 떠올렸다. 엄마 죽은 사람 사진 보여줄 수 있어요? 죽은 사람 그려줄 수 있어요?

마마마마마마마

몰리는 겨우 알아차릴 정도로 고개를 끄덕였다. 아주 미세한 포기의 동작이었지만, 그 미약한 동작이 마치 총알처럼 몰을 의자에서 발사시켰고 몰은 복도를 지나 아이들 방으로 뛰어갔다.

자신의 아기가 울부짖는 사이렌소리를 몰리는 견딜 수가 없었다. 몰리는 돛대에 자신의 몸을 묶어야 했고 귀에 밀랍을 쑤셔넣어야 했다. 몰을 뒤쫓아가 밀쳐내지 않기 위해서.

그러다가 울음이 멈추었고, 흔들의자의 규칙적인 리듬과 축축하고 원시적인 소음이 그 자리를 채웠다.

그제야 몰리는 그 소리가 울음소리보다 훨씬 더 견디기 힘들다는 것을 깨달았다.

그 친밀감의 소리를 엿듣고 싶은 생각은 없었다.

그녀는 앉아서 그 소리를 들었다.

21

분명히 그것은 본능이었다. 우리의 영장류 조상들이 새끼 시절 나무에서 떨어지지 않으려고 두 팔을 뒤로 뻗어 나뭇가지를 붙잡던 시절의 유산인 본능. 그러나 그녀에겐 항상 그 모습이 너무도 종교적인 행위처럼 보였다. 다만 종교적 포기의 몸짓, 십자가에 그리고 신에게 자신을 내맡기듯 잠에 자신을 내맡기는. 젖을 먹이고 나서 벤을 아기침대에 내려놓을 때 마지막으로 아기가 움찔하는 행위의 그 성스러움은 매번 그녀에게 감동을 주었다.

방에서 나와 거실로 돌아올 때 몰에게서는 광채가 났고, 거의 알아볼 수 없을 정도로 다른 사람이 되어 있었다.

22

아이들의 손을 잡고 있을 때 손에서 그들의 심장박동이 느껴지는 게 유쾌한 건지 심란한 건지 예전에는 결코 판단할 수가 없었다.

또렷이 느껴지던 아이들의 동맥.

거의 아무것도 기억나지 않았다. 그녀는 아이들을 안고 발굴 현장 바닥으로 미끄러져내려갈 때 주머니에서 동전이 빠져나와 흩어졌던 것은 기억했다. 그것도 잔뜩. 진흙 속에 동전 하나가 떨어져 있던 것은 기억했다. 그녀의 딸은 항상 앞면이 위로 가게 떨어져 있는 행운의 동전을 찾아다닌다. 아니, 찾아다녔다.

현장 바닥은 더웠다. 더워도 너무 더웠다. 잠시 후 그녀는 그 열기의 근원이 피였음을 깨달았다.

그녀는 아이들을 피신시키려고 전속력으로 달렸고 그러다가 구덩이 가장자리에 이르렀으며 그래서 그들 셋이 발굴 현장 속으로 뛰어든 셈이 되었고 오른팔엔 아들의 몸을 왼팔에는 딸의 몸을 안은 채로 진흙 속으로 거칠게 미끄러졌고, 아이들이 웃고 있지 않아서 아이들이 죽었다는 걸 알았다.

23

몰리는 열린 냉장고 앞에 서서 석류 보드카를 병째로 마시고 있었다. 왜 냉장고에 석류 보드카가 있는지 알 수 없었다. 전엔 없었는데.

몰이—발그스레해져서, 부들부들 떨면서—그녀에게 다가왔고, 찰나의 순간, 몰리는 저 여자가 나에게 키스하려나보다 생각했다. 그러나 몰은 그녀의 곁에, 냉장고에서 쏟아져나오는 냉기와 빛 속에 섰다.

"외계인의 온실." 몰이 말했다.

몰리는 그 말이 무슨 뜻인지 알고 있었다. 아이들의 방, 밤이면 그 방에서 풍기는 진하고도 기이한 향기, 조그맣고 완벽한 몸뚱이들, 진한 빛깔의 눈부신 토마토들이 자라는 공간.

몰이 몰리의 손에서 보드카를 빼앗아 마개를 닫고 냉장고에 넣은 다음 문을 닫았다. 그리고 몰리를 소파 쪽으로 끌었다. 몰리의 등에 닿는 몰의 손이 너무 뜨거웠지만 몰리는 어린아이처럼 순순히 따라갔다. 세상이 소용돌이쳤고, 불안정했고, 두 팔은 말을 듣지 않았고, 두 다리는 그녀의 뜻을 거스르는 괴물 같았다.

조그만 시체 두 구의 묵직함.

몰은 다시 주방으로 가서 수돗물을 틀고 사과를 하나 씻었다.

몰리는 화가 났을 때 물을 마시고 사과 하나를 먹으면 진정이 되었다.

몰리는 자신의 주방에서 생선 비늘을 반짝이며 나무 도마 근처를 얼쩡거리는 몰을 보았다.

몰이 몰리를 돌아본 다음 가장 큰 칼─사과를 깎기에는 너무 큰 칼─을 꺼냈다. 그녀가 칼을 높이 쳐들었다. 거의 휘두르듯이. 주방 불빛 속에서 칼이 번득이는 것을 보고 몰리는 자신이 몰이라면 무얼 할지 깨달았다. 칼로 위협을 받으면, 총으로 위협을 받으면, 필요에 의해 몰리도 그렇게 할 것이다. 그러나 칼은 사과로 내려앉았고 몰은 그저 사과를 자르는 한 여자일 뿐이었다.

몰이 한 손에는 사과를 담은 접시를, 다른 손에는 물을 따른 유리컵을 들고 소파로 왔다.

몰리는 그 컵에 음료를 담아 마시는 걸 가장 좋아했다. 큼직한 유리병 모양의 컵에.

그러나 그녀는 감히 그 사과를 먹지 않았다. 감히 그 물을 마시지 않았다.

24

그녀를 불안하게 만드는 사람들의 특징을 딱히 말로 표현할 수는 없었다. 그들은 종종 겉으로는 가장 무해한 사람처럼 보였다. 그런데도 그들을 보면 아무 이유 없이 소름이 돋았다.

특별히 눈에 띌 게 없었던 여자의(청바지에 스웨트셔츠를 입고 야구모자를 쓴 수수하고 뼈만 앙상한 삼십대 여자) 무언가가 관람 안내를 진행하는 동안 시선을 끌었고, 그러다보니 여자가 성경이 전시되어 있는 유리 진열장에 가까이 다가가기 위해 사람들을 세게 밀어제치는 것을 알아차릴 수 있었다. 어느 순간 여자가 몸을 떨기 시작했다(물론 성경과의 조우에 그토록 격한 반응을 보이는 사람이 그녀가 처음은 아니었다).

두 사람의 눈이 마주쳤고, 여자의 눈은 슬프고 연약하고 충혈되어 있었다. 아무 잘못 없는 사람을 이렇게 싫어하다니 얼마나 비이성적이고 편협한가. 여자는 시간이 흐를수록 점점 더 거세게 몸을 떨었고 그녀는 그 순간 여자에게 도움이 필요하다는 것을 알았다. 삼십 년 뒤 자신의 아이들도 이 여자처럼 남모르는 슬픔에 몸을 떨며 힘겨운 하루를 보낼 수도 있다고 생각했다. 그녀는 친절을 베풀 것이다. 그녀가 여자 쪽으로 한 걸음 다가섰다.

"괜찮아요?" 안내 도중 그녀가 물었다. "도와드릴까요?"

그 말을 하는 순간 천장에서 바닥까지 이어진 주유소 창문 반대편에서 움직임이 보였다. 주차장에서 어린아이 하나가 건물 쪽으로 달려오고 있었다. 그 아이는 비브였고, 그 뒤에서 에리카가 벤을 안고 달려왔다. 코리는 벌써 아이들을 알아보고 비브에게 문을 열어주려고 서둘러 가는 중이었다.

마침 아이들을 생각하고 있었는데 그들이 이곳에 오자 그녀의 생각이 실현된 것 같았다. 그녀는 자신이 연민을 베풀고 있을 때 아이들이 왔다는 사실이 흐뭇했고 우쭐한 기분이 들었다.

"좀 앉으시겠어요?" 그녀가 여자에게 말했다.

떨고 있는 여자 뒤에서, 떨고 있는 여자에게는 보이지 않게, 비브가 문을 지나 모여 있는 사람들 사이로 달려오고 있었다. 벤은 에리카의 품에서 벗어나려 애쓰며 엄마 쪽으로 손을 뻗었다.

두려워하는 듯한 가냘픈 여자가 그녀를 쳐다보았다. 여자가 쓰러질까봐 그녀가 손을 뻗었다. 그러나 여자는 물러섰고, 성경이 전시되어 있는 진열장으로, 아이들이 이제 막 들어서고 있던 출입구 쪽으로 가까이 다가갔다.

여자가 한 손을 높이 쳐들더니 다른 한 손을 배에 얹었다. 여자는 울고 있었다. 여자가 셔츠 속에 손을 넣더니, 무언가를 눌렀고, 그 순간 폭탄이 터졌다.

4부

1

기울어진 창고 문에서 나는 금속성의 끼익하는 소리(그 문은 항상 아귀가 맞지 않았다), 쇠가 벽돌을 긁는 소리, 그 익숙하고 고통스러운 잡아당김, 이가 시큰해지는 소리.

아직 이른 시간이어서 몰리는 몰을 깨워야 할 거라고 생각했다. 그러나 가파른 계단을 내려가보니 몰은 벌써 일어나 있었다. 한참 전에 일어났는지 어스름한 아침햇살 속에서 섬뜩할 만큼 정신을 바짝 차린 상태로 낡은 러그 위에 책상다리를 하고 앉아 있었다. 램프는 하나도 안 켜고, 어둠 속에서 기다리고 있었다. 소파 베드는 소파 형태로 접혀 있었다. 시트와 담요는 그 위에 반듯하게 개어놓았다. 기타와 밴조와 첼로는 제자리에 정돈되어 있었고 키보드와 스피커와 믹싱 보드는 코드를 뽑아놓았다.

이 장소가 그녀에게 위안을 준 걸까. 데이비드와 흰 곰팡이와 송진과 커피와 스카치와 세탁 세제와 거미 냄새가 나는 이곳이 몰리는 늘 편안했고 그러면서도 불가사의했다.

잠을 자긴 한 걸까. 아니면 어젯밤 그녀가 이불과 옷가지를 가지고 내려왔을 때 그저 예의상 받아둔 걸까.

"왔군요." 몰이 더러운 러그 위에 앉아서 말했다.

몰리는 신경이 곤두섰다. 연민을 불러일으켜야 할 그 말이, 어둠 속에서 불안에 떨며 기다렸을 상심한 여자의 심정을 드러내주었어야 할 그 말이 오직 짜증만 돋우었다. 여자와 말을 섞지 말까 생각해보았다. 협조를 거부할까도 생각해보았다. 작업실 격벽문에 자물쇠를 하나 달아 자신의 적수를 가두고 굶길까도 생각해보았다. 그러나 그 순간, 몰리는 마치 자신을 가리키는 손가락처럼 이마에 꽂히는 몰의 계산적인 시선을 느꼈다.

"벤은 아기의자에 앉아 있어요." 몰리가 파란 가운의 벨트를 풀고 잠옷 바지를 벗으며 말했다. "비브에게 시리얼을 맡기고 벤에게 하나씩 주라고 했어요."

몰리는 속옷만 남기고 옷을 다 벗었다. 몰도 똑같이 했다. 몰은 서랍장 맨 아래 칸의 혼돈 속에서도 두 사람 다 기필코 찾아내고야 마는 그 낡은 바지와 티셔츠를 벗었다. 두 사람은 신속하게 옷을 바꾸어 입었다. 몰리가 몰의 몸을 흘긋 보았다. 몰이(그녀 자신이) 매력적인지 아닌지 판단할 수가 없었다.

지하 작업실은 서늘했지만 몰의 체온 때문에 옷이 따뜻했다. 몰리는 그 온기가 싫었다.

두 사람 사이의 바닥에 놓인 가운 주머니 속에서 몰리의 휴대전화가 울리기 시작했다. 두 사람이 동시에 손을 뻗었다. 몰이 물러서며 몰리가 휴대전화를 찾게 됐고 몰리는 한쪽 주머니를 뒤지고 나서 반대편 주머니에서 휴대전화를 찾았다. 데이비드가 영상통화를 원하고 있었다. 거부.

몰리가 휴대전화를 챙기고, 같은 주머니에 있던 열쇠들도 챙긴 다음 가운을 몰에게 주었다. 두 사람 다 몸을 떨었다. 몰리는 어딘가 불길하다고 생각했다, 두 사람이 동시에 몸을 떠는 것이.

"이제 가요." 몰리가 퉁명스럽게 말했다.

몰이 망설였다.

"가라니까요." 몰리가 다시 한번 말했다. 그녀의 짜증과 분노가 눈물로 폭발하기까지 얼마나 더 참을 수 있을지 알 수 없었다.

"오늘은 내가 다 할게요. 아이들 재울 때까지." 몰이 말했다. "그다음엔 당신이 오늘밤 늦게부터 내일 아침 출근 전과 퇴근 후를 맡아요. 내일 밤은 내가 할게요."

질문인지 선포인지 알 수 없었지만, 재빠른 몰의 말에서 미리 연습해둔 태연함이 배어났다. 몰이 이 제안을 미리 생각해두고 여러 번 연습했다는 걸 알 수 있었다.

그냥 당신은 가만히 있는 게 어때요? 몰리가 생각했다. 가만히 있고 그냥 했다고 치는 건 어때요?

잠시 후 그녀는 그 열기의 근원이 피라는 것을 깨달았다.

몰리가 건성으로 고개를 끄덕였다. 수긍으로 해석될 수 있는 동작이었다.

그런데도 몰은 망설였다.

"가요." 몰리가 다시 말했다. 아이들끼리만 식탁에 앉아 있었다.

"전화는 내가 갖고 있는 게 좋겠어요." 몰이 말했다.

맞는 말이었다. 그녀가 전화를 갖고 있어야 했다. 그래야 911이

건 어디건 연락할 수 있을 테니까.

"그리고," 몰이 덧붙였다. "지갑도요."

지갑, 전화, 당신 지갑도 아니고 당신 전화도 아니잖아요.

그러나 몰의 말도 일리가 있었다.

몰리는 손가락이 닿지 않도록 조심하며 휴대전화를 내주었다. "지갑은 가방 안에 있어요." 그녀가 말했다. "침실 문손잡이에 걸려 있는 그 가방이요." 몰이 움찔했고, 몰리도 그에 따라 의도치 않게 움찔했다. 그 가방, 내 가방이 아니고. "그리고 열쇠는……" 몰리가 말하며 열쇠를 넘겨주려는 순간, 몰이 가지고 있었던 단 한 가지가 바로 열쇠임을 깨달았다.

"불을 켜요." 몰이 말했다. "내가 문 닫으면 여기 어두울 거예요."

"비브는 말린 자두를 줘야 해요." 몰리가 말했다. "적어도 두 개. 그리고 벤은 낮잠을 자야……"

"알아요." 몰이 말했다.

몰리는 곤충에 쏘인 듯 얼굴이 후끈거렸다.

몰은 몰리가 자신의 충고를 듣기를 기다리는 대신 직접 램프의 불을 켰다. 그리고 가파른 계단을 뛰어올라갔다.

그녀 뒤로 철문이 쾅 닫혔다.

몰리는 램프를 도로 껐다.

밖에서 스며든 햇살이 만든 얇은 잿빛 직사각형만이 지하 작업실의 어둠을 방해하고 있었다.

2

몰리가 계단을 뛰어올라가 다시 문을 열을 때도 철문 두 짝은 여전히 서로에게 맞닿은 상태로 진동하고 있었다.

그럴 수는 없었다.

그럴 수는 없었다.

지하실에서 썩고 있을 수는 없었다.

뒷문으로 거실에 들어서는 몰의 파란 가운이 얼핏 보인 것도 같았다. 그러니까 몰은 이미 집안에 들어간 것이었다. 아이들의 왕국, 그녀의 손길이 닿지 않는 곳으로. 이제는 몰을 저지할 수도, 할퀼 수도, 바닥에 패대기칠 수도 없었다.

"스물셋." 문이 닫히기 전에 비브가 큰 소리로 외치는 소리가 들렸다.

몰리는 제집의 침입자가 되어 방치된 뒷마당의 젖은 풀밭에 맨발로 서 있었다. 몰리가 상록수 덤불로 다가갔다. 간밤에 비가 온 모양이었다. 솔잎마다 이슬이 맺혀 있었고 물방울마다 그녀에게 떨어졌다. 마치 그녀만을 위한 폭풍처럼.

식탁에서는 비브가 까치발로 의자에 서서 시리얼 한 개를 올려 둔 손바닥을 벤에게 뻗고 있었다. 벤의 손이 시리얼에 닿으려는 순간 비브가 손을 휙 옆으로 치웠고 벤은 그걸 재미있어했다.

몰은 아직 아이들에게 말을 걸지 않은 것 같았다. 몰은 저만치 문옆에 서서, 몰리가 그러고 있는 것처럼 아이들을 관찰하고 있었다.

몰리는 자신의 심장박동에 신경이 곤두섰다.

아이들이 몰을 받아들일까? 아니면 거부할까?

어느 쪽이 더 두려운지 판단이 서지 않았다.

몰은 주방으로 선뜻 들어서지 못하는 것 같았다.

"칫솔들이 살아 있어서 너무 기쁘지 않아요?" 비브가 말했다. 거침없는 비브의 목소리가 반쯤 열린 창문 틈새로 또렷하게 들려왔다. "만약 칫솔들이 살아 있지 않다면 우리 이는 완전 갈색이었을 테니까요. 그렇죠?"

비브는 몰에게 눈길도 주지 않은 채로 말했고 몰은 똑바로 서려고 벽에 기대어 있는 것 같았다.

"엄마?" 비브가 말했다. "그렇죠?" 비브는 여전히 몰을 쳐다보지 않고 시리얼로 벤을 약올리는 데 정신이 팔려 있었다.

몰이 벽에 기대었던 몸을 일으켜 식탁으로 다가갔다.

"맞아." 몰이 비브에게 말했다. 숨소리보다 조금 큰 목소리였다. "하지만 칫솔들은 사실 살아 있는 게 아니야." 몰이 말을 이었다. 목소리가 조금씩 커졌다.

"아." 비브가 식탁 위에 놓인 과일 그릇을 보았다. "그럼 사과는 살아 있어요?"

"아니. 글쎄, 맞아. 잘 모르겠어. 어쩌면."

마침내 비브가 웃으며 몰을 쳐다보았다.

"엄마, 엄마도 잘 몰라요?"

"무 무." 벤이 아기의자에서 안달하며 졸랐다.

몰리는 안으로 들어가 벤의 요구를 몰에게 통역해주고 싶었지만 몰은 이미 벤에게 줄 물병을 채우러 주방 쪽을 향해 가고 있었다.

벤의 곁을 지날 때 몰이 벤의 어깨를 감싸안았다.

몰이 그녀의 아들의 몸을 만지는 광경, 그것은 상처였고, 손바닥이 지글거리며 타는 느낌이었다.

몰이 물병을 들고 돌아오자 벤이 애매한 각도에서 물병의 꼭지를 덥석 물었고, 그러다보니 게르빌루스쥐처럼 물을 마시면서 몸을 위로 길게 뺄 수밖에 없었다.

"안녕 게르빌루스쥐야." 몰이 말했다.

"왜 게르빌루스쥐라고 불러요?" 비브가 말했다.

"게르빌루스쥐의 물병은 케이지 벽에 달려 있어서 이런 식으로 물을 먹어야 하거든."

"게르빌루스쥐가 뭔데요?"

"잠깐만 벤, 잠깐 꼭지를 빼봐. 네가 들고 먹게 해줄게." 몰이 젖병을 치아 사이에서 빼내어 벤에게 주었다.

"게르빌루스쥐가 뭔데요?"

몰이 식탁에서, 비브의 질문에서 돌아서며 덤불에 숨어 있는 몰리를 똑바로 쳐다보았다.

몰리는 그제야 오싹함과 함께 깨달았다. 몰이 바로 이곳에 이미 여러 번 숨었으리라는 것을.

"가." 버럭 화를 내며 몰이 입 모양으로 말했다.

"그게 뭔데요, 엄마? 그게 뭐냐고요." 비브가 말했다.

"뭐가?" 몰이 다시 식탁으로 돌아왔다. 그녀의 목소리에 담긴 야만성은 사라져 있었다.

"게르빌루스쥐가 뭐예요?"

3

지하 작업실은 방음이 되지 않아 위층에 사람이 있으면 데이비드가 녹음을 할 수 없었다. 마이크에 아이들이 뛰어다니는 소리와 대화의 어조가 녹음되곤 했다.

그러나 오늘 몰리는 방음이 잘되지 않는 지하 작업실이 감사했다. 그녀는 귀를 기울였다. 그들의 발소리, 그들의 목소리, 그들이 교감하는 리듬. 몰리는 그것들을 이해했다. 아니 이해했다고 믿었다. 전부 다. 누군가(비브) 욕실로 달려가고 있었고, 누군가(몰) 무언가를 제안하고 있었고, 누군가(벤) 무언가에 쿵 부딪히고 소리를 지르기 시작했고, 누군가(몰) 그에게 달려갔고, 누군가(벤을 안은 몰) 아이들 방으로 (젖을 먹이러) 갔으며, 지금 누군가(비브) 도와달라고(화장지에 손이 닿지 않는다고) 외치고 있었다.

그렇다. 평범한 일요일 아침이었다. 아이들의 욕구에 휘둘리는 아침.

그러나 얼마 후 몰리는 지하 작업실이 방음이 되었으면 좋겠다고 생각했다. 너무 견디기 힘들었다. 몰의 낮은 목소리가, 아이들을 성공적으로 구슬리는 방식이. 엄마와 아이들 모두의 상호적이고 선명한 기쁨이.

아이들의 존재를 당연하게 받아들일 수 없는 엄마의 그 무한한 인내심.

괴로운 마음에 몰리는 소리를 차단하려고 데이비드의 헤드폰을 끼었다.

휴대전화가 없으니 불안했다.

지하 작업실에는 책이 많았다. 늘 읽고 싶었지만 읽을 시간이 없던 책들. 데이비드에게 종종 말하곤 했다. 그녀의 꿈은 혼자 오두막집에 가서 일주일 동안 하루 여섯 시간씩 소설을 읽는 거라고. 그러나 막상 책 한 권을 뽑아 읽기 시작했더니 꼭 문맹이 된 것 같은 기분이 들었다. 같은 문장을 읽고 또 읽었고, 단어는 글자로 부서졌으며, 글자는 선과 원으로 부서졌다.

이 주 전 금요일 몰리의 퇴근 시간에 맞추어 에리카가 아이들을 데리고 왔을 때 아이들이 어떤 옷을 입고 있었는지 떠올려보았다. 아마도 비브는 데님 원피스를, 벤은 노란 스웨트셔츠를 입고 있었을 것이다. 그렇게 입고 에리카와 함께 필립스 66으로 들어서던 아이들의 모습이 눈에 선했다. 그러나 확실한 것은 아니었다. 확실한 게 있다면 지금 이 순간 그 데님 원피스는 아이들 옷장에 걸려 있고 (블루베리로 얼룩진) 노란 스웨트셔츠는 빨래 바구니 옆면에 대롱거리고 있다는 것이었다.

몰리는 헤드폰을 벗었다.

위층의 에너지가 현관 쪽으로 이동하고 있었고 현관홀 벽장 근처에서 분주한 발소리가 들렸다. 그러다가 현관문이 열렸다. 몰리는 책을 덮고 현관홀 바로 아래인 작업실 가장자리로 가려고 그녀를 비난하는 듯 세탁기 옆에 높이 쌓여 있는 빨래 무더기를 밟았다.

현관문이 닫혔다. 집안이 고요했다. 그들이 사라졌다. 밖으로 나가버렸다.

몰리는 화가 치밀었다. 몰이 물어보지도 않고 아이들을 데리고 나갔다.

물론 일요일 오전 아홉시가 되기 전에 어디론가 반드시 외출을 해야 한다는 걸 몰리는 너무도 잘 알고 있었다.

그들을 쫓아가야 했다. 그들을 쫓아갈 것이다.

그녀에게 이런 말도 안 되는 상황을 감당하라고 요구할 수는 없었다.

그녀는 지하실의 차가운 콘크리트 벽에 기대었다. 피곤했다. 너무도 피곤했다. 어젯밤엔 푹 자지 못했다. 아이들 방 밖의 복도에 만들어놓은 임시 잠자리에서는, 그리고 지하 작업실에 몰이 떡하니 버티고 있는 상황에서는 푹 잘 수가 없었다.

몰의 눈빛에 담긴 그 악랄함. 가, 라는 말에 담긴 위협.

몰리는 벽에서 물러났고, 지구가 내는 이중 속도에 어지러웠다. 시속 1600킬로미터, 시속 10만 킬로미터. 그녀는 소파 베드 위로 풀썩 쓰러지면서 다시 일어날 기력을 회복하기까지 긴 시간이 필요하리란 걸 알았다.

이렇게 오른쪽 얼굴을 매트리스에 무겁게 누르고 있으면, 데이비드가 앉아서 연주하곤 했던 철제 다리가 달린 플라스틱 의자를 가까이에서 볼 수 있었다.

몰리는 철제 다리에 비친 자신의 모습을, 길게 늘어난 낯선 얼굴을 보았다. 램프의 불빛이 철제 다리에 네 줄의 광채를 만들었고 그 광채 속에서 그녀의 얼굴은 기이했다.

얼마 후 잠에서 깨어난 몰리는 기대를 품고 플라스틱 의자를 보았다. 인간의 몸을 품고자 하는 한 점의 가구만큼 공허해 보이는 건 없었다.

몰리는 아주 오랜만에, 비브가 갓 태어났을 때 느꼈던 두려움을 떠올렸다. 전날 밤 비브가 울다가 잠들도록 내버려두었는데, 다음 날 아침 아기방에 들어갔을 때 시트에 핏자국만 있고 요람이 텅 비어 있는 것을 발견하게 될까봐 두려웠다. 몰리가 어렸을 때 지하실 콘크리트 바닥에 설치한 덫에 걸린 쥐가 탈출하면서 남긴 것과 똑같은 핏자국을.

그녀가 손을 뻗어 램프의 불을 껐다. 어둠 속에서 한 여자가 소파 베드를 지나갔다. 그리고 또다른 여자가 지나갔다. 그리고 또다른 여자. 그리고 또다른 여자. 한 여자가 지나가고 또다른 여자가 지나가고 또다른 여자가 지나가고 또다른 여자가 지나가고 또다른 여자가 지나갔다.

4

다시 깨어났을 때, 현관홀 근처에서 또 한번 부산스러운 발소리와 현관문 열리는 소리가 들렸다. 마치 시간이 전혀 지나가지 않은 것처럼, 마치 그녀가 몇 시간 동안 같은 순간에 정지되어 있던 것처럼.

그러나 소파 베드 밑 데이비드의 잡동사니 속에서 찾아낸 자명종 시계의 반짝이는 빨간 숫자(3:37)를 보곤 벤이 낮잠에서 깨어난 지 얼마 되지 않았고 이제 일요일의 두번째 외출이 시작되려는 참이라는 걸 알았다.

현관문이 쾅 하고 닫혔다. 힘을 다해 문을 잡아당기는 비브의 모습이 그려졌다.

몰리는 지하 작업실 계단을 뛰어올라가 철문을 밀고는(밖에서 잠겨 있진 않았다) 찬란한 오후 속으로 불안정하게 들어섰다. 뒷문을 열어보니 몰이 부주의하게도 잠가두지 않았고, 덕분에 열쇠를 찾는 몇 초를 절약할 수 있어 다행이었다.

그녀는 집안으로 들어갔다(일요일 오후 이맘때면 늘 그렇듯이 엉망이었다, 식탁 위의 접시들이며 사방에 널려 있는 장난감이며). 그녀는 침실 벽장문을 열었다. 트레이닝바지와 티셔츠 말고 좀더 번듯하게 옷을 갖추어 입을 시간은 없었다. 몰리는 운동화를 신고 현관을 나섰다.

현관 계단에서는 그들의 모습이 보이지 않았다. 벌써 시간이 한참 흘렀고 그들은 이미 보도를 걷다가 왼쪽 혹은 오른쪽으로 돌았을 것이고 그다음에는 또 왼쪽 혹은 오른쪽으로 모퉁이를 돌았을 것이다. 때로는 현관 계단에서 신호등까지 겨우 십 분밖에 안 걸렸다. 몰리는 그들이 왼쪽으로 꺾고 또 왼쪽으로 꺾었을 거라고, 그래서 놀이터로 갔을 거라고, 일요일에만 개방하는 낡은 회전목마 쪽으로 갔을 거라고 추측했다. 적어도 그것이 오늘 몰리가 아이들과 함께 했을 일이었다. 몰도 똑같이 할지는 모르겠지만. 몰리가 뛰었다. 왼쪽으로, 다시 왼쪽으로.

거기 아이들이 있었다. 너무도 다른 크기의 세 몸뚱이가 보도를 따라 천천히 움직이고 있었다. 그러니까 뒤에서 본 그녀와 아이들은 이런 모습이었다.

한 블록 반을 지날 때까지는 좋은 시간을 보냈을지 몰라도, 더 이상은 아니었다. 비브는 유아차를 타기보다는 밀고 싶어했고, 자꾸만 보도에서 이탈해 다른 집의 앞뜰로 들어섰다. 벤은 몰의 손가락을 붙잡고 아장아장 걸었다. 몰리였다면 이 시점에서 벤을 걷게 하지 않았을 것이다. 아직 걸어야 할 길이 너무 많이 남아 있었다. 아마도 벤이 베이비 캐리어 안에서 너무 꼼지락거렸을 것이고, 몰리보다 마음이 약한 몰이 벤을 그 구속에서 벗어나게 해주었을 것이다.

몰리는 몰의 세계에 존재할 똑같은 베이비 캐리어를 생각했다. 똑같은 갈색, 똑같이 수박 얼룩이 묻은 베이비 캐리어.

그 생각을 하는 순간 장례식장 조문객처럼 뒤로 처지게 되었다. 몰리는 나무와 나무 사이로 움직이며 안전거리를 유지했고, 일요일 오후라 동네에 인적이 드물어 다행이라고 생각했다.

"저 고양이 죽었어요?" 비브가 동물병원 앞을 지나며 하는 말을 들을 수 있을 정도로는 가까운 거리였다.

"아니." 몰은 놀라울 정도로 고분고분한 벤을 품위 있는 동작으로 베이비 캐리어에 도로 앉히며 말했다.

"실례합니다." 유아차가 부딪히자 비브가 소화전에 대고 말했다.

잠시 후, 몰리 역시 삼색 고양이가 책상 위에 죽은듯 잠들어 있는 동물병원 유리창을 지나쳤다.

5

"일곱," 몰과 비브가 함께 외쳤다. "여덟. 아홉. 열. 열하나. 열둘."

홀수가 나올 때마다 몰이 비브의 그네를 오른손으로 밀었다. 짝수가 나올 때마다 몰이 벤의 그네를 왼손으로 밀었다. 몰리가 동시에 두 아이의 그네를 밀어주기 위해 개발한 이 방법은 노는 손이 없다는 표현을 문자 그대로 해석한 것처럼 느껴졌다.

몰리는 나무에 등을 기대고 앉아 그들 말고는 아무도 없는 놀이터에서 고개를 돌린 채 그녀 자신과 그녀의 딸이 백까지 세는 소리를 들었다.

쉰셋(비브), 쉰넷(벤), 쉰다섯(비브), 쉰여섯(벤), 쉰일곱(비브), 쉰여덟(벤), 쉰아홉(비브), 예순(벤)……

그러나 몰은 시간을 때우려고 숫자를 세는 게 아니었다. 그녀의 목소리에는 기쁨이 담겨 있었다.

얼마 후 비브가 미끄럼틀을 타러 갔고 몰은 햇살이 내리쬐는 벤치에서 벤에게 젖을 먹였다. 그 광경을 보는 순간 몰리는 자신의 젖이 불어 있음을 깨달았다. 몰리는 젖을 짜내야 했다. 벤은 배가 고팠고, 다급했고, 온몸으로 다른 여자를 끌어안았다. 두 사람이 햇살 속에서 한몸처럼 앉아 있었다. 젖을 먹이는 엄마가 뿜어내는 엄청난 열기, 젖을 먹는 아기가 뿜어내는 엄청난 열기, 우주의 용광로.

몰리는 나무 뒤에서 고개를 내밀고 땀에 젖은 얼굴로 그들을 바라보았다. 좀더 조심해야 한다는 걸, 더 잘 숨어야 한다는 걸, 몰의 분노로부터 자신을 지켜야 한다는 걸, 아이들이 두 명의 엄마를 보게 되는 상황으로부터 아이들을 보호해야 한다는 걸 알았다.

결국 벤이 젖에서 떨어졌고 몰이 단추를 잠갔다. 그러나 두 사람의 친밀감은 거기서 끝나지 않았다. 벤은 삑삑 소리가 나는 기린을 쥐고 있었고 몰이 그걸 깨물어주기를 바라는 것 같았다. 몰리였다면 벤이 그녀의 입에 기린을 집어넣는 것을 결코 용납하지 않았겠지만 몰은 기린의 머리를 입에 넣고 소리가 날 때까지 깨물었다. 벤은 그렇게 재미있는 광경은 처음 본다는 듯한 표정이었다. 벤이 기린의 다리를 물어 삑 소리가 나게 했다. 몰이 기린의 머리를 물어 삑 소리가 나게 했다. 그가 물고, 그녀가 물고, 그렇게 번갈아 물었다. 보기 괴로운 광경이었다.

비브는 어디 있는지 보이지 않았다. 비브는 미끄럼틀을 타고 있지 않았다. 사다리를 타고 있지도 않았다. 철봉에 손을 뻗고 있지도 않았다.

비브는 바닥에서 무언가를 주우며 나무들 사이를 걸어다녔고 점점 더 몰리 쪽으로 다가오고 있었다. 몰리는 비브의 눈에 띄지 않도록 나무 몸통 뒤로 조금 더 숨었다.

"엄마?" 비브가 무언가에 살짝 정신이 팔린 듯한 목소리로 말했다. "엄마?"

몰리는 몰이 대답하기를, 비브에게 "이쪽으로 와!"라고 소리치기를 기다렸다.

그러나 몰은 대답하지 않았다.

그리고 몰리는 문득 자신이 한 짓에 화들짝 놀랐다. 슬픔에 휩싸인 여자에게 아이들을 맡기다니. 그런 엄마가 제대로 아이들을 돌볼 리 없었다.

"보물 찾았어요." 비브가 다시 놀이터 쪽으로 돌아서며 말했다.

"그래? 엄마 보여줘!" 몰이 벤치에서 소리쳤다.

몰이 비브의 손에 담긴 반짝이는 쓰레기 조각들을 들여다보는 것을 보고 몰리는 그들에게서 돌아섰다. 집으로 돌아가 어둠이 내릴 때까지 지하실에 틀어박혀 있을 생각이었다. 그녀의 삶에서 몰을 영원히 몰아낼 말들을 준비할 생각이었다.

그러나 막상 공원의 경계에 다다르자, 도저히 공원을 나설 수가 없었다. 몰리는 놀이터 쪽으로 뛰었다.

그들은 없었다. 오후는 어느덧 밤으로 접어들고 있었다. 아마 다른 길로 간 모양이었다. 그때 멀리서 집요하게 짤랑거리고 딸랑거리는 소리가 들렸다.

몰은 멀리서도 눈에 띄었다. 그녀가 가장 좋아하는 스웨트셔츠를 입고, 그녀의 아들을 두 팔로 끌어안은 채, 어느덧 내리기 시작한 어둠 속으로 아이들을 데려가는 비현실적인 빛깔의 말들 틈에서 있었다. 말들은 회전할 때마다 어둠 속으로 사라지는 것 같았지만, 물론 다시 돌아왔다. 다시, 그리고 또다시, 매번 반짝이는 불빛들의 호위를 받으면서. 아이들은 놀라고 신이 난 표정이었지만, 몰은 마치 의식을 치르는 듯, 고개를 빳빳하게 들고 비장한 표정을 짓고 있었다. 마치 회전하는 자신의 몸으로 온 세상을 떠받치고 있다는 듯이.

6

지하 작업실 간이 욕실에 있는 철제 세면대에는 종종 거미들이 있었다. 아무도 필요로 하지 않는 젖이 쉭 소리를 내며 철제 세면대로 뻗어나와 거미를 배수구의 검은 구멍으로 흘려보냈다. 손목이 아팠다.

시간이 흐를수록 견디기 힘들었고, 매 순간이 상처였다.

그녀의 몸은 이 갈망을 감당할 수가 없었다.

앉으면 나을까. 그냥 가만히 러그에 앉아서 기다리면. 책상다리를 하고서.

시간은 그녀를 피해, 그녀를 빙 돌아서 흘러갈 것이다.

시간은 결국, 아이들을 그녀에게 데려와줄 것이다.

또렷이 거절을 표하는 순간으로 그녀를 데려가줄 것이다.

다만…… 다만…… (몸이 생각조차 해보지 않고 거부할 가능성이 있었다.)

몰리는 한참 뒤에야 자신이 오늘 아침 내려왔을 때 몰이 앉아 있던 것과 똑같은 위치에 똑같은 자세로 앉아 있다는 사실을 깨달았다.

그런데도 그녀는 움직이지 않았다. 그저 앉아 있었다.

수십 년의 침묵.

그리고 쇠가 벽돌을 긁는 소리.

몰이 계단을 내려왔다. 그녀의 몸은 뻣뻣했고 표정은 차가웠다.

그와는 대조적으로 몰리는 어쩔 줄을 몰랐고, 뇌가 마비된 것 같은 기분이었다.

"다시는 나 쫓아오지 말아요." 몰이 말했다. "그랬다간 죽여버릴 거야."

몰의 눈에서 무언가가 번득였다. 냉소일까, 아니면 협박일까? 보다 직접적인 심판이라도 하겠다는 건가? 이제 몰리의 삶에 완벽하게 끼어들었으니 몰리를 (교외의 외지고 황량한 숲에서) 감쪽같이 사라지게 하겠다는 건가?

몰의 억양을 해석하려 애쓰다보니 괴로움이 치밀어올라 집중력이 흐트러졌다. 몰리는 자신이 저지를 수 있는 일들을 생각해보았다. 생각만으로도 몸서리가 쳐져서 애써 그 생각들을 떨쳐냈다.

"애들은 잠들었어요?" 몰리가 물었다.

몰이 고개를 끄덕였다.

"우리 둘 다 여기 있으면 안 돼요." 몰리가 말했다. 비브는 이른 밤에 목이 마르거나 겁에 질린 상태로 깨어 엄마를 찾고는 했다.

몰이 다시 고개를 끄덕였다.

몰리가 계단을 앞장서서 올라가 격벽문을 나섰다. 몰은 어정쩡하게 잔디 위에 서 있었고 몰리가 철문을 밀어서 닫았다.

"블라인드." 뒷문을 잠그고 두 사람 다 거실로 들어섰을 때 몰이 덤덤하게 말했다. 지나가는 사람들의 시선이 닿지 않도록 몰리가 블라인드를 전부 내리는 모습을 몰이 지켜보았다.

몰은 자신이 사슴이었을 때 숨어 있던 커피 테이블 위에 발을 올려놓고 소파에 앉아 몰리를 유심히 쳐다보았다.

"그럼," 몰이 말했다. 선언 혹은 질문이었다.

지금이야말로 몰을 그녀의 삶에서 영원히 몰아낼 그 말을 꺼낼 절호의 기회였다.

몰리는 그 말을 찾고 또 찾았지만, 적절한 말을 찾을 수가 없었다.

그들의 약속을 뒤엎을 수 있는 철통같은 논리, 그것이 그녀를 피해 다녔다.

몰이 입고 있는 스웨트셔츠의 주머니에서 휴대전화가 진동했다. 그녀가 전화를 꺼내 몰리에게 주었다. 이번에도 데이비드였고 이번에도 거부를 눌렀다. 가엾은 데이비드. 그러나 그녀는 전화를 받을 수 없었다. 그와 얘기할 수 없었다. 몰이 몰리를 뚫어져라 쳐다보고 있는 지금은.

"오늘 일곱번째 전화네요." 몰이 말했다.

몰리는 몰의 세계에 존재하는 몰의 데이비드, 슬픔에 잠긴 데이비드를 처음으로 떠올리며 흠칫했고, 멀미가 났다.

몰리는 자신의 데이비드에게 죄책감을 느꼈고 그가 그리웠지만, 그녀의 감정은 마치 다른 사람의 감정인 듯 멀고도 흐릿했다.

"직접 만나서 얘기하면 돼요." 몰이 말했다. "그가 돌아오면요. 엿새 뒤에."

몰리는 기겁했다. 얘기한다고? 뭘 얘기한다는 거지?

복도 끝에서 아이들 방의 손잡이가 돌아가기 시작했다. 익숙한 끼익 소리.

두 사람은 서로 다른 방향으로 달렸다. 몰은 욕조로 들어가 샤워 커튼 뒤에 숨었다. 몰리는 침실로 가서 거울 달린 어두운 벽장 속으로 들어갔다.

비브가 복도로 나왔다. 마룻바닥에 닿는 비브의 살짝 축축한 발.

"내 꿈이 너무 무서워요." 비브가 텅 빈 주방, 텅 빈 소파에 대고 말했다.

비브의 발걸음이 겁에 질린 채 다급해졌다.

몰리는 벽장에서 나와 어두운 침실로 들어섰다. 딸의 두려움이 그녀 자신의 것인 양 생생하게 느껴졌다(어쩌면 정말 그녀 자신의 두려움이었을까?). 그 순간 몰리는 어서 비브를 꼭 끌어안고, 비브와의 재회로 가족의 위안을 확인하고 싶은 마음이 간절했다.

그러나 비브는 욕실로 들어갔다. 이어서 들려오는 샤워커튼 젖히는 소리. 결국 비브를 꼭 끌어안은 사람은 몰이었고, 비브의 악몽을 집밖으로 몰아낸 것은 몰의 몸이었다.

몰이 하는 말을 몰리는 들을 수 없었다. 너무도 낮고 너무도 조용했다. 그러나 까치발로 욕실을 지나 뒷문으로, 밤으로, 지하 작업실로 예정에 없었던 추방을 당하는 동안, 비브의 목소리를 들을 수 있었다. "……엄마 저하고 숨바꼭질하는 거예요? ……주스…… 알았어요, 몰…… 달처럼 아주 커다란 애벌레가……"

7

그녀는 몰을 기다렸다. 비브가 잠들자마자 자신이 제안했던 일정대로 몰리와 교대해주기를 기도했다.

그녀는 자신을 둘러싼 거미들을, 아마도 그녀를 기어오르고 있을 거미들을 생각했다.

몰리는 몰을 저주했다. 아이들의 몸을 몇 주 동안 만져보지 못한 것 같은 기분이 들었다.

이제 휴대전화는 그녀가 갖고 있었다. 전화를 할 수도 있었다. 911에, 아니면 에리카에게, 아니면 데이비드에게.

몰리는 자신이 몰에게 저지를 수 있는 일들을 떠올려보았다. 집 안에 있는 도구로 할 수 있는 일들.

그녀는 스스로에게 몸서리쳤다. 다른 것들로 생각을 전환해 스스로를 진정시키려 애썼다. 몰리는 동그랗고 매끄러운 표면들을 떠올렸다. 나무그릇, 모래언덕. 벤의 이마. 그러나 그 모든 고요한 이미지가 고요함과 상반되는 이미지를, 그 표면이 산산조각날 가능성을 내포하고 있었다.

문이 삐걱거리는 소리가 그녀를 깨웠다. 아침이었다, 희고 눅눅한 아침. 그녀는 소파 베드에 아무렇게나 널브러져 있었다. 잠과 수면 부족으로 시야가 흐릿했다.

"비브를 재우다가 나도 잠들었어요." 몰이 말했다. "방금 일어났어요."

거짓말이라고 생각하는 척했지만, 그게 거짓말이 아니라는 걸 몰리는 알고 있었다. 그녀 자신도 얼마나 여러 번 겪었던 일인가, 아이의 잠의 덩굴손이 그녀를 붙잡아 조그만 침대에 묶어놓는 것은.

"애들 깼어요?"

"아직."

몰은 낡은 러그 위 그녀가 주로 앉았던 자리에 심각한 표정으로 책상다리를 하고 자리를 잡았다. 마치 앞으로 열두 시간은 털끝 하나 움직일 생각이 없다는 듯이. 그녀의 온순한 태도에 몰리는 한편으로는 마음이 놓였고 한편으로는 불안했다.

위층으로 올라간 몰리는 뒷문을 잠갔다. 잠든 아이들의 침묵으로 가득찬 집안이 고요했다. 몰리는 욕실로 갔고—마지막으로 씻은 게 언제였던가?—후줄근한 티셔츠와 트레이닝바지를 벗은 다음 샤워기의 물을 틀었다. 아주 뜨거운 물을 틀었고, 그 밑에 한동안 서 있었다. 너무 오래 있지는 않았다. 아이들이 언제 깰지 알 수 없으니.

욕조 배수구에 뭉쳐 있는 검은 머리카락을 보면서, 그 머리카락이 자신의 것인지 그 여자의 것인지 알 수 없어서 기분이 묘했다.

그녀는 고리에 걸려 있던 수건을 잡아당겼다(그 여자도 이 고리에 걸려 있던 이 수건을 잡아당겼을까?). 벤이 엄마를 찾을 때 몰리는 몸의 물기를 반 정도 닦은 상태였다. 몰리는 아기침대에서 벤을 안아들어 커다란 자신의 침대에 눕혔다. 마침내, 벤의 따뜻한 체온을 느낄 수 있었다. 벤이 젖을 빨았다. 처음엔 정신없이, 그다음엔 무심하게 건성으로 빨다가, 결국 곯아떨어졌다.

이제 비브가 일어났고, 침대 위로, 그들 위로 올라왔고, 몰리는 아이들이 만든 혼돈 속에, 그 흠잡을 데 없이 완벽한 혼돈 속에 있었다. 불과 1.8미터 아래 어둠 속에는 한 여자가 앉아 있는데도.

"너무 답답해요!" 비브가 소리쳤다. "놔줘요!" 그러자 벤도 누나의 지휘에 따라 몰리의 품에서 벗어났다.

평상시 아이들을 혼자 돌보아야 하는 이런 아침 시간은 매 순간이 불안정했고 영원히 끝나지 않을 것만 같았다. 그러나 오늘 아침의 두 시간은 눈 깜짝할 새에 지나갔고, 어느새 에리카가 현관문으로 들어서고 있었다.

"즐거운 월요일이에요!" 에리카가 들어서며 거의 고함치다시피 말했다. "안녕, 비브, 소문에 의하면 네 파티에 엄청나게 예쁜 물고기가 왔다면서?" 에리카가 몰리에게 윙크를 했고, 몰리는 윙크로 답할 수가 없었다.

에리카를 돌려보내고, 아파서 출근을 못한다고 전화하고, 아이들과 하루종일 시간을 보내는 게 맞을지도 몰랐다. 어쩌면 아이들을 차에 태워 영원히 멀리 떠나야 하는지도.

그러나 몰리는 출근을 해야 했다. 출근하는 게 다른 때보다 더 중요했다.

"당연하죠." 비브가 말했다. 비브는 러그 위에 있었고 비브의 눈을 핥으려는 벤 밑에 깔려 있었다. 비브는 벤과 재미있게 놀았지만 이내 싫증이 났다. "벤 좀 치워줘요!"

에리카가 벤을 안아들고 이마에 키스했다. 그녀의 아들에게 다른 여자가 키스하는 걸 보니 몰리의 가슴이 저렸지만 그건 에리카의 잘못이 아니었다.

"엄마 벤이 내 눈 핥았으니까 나도 엄마 눈 핥으면 안 돼요?"

"안 돼." 몰리가 말했다.

"제발요." 비브가 말했다. "엄마도 좋을걸요?"

"네 침 때문에 눈이 따가울 거 같아."

"뭐라고요?" 비브가 무척 심란해하며 물었다.

"농담이야."

"그럼 엄마 눈 핥아도 돼요?"

"아니. 가방 챙겨. 우리 벌써 늦었어."

한 블록 반 거리에 세워둔 차—백 년 전 중앙분리대 정원으로 위험한 여행을 갔다가 돌아오는 길에 그녀가 찾을 수 있었던 가장 가까운 주차장이 거기였다—로 걸어가며 비브가 그녀의 손을 잡았고, 몰리는 딸의 고사리손의 힘줄이 팽팽해지는 것을 느낄 수 있었다. 그녀는 두 사람이 손을 잡고 있다는 사실을 지나치게 의식하고 있었고, 마치 손에 든 물건처럼 비브의 손바닥에서 비브의 심장 박동을 느꼈다.

몰리는 비브의 손에서 자신의 손을 뺐다.

"실례합니다." 비브는 몰리의 행동에 개의치 않고 웅덩이에 말하며 웅덩이를 건너뛰었다.

첫번째 빨간불 앞에 섰을 때, 비브가 뒷좌석 카시트에서 말했다. "옛날 옛적에 우리 어제 회전목마 타러 갔었죠."

신호가 파란불로 바뀌었다.

"그렇죠, 엄마?"

"맞아." 몰리가 말했다.

비브는 기분이 너무 좋아서 엄마의 목소리가 경직된 것을 알아차리지 못했다.

"내가 네 살이라니 믿기지가 않네." 비브가 말했다.

"네 살인 거 좋아?"

"좋아요. 하지만 다섯 살이나 여섯 살이나 여덟 살이나 아홉 살 등등이 되고 싶긴 해요."

"왜?"

"나이가 들면 엄마가 될 수 있으니까."

"맞아. 엄마도 나이가 들어서 엄마가 됐지." 몰리는 비브의 말을 정정해주고 싶은 욕구를 억눌렀다. 엄마가 되기 위해서라기보다는 과학자나 예술가나 대통령이 되기 위해서 나이가 들기를 기다려야 한다고. "네 엄마가 되었어."

"맞아요." 비브가 말했다. "왜냐하면 내가 엄마를 기다렸거든요."

"네가 엄마를 기다렸어?"

"네."

"어디서 엄마를 기다렸는데?"

"어디에서나."

8

그녀는 가장 먼저 출근해야 했고, 비브를 유치원에 내려준 뒤 엄청나게 빠른 속도로 차를 몬 덕분에 텅 빈 주차장에 도착할 수 있었다. 몰리는 열쇠 꾸러미를 손에 들고 필립스 66으로 뛰어갔다. 누군가에게 쫓기는 것 같은 기분이 들었지만 주차장은 더이상 평화로울 수 없을 정도로 평화로웠다.

드문드문 새들이 있었고, 바람도 불지 않았다.

그녀는 가장 묵직한 열쇠로 전시실 문을 열었다. 흐릿하고 고요했으며, 언제나처럼 먼지와 화석과 오래된 커피 냄새가 풍겼다. 몰리는 불을 켰다. 형광등 소음.

일절 방해받지도, 방해하지도 않겠다는 자태로 유리 진열장 안에 놓여 있는 성경은 얼마나 무결해 보이는지.

몰리는 전시실에서 사무실과 연구실로 통하는 유리문을 급하게 통과했다. 처음에 발굴품을 보관했던 종이상자가 여전히 책상 아래 어둠 속에 놓여 있었다.

그녀는 상자를 들고 다시 전시실로 돌아가 가장 작은 열쇠로 성경이 들어 있는 유리문을 열었다. 그다음에는 다른 발굴품들이 보관되어 있는 진열장을 열었다. 몰리는 조심스럽게 코카콜라 병, 알토이즈 통, 질그릇 조각, 장난감 병정을 성경과 함께 상자에 담았다.

이 물건들을 공개하다니, 그녀가 어리석었다. 전부 숨겨두었어야 했다.

몰리는 불과 한 달 전의 그날을, 그녀가 성경을 처음부터 끝까지 읽고 신을 지칭하는 대명사가 전부 다 여성형으로 되어 있음을 확인했던 그날을 떠올렸다.

몰리는 상자를 다시 사무실로 가져가서 책상 밑에 넣고 최대한 안쪽으로 밀었다.

이제 좀 안전해진 것 같았다. 문득 자신이 숨을 헐떡이고 있음을 깨달았다.

그리고 그 순간, 여섯번째 발굴품이 있다는 사실을 떠올렸다. 발굴 현장에서 발견하자마자 대수롭지 않게 생각하고 치워버렸던 동전, 몰의 세계에서 온 동전.

그녀는 아이들을 안고 발굴 현장 바닥으로 미끄러져내려갈 때 주머니에서 동전이 빠져나와 흩어졌던 것은 기억했다. 그것도 잔뜩. 진흙 속에 동전 하나가 떨어져 있던 것은 기억했다. 그녀의 딸은 항상 앞면이 위로 가게 떨어져 있는 행운의 동전을 찾아다닌다.

그런데 그 동전은 지금 어디 있지?

아마도 금요일에 그녀가 기준 동전과 함께 넣어둔 뒤로 여전히 몰리의 지갑 속에 있을 것이다.

그녀는 가방에서 지갑을 꺼냈다. 그 안에 들어 있는 동전이 느껴지는 것만 같았고, 그 낯선 느낌에 손이 델 것 같았으며, 지갑이 갑자기 유독성 물질이 된 것 같았다.

몰리는 동전들을 책상 위에 쏟아놓은 다음 여섯 개를 전부 다 앞으로 끌어당겼다. 가능성이 있는 동전은 두 개뿐이었다. 두 개만 올해에 주조된 동전이었다. 하나는 그녀의 것이고, 또하나는 몰의 것이었다. 그러나 그 둘을 분간할 방법이 없었다. 몰리는 힌트가 있기를, 확실한 증거(이를테면 피 한 방울이라도?)가 있기를, 그래서 어떤 게 위험한 동전인지 알 수 있기를 바랐지만, 그런 생각을 하는 순간 자신이 그걸 바란다는 사실에 기겁했다.

그녀는 동전 두 개 모두를 다른 발굴품들과 함께 상자에 넣고 잊으려 애썼다.

필립스 66은 버려진 느낌이 완연했다. 왠지 이곳이 지난 금요일 그녀가 퇴근했던 곳과 똑같은 직장이 아닌 것 같았다. 주말의 뿌연 안개 속에서 벗어나 월요일 아침 일을 시작할 때면 늘 기분이 이상했다. 그러나 오늘은 백배 더 이상했다. 모든 게 미심쩍었다. 책상의 면적, 의자의 색조, 컴퓨터 모니터의 각도까지도.

몰리가 컴퓨터를 켰다. 오늘 올 관람객들을 위해 안내문을 작성해야 했다. 그다음에는 그 글을 바탕으로 언론사에 배포할 기사를 작성할 생각이었다. 그다음엔 모든 관계 부처에 메일을 보낼 것이다.

컴퓨터가 완전히 켜지기를 기다리면서 몰리가 머릿속으로 글을 작성하기 시작했다. 관람객 여러분. 어딘가 적절치 않은 것 같았다. 고객 여러분? 손님 여러분? 애호가 여러분? 여러분? 관계자 여러분? 머릿속이 혼란스러웠다. 인사말은 나중에 작성해야지. (주목할 만한? 주목할 가치가 있는? 전설적인?) 화석들과 함께 (최근에? 얼마 전에? 근일?) 우리 현장에서 발굴된 물품들은 사실, 많은 분들이 처음부터 의심을 품었던 바와 같이, 일종의 사기…… 정교한 사기인 것으로 판명되었습니다…… 부디 저희를 용서해주시기를 바라며…… 처음 발굴되었을 때 이 발굴품들은 저희가 이해할 수 있는 범주를 벗어난 것들이었지만…… (다수의? 여러?) 전문가들과 논의한 끝에…… 100퍼센트의 확신과 함께…… 절대적 확신과 함께…… 밝혀진 바에 의하면…… 가장 중요한 성경을 포함하여…… 오늘 이러한 사실을 밝힘으로써…… 저희는 여러분이 부디 용서하시기를…… 발굴품들을 즉각 대중의 시선으로부터…… 험난한 진실의 길로부터 회수할…… 험난한 진실의 길…… 험난한 과학의 길…… 그…… 그……

비로소 켜진 컴퓨터 화면에 사진이 떴다. 아이들이 성인용 배낭을 메고 겁에 질린 표정으로 서로를 끌어안고 있었다.

몰리는 자신을 향한 그 네 개의 눈동자를 한순간도 견딜 수 없었다.

뭐든 하기 전에 일단 저 사진을 없애야 했다. 몰리는 설정으로 들어가서 아름다운 이미지들을 훑어내렸다. 양치식물 위로 흘러내리는 폭포수, 붉은 태양 아래 펼쳐진 바닷가, 사시나무와 매발톱꽃이 우거진 숲.

"몰리!" 코리가 그녀를 놀라게 했다. 폭포와 숲 사이를 오가던 참이었다.

"왔군요." 그녀가 말했다. 코리가 입구의 커튼을 홱 젖혔다.

"경찰에 신고해야 해요."

"왜요?"

"누군가 침입했어요. 진열장들이 열려 있고요. 성경이랑 전부 다 사라졌어요."

"아뇨." 몰리가 말했다. "나한테 다 있어요. 바로 여기."

"아." 그가 짧은 웃음을 터뜨렸다. "그렇군요. 좋아요. 젠장. 나 완전 놀랐잖아요."

"더이상 전시는 안 될 것 같아요."

"네?"

그에게 무슨 말을 하고 무슨 말을 하지 말아야 할지 알 수 없었다.

"몰리?" 그가 말했다.

"범인이 여기 있었군요." 로즈가 코리 뒤 문간에서 나타나며 건조하게 말했다.

코리가 몰리를 쳐다보았고, 몰리가 말하기를 기다렸다.

"몰리가 더이상 성경을 전시하고 싶지 않대요." 코리가 말했다.

"우리의 유망 사업을 포기하겠다고요?" 로즈가 말했다.

몰리는 이 두 사람을, 그녀의 사랑스러운 동료들을, 까칠한 로즈와 따뜻한 코리를 사랑했다. 그러나 지금은 두 사람이 다르게, 불쾌함을 유발할 수도 있는 사람들로 보였다.

"입장권 매출을 생각해야죠." 코리가 말했다.

몰리는 앉아 있었고 그들은 서 있었다. 몰리는 자신과 그들의 자세가 다른 게 마음에 들지 않았다. 몰리가 일어섰다.

"그 많은 협박편지들은 어쩌고요?" 몰리가 말했다.

"그게 어때서요?" 로즈가 말했다.

"난 익숙해지는 중인데요." 코리가 말했다.

"혹시라도 그중 누군가가……"

"뭘 어쩐다는 거예요?" 로즈가 말했다. "무슨 광신도처럼 총이라도 쏠까봐 그래요?"

로즈의 빠른 이해력에 위안을 받아야 할지 두려워해야 할지 알 수 없었다.

"음," 로즈가 말했다. "비비르 콘 미에도 에스 비비르 아 메디아스."

"네?" 코리가 말했다.

"두려움 속에서 산 삶은 반만 산 삶이다." 몰리가 번역했다. "하지만 나한텐 애들이 있다고요."

"내가 다시 진열장에 전시할게요." 로즈가 말했다.

"안 돼요." 성경을 들고 나가서, 훼손한 뒤에, 저수지에 던져버렸어야 했다.

"이러지 말아요, 몰리." 코리가 말했다.

"안 돼요." 몰리가 말했다.

"난 전시할 거예요." 로즈는 독해질 수 있는 사람이었고, 지금 독해지는 중이었다.

"위험해서 그래요." 몰리가 말했다. "실은 내가……"

"실은 내가?"

몰리는 말할 수가 없었다.

"말해봐요." 로즈가 말했다.

"꿈을 꾸었어요." 기세가 꺾인 몰리가 말했다.

"어떤?"

"폭탄. 우리 아이들이……"

"아, 아이들." 다시 따뜻해진 목소리로 코리가 말했다. "저런,

가엾은 몰리."

"그러게요. 가엾은 몰리." 로즈가 말했다. "하지만 꿈은 그저 꿈일 뿐이에요."

"그런데 그게," 몰리가 당황해하며 말했다. "도무지 꿈 같지가 않았어요."

"가끔 그럴 때가 있죠." 로즈가 말했다. "자, 이제 내놔요."

"좋아요." 몰리가 말했다. 조바심이 났다. "만약 이걸 전시하면, 난 안내 안 해요."

야구모자를 쓴 여자들 모두가 폭탄을 던질 가능성을 품고 있는데 어떻게 관람 안내를 할 수 있을까?

"알았어요." 코리가 말했다. "알았다고요, 그렇게 해요. 그럼 몰리는 오늘 발굴 작업해요."

하지만 발굴 현장으로 들어갈 수도 없었다. 그녀의 아이들이 죽었고 그 밖에 또 무슨 일이 벌어졌을지 모르는 또다른 세계로 그녀를 내뱉어놓을 수도 있는 그 변덕스러운 틈새의 희생양이 되고 싶지 않았다. 발굴 현장에서 편안함을 느꼈던 그녀는 얼마나 어리석었던가. 흙벽에 기대서서 그 견고함을 음미했었는데. 구멍이 숭숭 뚫린 그 기만적인 구덩이.

그녀는 아이들을 피신시키려고 전속력으로 달렸고 그러다가 구덩이 가장자리에 이르렀으며 그래서 그들 셋이 발굴 현장 속으로 뛰어든 셈이 되었고 오른팔엔 아들의 몸을 왼팔에는 딸의 몸을 안은 채로 진흙 속으로 거칠게 미끄러졌고, 아이들이 웃고 있지 않아서 아이들이 죽었다는 걸 알았다.

"아니면," 코리가 그녀의 표정을 유심히 살피며 덧붙였다. "일단 사무실에서 일해요. 실은 제가 웹사이트에 새 일정표를 올리고, 협박편지를 파일에 정리하고, 입장권 판매 현황을 표로 만들고, 연구 지원서 교정을 보려고 했거든요."

"아무도 안내를 해선 안 돼요." 몰리가 말했다. "아무도 발굴을 해서도 안 되고요."

"좋아요." 로즈가 상자를 꺼내려고 몰리의 책상 밑으로 손을 뻗으며 말했다. "이따 봐요."

몰리는 아드레날린이 빠져나가는 것을, 그래서 연약하고 텅 빈 상태가 되는 것을 느꼈다. 몰리는 로즈를 막을 생각조차 하지 않았다.

"이런." 코리가 말했다. "벌써 투어버스 소리 들리는 거 실제 상황이에요?"

그가 사라지고 나서 몰리는 두 바탕화면 이미지 사이에서 한참을 더 망설이다가 결국 숲 사진으로 낙찰을 보았다.

그러곤 거짓 기사를 작성하기 시작했다. 그러나 키보드 위에서 손가락이 말을 듣지 않았다. 단어가 너무 느리게 나왔고, 문장에 잘 섞이지 않았다.

얼마 후 그녀는 포기해야 했다.

그녀는 책상 앞에 멍하니 앉아 있었다. 젖이 흘렀지만 짜지 않았다. 그리고 지하 작업실에 있는 몰을 생각했다. 몰의 젖도 흘렀을지 궁금했다. 몰도 지금 철제 세면대에 젖을 짜고 있을까.

코리가 들어오더니, 몰리가 분류할 협박편지 한 무더기를 올려놓았다. 코리는 말없이 그녀의 책상 위에 편지들을 놓고는 나가는 길에 연민이 담긴 시선으로 그녀를 쳐다보았다.

맨 위에 놓인 엽서에는 예수에게 젖을 먹이는 마리아를 담은 르

네상스시대 그림이 담겨 있었다. 놀라울 정도로 적나라한 그림이었다. 마리아의 젖꼭지와 예수의 페니스가 그대로 드러나 있었다. 몰리가 엽서를 뒤집어보았다. 반송 주소가 없었다. 그저 우아한 글씨체의 한 단어. 봤지?

그 단어가 몰리에게 일종의 육체적 반응을 일으켰다. 시야가 흐릿해졌고, 근육이 풀렸다.

그녀는 엽서를 다른 편지봉투들 위에 놓았다. 그 유사성과 익명성 속에 독이 든 것처럼 보이는 흰 편지봉투들이었다. 미국 국기가 찍힌 소인과 파란색 볼펜 잉크가 그 안에 담긴 상투적인 감성을 암시하고 있었다. 끔찍한 죄악을 당장 멈추지 않으면 당신은 천벌을 받을 것이다. 신이 화가 났다. 그가 분노하셨다. 당신은 지금 신과 그의 충직한 자녀들과 충돌하고 있다. 눈부신 빛을 조심하라. 그는 항상 당신이 어디 있는지 알고 있다.

이 편지들로부터 벗어나야 했다. 사람들과 함께 있어야 했다. 코리, 로즈와 함께. 몰리는 사무실에서 뛰쳐나갔다. 유리문을 통해 전시실에서 관람 안내를 한창 진행중인 코리의 모습이 보였다.

관람객 중에는 삼십대 여자가 셋 있었다. 그중 한 명은 청바지에 스웨트셔츠 차림이었다. 당장 달려가 코리를 구해주고 싶었지만 그러면서도 몰리의 몸은 다시 사무실로, 책상 밑의 어두운 공간으로 돌아갔다.

주머니에서 휴대전화가 울렸고 몰리는 실수로 전화를 받았다. 영상통화를 거부한다는 게 그만 엉뚱한 부분을 누르고 말았다.

"지금 어디야?" 데이비드가 말했다.

그녀가 책상 밑에서 기어나왔다.

"책상 밑에 들어가 있었어?"

"전선들 때문에." 그녀가 말했다.

작은 화면에 뜬 그의 얼굴이 아득해 보였다. 그를 보니 마음이 놓였지만 그 평온함은 잠깐이었고, 거의 곧바로 절망감이 밀려들었다. 몰리는 자신의 삶이 변하지 않았더라면 얼마나 좋을까 생각했다. 아이들이 놀거나 낮잠을 자는 동안 직장에서 멋진 남편과 편안하게 영상통화를 할 수 있었더라면.

"몰리?"

몰리는 그에게 어떻게 말할지 생각해보려 애썼다. 무슨 말이든 해보려다가 비명이 터져나올까봐 두려웠다.

"몰리." 그의 말투가 비난조였다. "어제 대체 어디 있었어? 왜 전화를 한 번도 안 받았어?"

"회전목마에." 빈약한 변명처럼 들렸다. 그녀 자신이 듣기에도 빈약했다.

두 사람 사이에 몇 박자가 흘렀다. 그에게 다 털어놓고 싶었다. 두 사람이 함께 있기를, 강력해지기를, 몰을 그들의 삶에서 몰아낼 수 있기를 바랐다. 그녀의 상상은 빠르게, 이상하게 휘몰아쳤다. 슈퍼히어로 가면들과 망토들, 그들의 손끝에서 발사되는 번개들. 놀라고, 기가 꺾이고, 겁에 질려, 영원히 내빼는 몰.

"젠장, 몰리, 대체 무슨 일인데?"

그녀는 자신의 머릿속에 떠오른 주눅들고 가엾은 몰의 모습이 불편했다. 데이비드가 곧잘 불렀던 노래의 가사가 떠올랐다. 피로에 지쳐, 거센 우박에 파묻히고, 덤불숲에서 독이 옮고 길에서 이탈하고, 악어처럼 쫓기고, 옥수수밭에서 유린당하고.*

234

"피로에 지쳤어." 그녀가 가사를 인용했다.

"거센 우박에 파묻혔고." 한 박자도 놓치지 않고 그가 말했고 몰리는 그런 그를 사랑했다.

그가 바로 자동차 사고가 났던 날 문 앞에 서서 알 게 뭐야 젠장, 우리 애 낳자, 라고 말했던 사람이었고, 몰리는 그뒤로 이어진 섹스를, 곧바로 비브가 되었던 그 섹스를 기억하고 있었다. 그것은 얼마나 다급했던가, 사람이 다칠 수도 있었지만 아무도 다치지 않은 자동차 사고 이후의 섹스는.

"미안해." 코리가 여전히 살아서 안내를 하고 있는지 들으려고 목을 길게 빼고 몰리가 말했다.

"몰리?" 그가 애원했다. "몰리?"

그녀는 몰을 생각했다. 몰의 데이비드를 생각했다.

"나중에," 그녀가 약속했다. "곧 전화할게. 나 지금 일하는 중이야."

화면에서 그가 그녀를 쳐다보았다. 그녀가 화면에서 고개를 돌렸다.

"오늘밤에 전화할게." 마침내 그가 말했다. "그때 전화 안 받으면……"

그가 전화를 끊었다. 몰리는 의자에 앉았다. 코리가 이메일로 보낸 웹사이트 업데이트 목록을 쳐다보았다. 그녀는 화면의 검은 글자들을 쳐다보았고, 그 픽셀들을 보려 애썼다.

한참 혹은 잠깐의 시간이 지난 뒤 그녀의 휴대전화에 문자메시

---

* 밥 딜런의 곡 〈Shelter from the Storm〉의 한 구절.

지 알림음이 울렸다. 에리카였다.

피자가게 문 열기 전에 뒷문으로 가면 갖고 놀 수 있는 피자 반죽을 비브가 얻을 수 있다는 게 사실이에요?

그 질문이 다시 몰리를 그녀의 삶으로 끌어왔다. 그녀의 삶으로, 그 삶의 모든 기쁨으로, 당신이 동시에 엄청난 두 가지 속도로 움직이며 우주를 떠돌고 있다는 사실을 잊게 하는 모든 것으로. 독특한 억양과 관대함을 지닌 피자가게의 소중한 청년들에게로.

맞아요 비브가 가끔 죽어요dies! 그녀가 답장을 했다.

오타가 났다는 걸 곧바로 알아차렸다.

그래요 DOES. 문자를 다시 보냈다.

그러나 이미 엎질러진 물이었다. 불길한 오타. 아이들이 있는 집으로 가야 했다.

9

간선도로에서 오른쪽으로 빠지려고 신호를 기다리는데, 집에 거의 도착했다는 사실이 믿기지가 않았고, 운전하고 온 길이 단 일 초도 기억나지 않았다. 차에 탄 이후 창밖으로 뭐가 지나갔는지 전혀 기억나지 않는 이 기이한 현상.

그러나 그녀는 네시 이십삼분에 벌써 여기까지 와 있었다. 바람이 들어오도록 몰리는 창을 전부 다 내렸다. 에리카는 항상 벤을 유아차에 태우고 비브를 데리러 유치원으로 갔다. 아이들은 아마도 십 분에서 십오 분 전에 집으로 돌아왔을 것이다. 아이들을 놀라게 해주면 재미있겠지. 아이들을 빙글빙글 돌리고 그녀의 등장으로 황홀하게 해주어야지. 에리카를 한 시간 반 일찍 퇴근시키고, 임금도 똑같이 주어야지.

아이들은 항상 하루 중 이맘때 몰리를 절실히 원했다. 몰리도 아이들을 절실히 원했다. 그 욕망이 육체적으로 나타났다. 실제로 손목이 간지러웠고, 숨을 들이마실 때 통증이 느껴졌다. 아이들의 몸을 느끼고 싶은 이 욕구.

아이들이 보이기 직전에 아이들의 소리(누가 봐도 우리 아이들이 내는 소리가 분명한 괴성, 자지러지는 웃음소리)가 들려왔다. 아마도 에리카와 밖에 나와 있는 모양이었다.

몰리가 가까이 다가갔다. 아이들이 앞뜰에 나와 있었지만 에리카와 함께 있지 않았다.

몰이 아이들을 높이 안고 빙글빙글 돌리고 있었다. 두 아이를 동시에 돌리고 있었다.

10

아이들의 눈에 띄지 않고 그냥 쓱 지나치는 것 말고는 달리 할 수 있는 일이 없었다. 아이들은 아찔한 현기증에 완전히 취해 있었기 때문이었다.

다른 블록에 차를 세우고 몰래 뒷마당을 가로질러 상록수 덤불로 들어가는 것 말고는 달리 할 수 있는 일이 없었다. 소리 없는 분노가 쌓이도록 놔두는 것 말고는 달리 할 수 있는 일이 없었다.

에리카에게 전화를 걸어 상황을 전부 설명하고 에리카를 이 상황에 끌어들일 수도 있었다. 저 여잔 내가 아니라니까요! 몰리는 말할 것이다. 이 멋진 아이들을 구출하자고요, 젠장. 에리카가 말할 것이다, 지금 당장 몰리의 편이 되어주겠다고 맹세한다고. 아니면, 에리카는 처음엔 몰리가 농담을 한다고 생각하고 재미있어할 것이고, 그러다가 몰리의 정신 상태를 심각하게 걱정할 것이다.

몰리가 자기 집 뒷마당에 다다랐을 때, 몰과 아이들은 여전히 앞뜰에 나와 있었다. 그들은 상냥한 캐프리아 루이스와 이야기를 나누고 있었다. 반 블록 거리에 살고 있는 여자였다. 루이스가 혼란스러워했다.

"조금 전에 차를 몰고 있었잖아요." 캐프리아 루이스가 말했다.

"차를요?" 몰이 말했다.

그러니까 그들 두 사람의 정체를 탄로 내고 그들의 허술하고도 무모한 계획을 산산조각 낼 수 있는 사람은 다름 아닌 캐프리아 루이스였다.

"내가……" 캐프리아가 말했다. "몰리가 조금 전에…… 그런데 어떻게 지금……"

"막대사탕 있어요?" 비브가 궁금해했다.

"너는 칫솔 있니?" 캐프리아가 맞장구를 쳤다. 그들이 늘 주고받는 대화였다.

"고맙습니다." 비브가 말했다. "너도 '고맙습니다' 해야지, 벤."

"내가 늙어서 그런가봐요." 캐프리아가 건성으로 말했다.

"저것 좀 봐요!" 비브가 소리를 지르자 그들 모두 앞뜰 반대편으로 갔고 몰리는 더이상 그들의 대화를 엿들을 수가 없었다.

몰리는 침입자가 된 기분이었다. 상록수 덤불에 웅크리고 앉아서, 자신의 삶 밖으로 튕겨져 나온 채, 아무것도 가진 것 없는 사람이 되어버린 꼴이라니. 그 느낌을 떨쳐내보려 애썼다. 몰리가 자기 집 뒷마당에서 서성거리는 걸 보았다고 경찰에 신고할 이웃은 없다는 걸 스스로에게 일깨웠다.

너무도 긴 시간이 흐르고 집안으로 들어갈 때 비브가 물었다. "몰리 철자가 뭐예요?"

"그게," 몰이 대답했다. "엄마Mommy하고 거의 비슷해. M 대신 L만 쓰면 되거든."

"그럼 엘-오-엘-엘-와이?"

모두가 욕실로 들어가서 문을 닫았다. 몰리는 목을 길게 뺐지만 아무 소리도 들을 수 없었다.

얼마 후 그들이 욕실에서 나왔다. 벤은 팬티도 안 입었고 기저귀도 차지 않았다. 기저귀 차야 할 텐데, 몰리가 생각했다. 침실로 가서 기저귀를 채워. 하지만 몰은 주방으로 갔다.

덤불에서 몰리는 몰이 느긋하게 당근을 씻고, 치즈를 갈고, 비브에게 냅킨을 고르라고 말하고, 케사디야를 토스터에 집어넣는 모습을 지켜보았다. 자신의 주방, 자신의 삶 속에서 여유롭게 움직이는 여자의 모습을, 자신의 모든 몸짓으로 다른 세계를 지워내는, 그렇게 완벽해지는 침투를. 몰리는 자신이 덤불에 숨어서 지켜보고 있는 것을 몰이 알고 있는지, 혹은 신경을 쓰는지 궁금했다.

벤이 웅크리고 앉았더니 식탁 근처의 바닥에 똥을 쌌다. 벤이 일어서서 똥을 쳐다보았다. 그러더니 좀더 찬찬히 살펴보려고 무릎을 꿇었다. 안 된다고 몰리가 소리를 지르려던 찰나, 비브가 먼저 소리쳤다.

"안 돼, 벤, 하지 마!"

벤이 손가락으로 찔러보기 직전에 몰이 달려와 벤을 붙잡았다.

몰이 벤을 머리 위로 높이 안아들자 벤이 깔깔거렸다.

"안 돼!" 비브가 말했다. "말썽 피워놓고 그렇게 웃으면 안 되는 거야, 벤!"

누나와 엄마의 속상한 표정은 벤이 감당할 수 없는 수준이었다.

벤은 준비 단계도 없이 목청껏 소리를 지르며 울기 시작했다.

"기저귀를 찾아야 해요." 비브가 나무랐다.

얼마 후 벤이 울음을 멈추었다. 몰은 바닥을 치운 뒤 물티슈로 벤의 똥을 집어 기저귀에 담았다. 아이들은 넋을 놓고 지켜보았다. 몰이 주방으로 달려갔고 (짐작컨대) 케사디야가 토스터에서 타고 있었다.

저 여자, 몰리가 생각했다. 저러다가 집에 불내겠네.

마치 자신은 케사디야를 한 번도 태운 적이 없다는 듯이.

마치 자신은 다른 엄마가 집에 도착하기 전에 베이비시터를 퇴근시키고 아이들과 놀 생각이 없었다는 듯이.

비브가 벤에게 말했다. "네 몸에는 아기 해골이 들어 있어. 알고 있어?"

벤이 비브를 쳐다보았다.

비브는 노란 담요를 머리에 뒤집어쓰고 주문을 외우며 거실을 돌아다녔다. "베개에 유령이 살고 있다. 소파에 유령이 살고 있다. 러그에 유령이 살고 있다."

얼마 후 벤은 비브의 주문이 따분해졌다. 벤이 주방으로 가서 포도를 썻고 있는 몰의 뒤로 다가갔다. 벤이 몰의 다리를 붙잡고 중심을 잡았다. 몰이 손을 뻗어 벤의 머리를 쓰다듬어주었다.

몰이 벤을 만지는 순간, 몰리는 자신의 손에 똑같은 감각을 느꼈다.

벤의 머리, 놀라울 정도로 보드라운 그 느낌.

몰리가 덤불에서 나왔다. 그리고 슬퍼하기 위해 지하로 내려갔다.

11

지하 작업실에 있는 기타 거치대 뒤쪽 콘크리트 벽에 누군가 1미터 길이의 오래된 쇠파이프 한 개를 기대어 세워놓았다. 전에는 그 자리에 있지 않았다. 아마 반대편 상자들과 잡동사니 속 어딘가에 있었겠지만 눈에 띄는 자리에 놓여 있진 않았었다. 그러니까 몰은 하루종일 가만히 앉아 있기만 했던 건 아니었다. 지하 작업실을 돌아다니면서 계획을 짜고, 마침내 무기 하나를 찾아낸 것이었다.

그리고 또하나의 변화가 있다면, 소파 베드 한복판에 마치 선물처럼 몰리를 기다리고 있는 그것, 바로 아기 모니터였다.

그러니까 몰은 덤불에서 할 수 있는 것보다 훨씬 더 정밀하게 염탐하고 있었던 것이다. 아이들 방을. 몰리는 왜 그 생각을 못했을까?

러그의 낡은 지점이 몰리를 이끌었다. 몰리는 책상다리를 하고, 비탄에 잠긴 채, 분노에 휩싸인 채, 쇠파이프를 허벅지 위에 놓고, 아기 모니터를 오른손에 들고 앉았다. 몰리가 모니터를 켰다.

"……플라스틱으로 만들었어요?" 비브가 묻고 있었다. 벤은 울고 있었다.

"세라믹." 몰이 대답했다.

"나무요?" 비브가 고집을 부렸다.

몰이 벤을 달랬다.

"그러니까, 나무라고요?"

벤은 몰이 달래는 것을 허용했다.

"플라스틱이요?"

몰리는 모니터를 껐다.

몰리는 환멸을 느끼며 자신의 모습을 돌아보았다. 과거의 태도와 행동을. 특권을 누리던 어리석은 그녀는 얼마나 자주 데이비드를 협박했던가. 만약 쟤들이 계속 밤에 잠 안 자면, 나 지하로 내려가는 거 진지하게 생각해볼 거야.

지하의 시간이 흐르는 방식으로 시간이 흘렀다, 가늠할 수 없게.

이제 이것이 그녀의 삶인가. 지하 작업실 안, 시간의 바깥에서 사는 것이?

몰처럼.

영겁의 시간이 흐른 뒤, 몰이 철문을 열었고 상자 하나를 들고 계단을 내려왔다.

지하는 어두웠다. 몰이 램프를 켰다. 몰리가 무릎 위에 쇠파이프를 올려놓은 것을 보고도 몰은 일절 반응을 보이지 않았다.

몰리도 쇠파이프를 들고 본래 의도대로 사용하지 않았다.

램프의 불빛 속에 서 있는 몰을 본 순간 몰리가 본 것은 자기 자신이었다.

몰이 상자에서 물건들을 꺼내 소파 베드 위에 올려놓았다. 회색 스카프, 파란색 후드티셔츠, 흰 티셔츠, 플리스 양말. 데이비드조차도 저 티셔츠, 저 양말을 그녀가 얼마나 좋아하는지 알지 못했다. 그것은 그녀의 가장 은밀하고도 따뜻한 취향이었다. 오직 몰리자신만이 알고 있는 취향. 몰리 자신, 그리고 다른 세계에서 그것들을 갖고 있었던 또다른 몰리만이 그 파란색 후드티셔츠에 달린주머니 속이 얼마나 보드라운지 알고 있었다.

"아예 눌러앉을 생각이군요." 몰리가 말했다. 차갑게 말하려 했지만 성대가 협조해주지 않았고, 결국 어둠에 익숙해진 생명체의쉰 목소리만 나올 뿐이었다.

"당신 차례예요." 몰이 말했다.

"차례." 몰리가 코웃음쳤다. 그리고 물었다. "잠들었어요?"

몰이 고개를 끄덕였다.

몰리는 고갈된 기분이었다. 계단을 올라가는 데 필요한 기력을회복하려면 초인적인 노력으로 자신을 추슬러야 할 만큼.

몰리는 쇠파이프를 다리 밑에 내려놓고 힘겹게 일어섰다.

"아이들을 잃는 것 같은 기분이 들어요?" 몰이 말했다.

뻔뻔한 질문이었다.

몰리는 대답 대신 코웃음을 쳤다.

"잘됐군요!" 마치 욕처럼 몰이 그 말을 내뱉었다. "잘됐어요! 왜냐하면 그게 바로 나한테 실제로 일어난 일이거든요."

두 사람은 똑같은 얼굴을 마주한 채 서로에게 너무 가까이 서 있었고, 마치 거울 속 자신에게 화를 내는 기분이었다. 몰리는 어렸을 때 거울 속에서 울거나 웃는 자신의 모습을 지켜보던 기억을 떠올렸다. 절망이나 기쁨에 일그러지는 얼굴을 보고 있자면 더 심하게 울거나 웃게 되곤 했다.

"하지만 당신 아이들은," 몰이 말했다. "살아 있고 건강해요. 당신의 슬픔은 내 슬픔에 비하면 티끌에 불과하다고요."

몰리가 아이들의 모습을 그려보았다. 그들의 머리에서 불과 몇 미터 떨어진 곳에 편안히 잠들어 있는 아이들을. 위층으로 올라가야 했다. 아이들 곁에 있어야 했다. 만약을 대비해서.

"이제 올라가봐요." 몰이 말했다.

"우린 그 여자를 찾아야 해요."

"그 여자?"

"폭탄을 던진 여자. 당신 세계에서는 죽었지만 여기서는······ 그 여자 검은 렌터카를 몰고 다녔어요, 내가 봤어요."

"우리가 뭘 할 수 있는데요?" 몰의 목소리는 공허했다. "이 주전에 검은 렌터카를 몰고 다녔던 그 여자를 어쩌자는 거죠? 우리가 할 수 있는 일은 없어요."

"그래도 우리가······" 몰리가 말했다. "내가 성경과 다른 물건들을 치우려 했지만 로즈와 코리가······"

"어쩌면 누군가가 그 여자 아이들을 죽였을지도 몰라요."

"무슨 뜻이죠?" 공포가 몰리를 휩쓸었다.

"그럴 수도 있다는 거예요." 몰이 시멘트 바닥을 내려다보았다. "자기 아이들이 죽으면, 남의 아이들을 죽여서 복수하잖아요."

겁에 질린 몰리는 몰이 뭔가 다른 말을 해주기를 기다렸다.

그러나 몰은 잠자코 있었다.

"나 올라갈게요." 몰리는 말하면서도 계단 쪽으로 향하지 않았다.

"아이들과 함께 있으면," 몰이 말했다. "내가 아이들을 잃은 적이 없는 것 같아요. 그러면서도 매 순간 아이들을 잃는 것 같아요."

몰의 고백에 몰리가 얼어붙었다. 이유는 알 수 없지만, 그 순간 몰리는 신선한 양수를 떠올렸다. 그녀의 몸에서 쑥 빠져나가던, 그녀가 만나본 가장 깨끗한 물질. 아이들의 완벽한 몸을 안전하게 떠받치고 있던 그 다른 세계의 액체.

이미 가까이 서 있었지만, 몰이 한 발짝 더 다가와 몰리의 몸에 자신의 몸을 맞추었다. 허벅지와 허벅지, 상체와 상체. 그녀의 느리고도 아픈 심장박동. 몰리는 씻지 않은 자신의 체취를, 두 배가 되어 진동하는 냄새를 맡았다. 몰의 얼굴이 몰리의 목으로 숙여졌다.

아이를 갖고 뱃속에 품고 있다가 낳아서 젖을 먹였던 몰리였지만, 이것이야말로 그녀가 인간으로서 느낄 수 있었던 가장 친밀한 감각이었다. 몰의 따뜻한 눈물이 그녀의 쇄골을 가로지르며 흘렀다.

가슴골 쪽으로 흘러내리는 눈물은 상상할 수 있는 가장 가벼운 접촉이었다. 몰리는 자신이 그것에 마음을 열고 있음을, 마음을 열었음을 알았다. 서로의 메아리 같은 두 개의 형체 사이에서 일어나는 세상에서 가장 미묘한 상호작용에.

감당하기엔 너무도 벅찼다. 뒤로 물러서야 했다.

그런데 물러설 수가 없었다. 몰리는 중독되었다. 눈물의 움직임에, 그리고 두 사람 사이의 공간의 결핍에.

얼마 후 몰이 몰리의 목에서 고개를 들고 눈물을 거두었다. 그리고 몰리는 둘 사이의 거리가 벌어지리라 생각하며 마음을 다잡았다. 그러나 몰의 입술이 벌어졌고, 그들의 입술이, 그리고 그들의 치아가 부딪쳤다.

12

위층 아이들 방으로 올라간 몰리는 잠든 아이들을 안아들고 자신의 침대로 데려갔다. 아이들과 그녀의 휴식을 망치는 현명하지 못한 행동이었지만 몰리는, 잠을 자건 못 자건, 아이들 곁에 있어야 했다. 밤새도록 아이들을 보고 또 보아야 했다.

졸다가 깨고 졸다가 깨며, 그 사이사이 몰과 몰의 아이들을 잊었다. 대신 몰리는 아이들의 모습과 소리와 냄새 속에서 기이한 기쁨과 그 기쁨에 서려 있는 슬픔에 취했고, 잠시 그 슬픔을 이해하지 못했다가 이내 깨닫게 되곤 했다.

하늘이 환하게 밝아오자 몰리는 잠의 초원에서 자신을 일으켰다. 샤워를 하고 출근 준비를 하고 덤불로 난 창문을 열어놓은 다음 잠옷을 들고 지하로 내려갔다. 몰은 마침내 소파 베드를 펼쳐놓고 이불을 제대로 덮고 잠들어 있었다.

몰이 잠든 모습을 바라보면서 그제야 몰리는 잠을 자지 않고 러

그의 낡은 자리에 책상다리를 하고 뻣뻣하게 긴장한 채 앉아 있던 몰의 모습이 얼마나 끔찍이 싫었는지 깨달았다

그녀의 몸은 여전히 몰의 메아리 같았고 몰의 몸은 여전히 그녀의 메아리 같았다.

몰리는 소파 베드 가장자리에 앉아 자신의 아이들을 바라보던 것처럼 몰을 바라보았다. 이곳은 잠의 초원이 아니었다. 잠들어 있을 때조차도 몰의 얼굴에는 정적과 슬픔이 흘렀다. 위협은 애도로 잦아들었다.

13

벤은 발가벗은 채 아기의자에 앉아 요구르트를 먹고 있었다. 비브가 발가벗은 채 커피 테이블에서 소파로 펄쩍 뛰었다. 몰은 몰리의 잠옷을 입고, 최근 데이비드 없이 혼자 아이들을 준비시켜야 할 때면 몰리가 되고자 갈망했던 차분한 모습으로 집안을 돌아다니고 있었다.

덤불에서 그들을 바라보면서 몰리는 미리 열어둔 창문으로 한마디도 놓치지 않고 들으려 애썼다.

"있잖아요." 비브가 (또렷하고도 큰 목소리로) 말했다. "내가 왜 이렇게 배가 커다란지 알아요?"

"아니." 몰이 대답했고 몰리는 그녀의 목소리가 너무도 덤덤해서 놀랐다.

"왜냐하면 이제 곧 아기를 낳을 거거든요."

몰이 벤의 턱, 목, 배에 묻은 요구르트를 닦았다.

"그리고 그 아기가 자라서 뭐가 될 건지 알아요?"

"아니." 몰이 비브가 다리를 넣을 수 있도록 속옷을 앞으로 내밀었다.

"엄마요. 아기 엄마."

왜 몰이 더 재미있어하고 더 쾌활하게 굴지 않을까?

"엄마한테서 이상한 냄새 나요." 비브가 몰에게 말했다. "왜 그런 냄새가 나요?"

비브의 머리 위로 셔츠를 입히면서 몰이 한 말을 몰리는 알아들을 수가 없었다.

"엄마 눈 핥아도 돼요?" 비브는 거절을 예상하고 애원할 준비를 하며 미소를 지었다.

그러나 몰이 고개를 끄덕이고 무릎을 꿇었다.

"핥아도 된다고요?" 비브가 놀라며 말했다.

몰리는 바닥에 앉아 있는 두 사람을 보기 위해 목을 길게 빼고 까치발로 서야 했다. 비브가 몰의 뺨을 붙잡고 얼굴을 가까이 끌어당긴 다음 몰의 눈을 핥았다.

"엄마 맛이 달라요." 비브가 말했다.

"뭐하고 달라?" 몰이 물었다.

비브는 그저 웃을 뿐이었다.

모두가 거실에서 나갔고 몰리가 서 있는 덤불에서는 그들이 더 이상 보이지 않았다.

14

몰리가 사무실 커튼을 젖히자 로즈와 코리가 안에서 기다리고 있었다.

"어디 있어요?" 로즈가 말했다.

"괜찮아요, 몰리." 코리가 말했다. "그러니까 전부 돌려주세요."

"뭘 전부 돌려줘요?" 그녀가 말했다.

"그래도 이번엔 진열장을 도로 잠가놓았더군요." 로즈는 극도로 냉혹한 상태였다.

몰리는 겁에 질려 생각했다. 몰? 폭탄 테러리스트? 아니면 또다른 극단주의자?

몰리 자신일 수도 있었다. 기회만 주어졌다면. 그게 그녀가 출근한 이유였다.

그러나 그녀가 한 것이 아니었다.

"몰리," 코리가 다정하게 말했다. "대체 어디다 숨겼어요?" 다른 세계에서 코리는 뉴스 헤드라인을 장식했고, 부고란에 이름을 올렸다. 그 기사에서 코리가 최근 지역 학교의 과학 교재를 제작하기 위해 기금 마련차 150킬로미터 자전거 여행을 했던 일을 언급했던가? 이번 폭발 사고의 사망자 중에는……

"내가 지금 몸 상태가 별로 좋지 않아요." 몰리가 말했다.

"내가 봐도 그래요." 코리가 말했다.

"성경 어디 있죠?" 로즈가 말했다.

"관람 안내 시작하기 전에 우리 오래된 소녀를 왕좌에 돌려놓아야 하잖아요." 코리가 말했다. "밖에 벌써 사람들이 모이기 시작했어요. 상당히 독실한 사람들 같더라고요."

그의 유쾌한 선포에 몰리는 소름이 돋았다.

"독실한 사람들이야말로 가장 무서운 사람들이에요." 몰리가 말했다.

"어쩌면요." 그가 말했다. "하지만 그 사람들이 여기 온 이유가 무엇인지 우린 알잖아요. 그러니까 그걸 주자고요."

"일행 중에 여자가 있어요?" 몰리가 말했다.

코리가 재미있어하며 그녀를 쳐다보았다. "음, 있어요."

"연령대가 어떻게 되죠?"

"몰리," 코리가 말했다. "무슨 일인지는 몰라도 다 지나갈 거예요. 날 믿어요. 그러니 이제 그만 돌려주세요. 네?"

"나한테 없어요."

짖는 듯한 로즈의 웃음소리. 그 웃음의 무언가가, 그 무너지지 않는 자신감이 몰리를 화나게 했다.

"그게 다 어디서 왔을 거 같아요? 이 모든 화석들과 성경 그리고 나머지 물건들이?" 몰리가 말했다.

"그야 당연히 평행우주에서 온 거 아니겠어요?" 로즈가 덤덤하게 말했다.

로즈는 농담을 하고 있었다. 그러나 몰리는 일단 밀어붙여보기로 했다.

"평행우주에서 어떻게요?" 몰리가 말했다. "만약 발굴 현장이 실제로 어떤 틈새라서 다른 세계의 물건들이 빠져나오는 것이라면요? 그리고 그 세계가 네안데르탈인이 멸종하지 않은 세계이거나, 아니면 글쎄요, 히틀러가 그저 예술가였던 세계라면요?" 그녀는 묘하게 탄력을 받는 듯한 느낌이 들었다. 발굴 현장, 우주의 쓰레기 더미, 무한의 세계에서 나온 파편들의 하치장, 다차원의 직물에 난 구멍, 위태롭고 위험한 틈새. "우리 세 사람이 고식물학자가 아니라 광신도인 세계일 수도 있고, 내가 7학년 때 살구잼이 아니라 딸기잼을 샌드위치에 발랐던 세계일 수도 있겠죠. 그 세계들의 온갖 것들이 발굴 현장을 통해 우리의 세계로……"

로즈와 코리가 자신을 얼마나 유심히 바라보고 있는지 깨닫고 몰리가 말을 멈추었다.

"알았어요." 로즈가 말했다. "무슨 말인지 알았다고요."

코리가 요란하게 한숨을 쉬었다. "저기요, 공상과학이라면 나도 어지간한 얼간이들만큼 좋아해요."

"이건 공상과학이 아니에요." 로즈가 받아쳤다.

몰리가 로즈를 쳐다보았다. 로즈 역시 또하나의 자신을 만났던 걸까?

젖이 흘렀다.

"이건 일종의 은유예요." 로즈가 말을 이었다. "죽은 계보에서 온 화석이라는 게 결국엔 그런 거 아니겠어요? 또다른 세계에서 온 전령인 거죠. 피피는 실현되지 않은 어느 미래를 보여주고 있어요. 나도 그런 식으로 보고 있어요. 그러니까, 성경이 여기 어디엔가 있긴 한 거죠?"

"그게 어디 있는지는 나도 몰라요." 극도로 외로워진 몰리는 은유가 아니라고요, 라고 말하고 싶었다. 그건 절대 은유가……

그러나 그녀는 외로워할 필요가 없었다. 그녀에겐 한 사람이 있었다. 이 모든 것을 이해하고 있는, 어쩌면 그 이상을 이해하고 있는 한 사람.

"성경이랑 나머지 물건들 내일까지는 가져와요." 로즈가 말했다.

"내가 저 사람들 하루 정도는 기다리게 할 수 있어요." 코리가 말했다. "어쩌면요."

"어쨌든 우리도 돈은 벌어야 하지 않겠어요?" 로즈가 말했다.

"돈을 버는 시늉은 하는 거겠죠." 나가는 길에 코리가 받아쳤다.

15

따스하면서도 으스스한 날씨. 필립스 66 앞에 서서 몰리는 다양한 명도의 회색과 흰색(들판, 하늘, 고속도로 진입로)을 바라보았다. 머리를 식히려고, 계획 비슷한 거라도 세워보려고 밖으로 나섰지만 문을 연 순간 코리의 화요일 아침 관람객들이 성경의 현재 행방에 관한 의문을 품은 채 계속 그녀를 쳐다봐서 일 분도 못 버티고 도로 들어갔다.

그녀는 땀을 흘리고 있었고, 땀의 양이 엄청났으며, 브라가 축축했고, 그녀 자신이 만들어낸 축축함이 불안을 가중시켰다.

성경을 누가 가져갔을까?

몰리는 창문 없는 직원 휴게실에 일렬로 들어선 사물함—주유소 시절의 잔재였다—쪽으로 갔다. 코리와 로즈와 그녀가 발굴 현장에서 옷이 너무 더러워지면 갈아입을 여분의 옷을 보관하는 장소였다. 마지막으로 사물함을 열었던 게 언제였는지 모르겠지만 몰리는 그 안에 여분의 셔츠 한 벌이 있다고 확신했다.

사물함을 열자 옷가지들이 발치에 떨어졌다.

몰리는 펄쩍 뛰며 뒤로 물러섰다.

피가 묻어 있는 옷 뭉치.

냄새가 났다. 녹의 냄새.

청바지, 검은 셔츠.

청바지의 뻣뻣함.

하필 오늘 입고 온 것과 똑같은 검은 셔츠.

16

몰리가 필립스 66 주차장에서 차를 몰고 나갈 때 검은 승용차가 주차장으로 들어왔다. 렌터카 특유의 광채가 있는 깨끗한 소형차였다.

몰리는 조수석에 있는 가방에 손을 넣어 피 묻은 옷을 밀치고 휴대전화를 꺼냈다. 지선도로로 차를 몰면서 엄지손가락으로 코리에게 전화를 걸었다. 유턴을 할 수도 있었다. 유턴을 할 수 있었고, 또 해야만 했다.

그러나 그녀가 낼 수 있는 용기의 한도는 고작 코리에게 전화하는 정도였다.

"혹시 나갔어요?" 코리가 말했다. "지금 로즈가……"

"주차장에 있는 검은색 차에 혹시 여자가 탔어요?"

"나 지금 사무실에 있는데요."

"가서 좀 확인해봐줄래요?"

"알았어요."

몰리가 기다렸다.

"코리?"

"잠깐만요. 이메일 먼저 보내고요."

"제발, 빨리요. 지금 당장. 하지만 건물 안에 있어야 해요. 밖으로 나가지 말고요. 알았죠?"

"몰리! 알았어요, 알았다고요. 자, 지금 정문으로 나가고 있고, 주차장을 보고 있어요."

"그런데요?"

"네. 검은색 차가 있네요. 지금 막 주차하려는 참이에요."

"혹시 그 여자 스웨트셔츠 입고 있어요?"

"잠깐. 아니네요. 주차 안 해요. 그냥 지나가는 차였어요."

그냥 지나가는 차.

"그 여자 스웨트셔츠 입고 있냐고요."

"여자인지도 확실히 모르겠어요. 어쨌든 지금 나가고 있어요."

몰리는 유턴을 했지만 다시 필립스 66 주차장으로 돌아왔을 때 검은색 차는 보이지 않았다.

몰리는 두번째로 유턴을 했다. 차를 돌리느라 어지러웠다.

바람을 쐬면 머리가 좀 맑아질까 하는 마음에 창문을 전부 열었지만 오히려 더 어지러웠다. 그래서 창문을 닫았다. 그랬더니 너무 답답했다. 그래서 다시 열었다.

빨간 신호에 차를 세우고, 베이비 캐리어로 아기를 든 여자가 길을 건너는 것을 바라보았다. 여자는 양쪽 아래팔이 없었다. 몰리는 여자에게 연민을 느꼈다. (어떻게 아기를 씻기고, 젖을 먹이고, 침대에 눕힐까?) 그러다가 각도가 달라지자 팔이 없다고 생각한 것은 착각이었음을 깨달았다.

몰리는 피 묻은 옷이 희미해지거나 사라지거나 그녀가 입고 있는 똑같은 옷보다 덜 진짜 같아지기를 바랐다.

그러나 그 옷은 여전히 조수석에, 가방 밖으로 빠져나온 채로, 아무 변화 없이, 그대로 있었다. 그 옷은 진짜였다.

그 피는 그녀의 아이들의 피였다.

다름 아닌 그녀의 아이들의 피.

연구실로 가져가 검사를 의뢰하고 DNA가 일치하는지 확인해볼 수도 있었다.

몰리는 우회전을 해야 하는 곳에서 좌회전을 한 다음 저수지 쪽으로 차를 몰았다. 날씨는 여전히 회색과 흰색이었다. 군데군데 초록색이 있었고, 군데군데 파란색도 있었지만, 그녀의 눈에는 회색과 흰색만 보였다. 몰리는 다리 옆의 회차 지점에 차를 세우고는 옷을 들고 다리 가운데로 걸어갔다. 젖이 흘러 가슴에 두 개의 자국이 생긴 것을 또렷하게 의식하고 있었다.

몰리는 아주 잠깐 망설인 뒤 옷을 강물에 던졌다. 그녀 뒤로 차들과 트럭들이 요란하면서도 신성하게 느껴질 정도로 무심하게 지나갔다.

속이 후련할 거라 생각했지만 후련하지 않았다.

다리에는 행인이 한 명 더 있었다. 작은 카메라를 든 야윈 남자였다. 그가 그녀를 쳐다보았다. 그리고 카메라를 위로 향하더니 하늘을 찍었다.

17

아이들이 투정을 부렸다. 에리카가 약속한 시간까지 있었더라면 모두에게 더 나았을 텐데. 몰리가 옷을 버리고 나서 차 안으로 바람을 들이며 회색과 흰색 세상을 계속 어지럽게 돌아다녔더라면.

그러나 오늘만큼은 몰에게 왕권을 빼앗기지 않았다.

몰리는 자신의 휴대전화를, 데이비드로부터 온 수많은 부재중 전화와 거절한 영상통화와 무시한 문자 들의 기나긴 기록을 견딜 수가 없었다. 그녀의 집 책상 위에 놓인 잡동사니들을 견딜 수 없었고, 개봉하지 않은 우편물들을 견딜 수 없었으며, 비브의 유치원에서 온 알림 메일과 좋은 명분의 간청과 그녀가 아는 다양한 사람들이 보낸 메일 들로 가득찬 수신함을 견딜 수 없었다. 평범한 일상이라는 것은 얼마나 낯설고 또 짜증스러운가.

한 아이가 칭얼대기를 멈추면 또 한 아이가 칭얼대기 시작했다. 그러다가 듀엣이 되기도 했다.

몰리는 계획을 세워야 했다. 이 시간을 항해할 계획을, 아이들의 관심을 다른 곳으로 분산시켜 그녀의 생각이 본연의 초조한 행로로 흘러가게 할 계획을.

그녀의 계획. 우리 현관 계단 앞에 앉아서 지나가는 차들 세어보자. 마치 페인트가 마르는 것을 지켜보는 것처럼. 어쨌건 계획은 계획이었다. 계획은 힘이었고, 기대였고, 제아무리 허접한 계획이라 해도 아이들은 손뼉을 치며 펄쩍펄쩍 뛰었다.

"우와, 우리 계단에 간다! 차 세러!" 비브가 벤을 현관 쪽으로 몰았다.

"베박." 벤이 말했다.

"뭐?" 몰리가 말했다.

"베박." 그가 말했다.

"이리 와." 서두를 일도 없는데 서두르며 몰리가 말했다. 단지 아이들을 몇 분 동안 조용히 있게 하기 위해 서둘렀다.

두 아이가 마침내 현관을 나섰다. 몰리가 아이들 뒤로 문을 닫았다. 아이들이 투정 부리던 공간과 아이들이 더이상 투정 부리지 않을 공간 사이에 선을 긋고 싶었다.

문이 잘 닫히지 않았다. 그녀가 더 힘껏 당겼다. 저항이 느껴졌고, 마지막 반 센티미터가 닫히는 것을 가로막는 무언가가 있었다. 맞바람 때문인가? 문 경첩에 장난감 같은 게 끼었나? 누가 반대편에서 문을 똑같은 힘으로 잡아당기고 있나?

그제야 몰리는 벤의 괴성이 아랫배에서부터 끓어올라 점점 더 위로 솟구치고 있음을 깨달았다. 벤의 오른쪽 약지가 어찌된 일인지 그녀가 온 힘을 다해 닫으려 했던 문틈에 껴 있었다.

몰리는 기겁을 하며 문을 다시 열어 벤의 손가락을 빼주었고, 비브와 몰리 둘 다 벤을 안으며 달래려 했지만 소용없는 일이었다. 그로부터 한참 동안 세 사람은 출구 없는 순간 속에 갇혀 있었다. 괴성을 지르는 남자아이, 겁에 질린 누나, 죄책감을 느끼는 엄마.

손가락은 괜찮아 보였다.

적어도 그녀가 보기에는 괜찮았다. 벤은 몰리가 손가락을 살펴보게 두지 않았다.

얼마 후, 멀리서 백파이프 소리가 들렸다.

"저게 무슨 소리예요?" 비브가 엄마의 어깨에 파묻었던 고개를 들며 물었다.

"백파이프." 벤의 울음소리를 뚫고 몰리가 비브에게 말했다.

백파이프 소리가 점점 더 가까워졌다. 벤이 울음을 멈추고 귀를 기울였다.

"문한테 '실례합니다'라고 말했어야지. 그렇죠, 엄마? 만약 문한테 '실례합니다'라고 말했으면 다치지 않았을 거예요."

벤이 몰리의 무릎으로 파고들더니 무릎 위에 올라서서 두 팔로 그녀의 목을 끌어안고 몰리가 눈물을 닦아주는 것을 허락했다. 벤이 몰리의 셔츠를 잡아당겼다. 그녀의 얼룩 없는 검은색 셔츠를. 그녀가 젖을 먹이려고 셔츠를 들었다.

"……동쪽 하늘에서도 서쪽 하늘에서도……" 비브가 백파이프 소리에 맞추어 노래를 불렀다.

백파이프 소리에 맞춰 부르는 〈반짝반짝 작은 별〉은 이상하게 들렸다.

벤이 계속 젖을 먹으며 '반짝반짝'이 나오는 대목에서 비브가 훈

런시킨 대로 손을 쥐었다 폈다 했다. 오른쪽 약지도 다른 손가락들처럼 잘 움직였다.

"이제 곧 팩바이프 볼 수 있어요?"

"백파이프야. 응. 백파이프 처음 보겠네." 몰리가 비브에게 알려준 것들의 끝없는 목록에 또 한 가지가 추가되었다.

"엄마가 무너진 학교로 데려갔다네!"

비브가 다음 절을 따라 불렀다.

"뭐?"

"엄마가 무너진 학교로 데려갔다네!" 비브가 계속했다.

"그거 어디서 배웠어?"

"내가 지었어요."

백파이프 소리가 점점 더 가까워졌다. 악사가 모퉁이를 돌았다. 젊은 여자였다. 여자는 백파이프를 연주하고 있지 않았다. 몰리가 알지 못하는 목관악기를 연주하고 있었다.

"백파이프다!" 비브가 소리쳤다.

18

비브가 둘 다 신생아인 척하고 싶다며 벤의 아기침대에 눕길 원했다. 아이들을 아기침대에 눕히는데(몰리는 자신이 엄마 노릇을 제대로 못하고 있다는 생각이 들었다. 불과 이십 분 만에 작은애를 다치게 했고 큰애한테 잘못된 정보를 주었다) 침대 밑에 있는 묵직한 무언가가 몰리의 발에 걸렸다.

지퍼가 팽팽하게 당겨질 정도로 짐이 가득 채워진 낡고 큼직한 그녀의 갈색 더플백이 침대 밑 그늘 속에 박혀 있었다.

"여기 왜 가방이 있지?" 몰리가 말했다. "가방 안에 뭐가 든 거야?"

비브가 이상하다는 듯 몰리를 쳐다보았다.

"우리가 넣은 물건들이요, 당연히." 비브가 말했다.

"장난감?"

"엄마, 엄마도 알잖아요."

몰리가 가방으로 손을 뻗었다.

"엄마, 우리 방해하지 마요!" 비브가 말했다. "문 닫아주세요!"

몰리가 더플백을 거실로 끌고 나왔다. 지퍼를 열어보니, 아이들 옷가지와 아이들이 가장 좋아하는 담요와 동물 인형이 들어 있었다.

몰리가 휴대전화를 찾았다. 데이비드에게 전화를 걸었다. 마침내 때가 왔다.

그러나 그의 전화는 곧바로 음성사서함으로 넘어갔다.

몰리는 더플백을 쳐다보며 다시 전화를 걸었다. 소리를 지르고 싶었다. 당장 돌아오라고 음성사서함에 소리를 지르고 싶었다. 그 래야 그가 집으로 돌아왔을 때 그들이 사라지고 없어도 그들을 찾 아야 한다는 걸, 최악의 시나리오를 가정해야 한다는 걸 알 테니까.

그러나 몰리는 메시지만 남겼다. 최대한 빨리 연락해달라고 말 했고, 진지하게 하는 말임을 알도록 날카로운 목소리로 말했다. 그 러면 아마 데이비드도 이제 몰리가 그동안 왜 그렇게 이상하게 굴 었는지 해명할 생각인 걸 알 것이다.

전화를 끊고 나서 몰리는 아이들 방에서 새어나오는 정적에 흠 칫 놀랐다.

그녀의 목 밑을 맴도는 비명이, 터져나올 때를 기다리며 끓어오 르고 있었다.

몰리는 마음을 가다듬고 아이들 방의 문을 열었다.

19

몰은 지하에 없었다.

몰리가 그녀의 이름을 한 번, 두 번 불렀다.

어디 갔을까? 세상 밖으로 나간 걸까? 성경과 다른 물건들을 들고서? 계획을 실행에 옮기고 있을까? 납치를 감행하기 위한 사전 작업을 하고 있을까?

그 순간 몰리는 종이상자 더미 너머로, 지하실 간이 테라스 아래 접이식 의자를 놓고 꼿꼿하게 앉아 왼손에는 쇠파이프를 마치 지팡이처럼 든 채 창문으로 들어오는 희미한 빛을 올려다보고 있는 몰을 발견했다.

몰리가 밤늦게 데이비드의 연주를 들으러 내려왔을 때 앉는 의자였다. 때로는 그 의자에 앉아 창문 맨 꼭대기에 걸려 있는 달을 바라보곤 했다. 몰의 모습을 보고 있자니, 늘 앉던 자리에 앉아 있는 그녀 자신의 모습을 보는 것 같아 묘한 친근함이 느껴졌다.

"제발." 몰이 말했다. "가세요."

두 번의 임신, 두 번의 출산, 수개월에 걸친 모유 수유, 수년간의 피로와 환희를 돌아보는 여자의 차가운 목소리일까? 성 구분이 없는 아이들의 해골을 생각하는 사람의 목소리일까?

"가방은 왜 챙겼어요?" 몰리가 말했다.

몰이 헛기침을 했다. 괴로운 소리였다.

"당신." 몰이 말했다. "아이들 손이 문틈에 끼어 있는지 항상 확인해야죠."

몰리는 본능적으로 자기도 사람이라 어쩔 수 없다고 변명하고 싶었지만 바로 시인했다. "내가 좀더 조심해야 했어요." 자신을 책망하니 차라리 마음이 놓였다.

"내가 좀더 조심해야 했어요." 몰리가 다시 한번 말했다.

그러나 몰은 몰리를 보고 있지 않았다. 그녀는 그저 위쪽, 간이 테라스의 빈 공간만 쳐다볼 뿐이었다. 몰리는 그녀의 모든 움직임을 주시했고, 어느 때고 무기로 변할 수 있는 쇠파이프에서 시선을 떼지 않았다. 그러나 몰은 거의 움직이지 않았다.

"우린 놀이를 한 거예요." 몰이 말했다. "휴가 놀이."

그제야 몰리는 접이식 의자 바로 밑에 조심스럽게 놓여 있는 5×7인치 크기의 하얀 직사각형을 보았다. 사진이 바닥을 향하고 있는데도 몰리는 그게 어떤 사진인지 알고 있었다. 데이비드가 지하 작업실에 유일하게 보관하고 있는 사진, 자기 키보드 위에 테이프로 붙여놓은 사진이었다. 지난 핼러윈에 몰리가 비브와 벤(거미와 풍뎅이)을 안고 현관 계단에 앉아 있는 사진이었다. 몰리는 아이들의 저항을, 기쁨을, 그녀의 몸에서 빠져나가려 애쓰는 두 아이의 몸을 떠올렸다.

사진이야말로 화석과도 같은 것임을 몰리는 깨달았다.

"저녁식사는 당신이 해요." 몰리가 말했다. 그 말을 하는 순간 몰리는 자기 자신의 엄청난 관대함에 놀랐고, 그것이 두려움으로 점철된 관대함이라는 것을 순간적으로 잊었다. 검은 셔츠를 벗고 바지 지퍼를 내리면서 몰리는 몰이 기뻐하기를 기다렸다. 아이들을 다시 만나기 전에 그녀의 눈 속에서 반짝이곤 했던 그 불변의 적나라한 탐욕.

그러나 몰은 여전히, 지하의 서늘함 속에 속옷 차림으로 서 있는 몰리를 돌아보지 않았다.

몰리가 벗은 옷을 몰에게 건넸다.

몰은 옷을 받을 생각을 하지 않았다.

그제야 몰리는(멍청하기도 하지) 그 옷이 어떤 옷인지를 기억했다.

"둘 다 아기침대에서 잠들었어요." 침묵을 걷어내기 위해 몰리가 말했다.

"알았어요." 힘없는 목소리로 몰이 말했다. "내가 올라갈게요."

20

위층은 고요했다. 몰리는 주방에 꼼짝 않고 서 있는 몰을 그려 보았다. 거실에 꼼짝 않고 서 있는 몰. 그날 입었던 옷을 입지 않기 위해 트레이닝바지에 더러운 티셔츠를 입고 있는 몰.

그때 아이들이 정적을 깼고 몰의 발길이 서둘러 아이들 방으로 향했다. 몰리는 다양한 어조의 목소리에 귀를 기울였다. 신이 난 목소리와 고집스러운 목소리와 다정한 목소리와 조르는 목소리와 고분고분한 목소리, 그 목소리에 들고 나는 온갖 감정들, 그 모든 목소리에 응대하는 몰의 침착함.

몰리는 아기 모니터를 찾아보았다. 소파 베드 밑에 있었다. 아이들에게 말하는 자신의 애정어린 목소리가 들렸다. 몰리는 모니터를 끄고 도로 소파 베드 밑에 넣었다.

계단을 올라가 덤불에 숨어들고 싶기도 했고 그러고 싶지 않기도 했다.

비브와 벤이 거실 바닥에서 블록을 쌓고 있고 몰이 주방에서 저녁을 준비하는 모습이 덤불에서 보였다.

엄마가 가까이 있음을 알고 놀고 있는 아이들의 완벽한 평화. 엄마가 거기 있다는 걸 알기에, 아이들은 완벽하게 엄마의 존재를 무시할 수 있었다.

몰이 아이들을 식탁으로 부르자 두 아이 모두 놀라울 정도로 고분고분하게 식탁으로 와서 각자의 자리에 앉았다.

몰은 자신이 먹을 것도 준비했고 자기가 마실 물도 한 잔 가져와 아이들 맞은편에 앉았다.

데이비드가 출장중일 때 몰리는 절대 아이들과 함께 앉지 않았다. 아이들이 식사하는 동안 몰리는 하루를 마무리할 청소를 일찌감치 시작해 바쁘게 돌아다녔다.

"우리 몸속에서 엄청난 파티가 열리고 있어요." 비브가 말했다.

비브의 목소리가 몰의 목소리보다 훨씬 더 컸고, 몰리는 몰의 대답을 들을 수가 없었다.

"피나 뼈나 우리 뇌 같은 것들이 여는 파티요." 비브가 설명했다.

이번에도 몰리는 몰의 대답을 들을 수 없었다. 그러나 몰이 미소를 짓는 모습은 보였다.

몰리가 덤불에서 빠져나왔다. 다시 지하 작업실로 돌아가는 대신 몰리는 집을 빙 돌아 보도로 나갔다.

몰리는 제멋대로 굴고 싶었고, 될 대로 되라고 생각했다. 3월이 어느덧 4월로 넘어가려 하고 있었고, 공기에서도 살짝 가벼운 기운이 느껴졌다. 황혼은 잿빛이었지만 가장자리에 빛이 서려 있었다. 구름 속의 한줄기 빛. 동네에서 자동차 배기가스 냄새가 아닌

식물의 냄새가 풍기기 시작했다.

　그녀는 해질 무렵에 혼자 걸어본 적이 없었다. 하루 중 이 시간이 되면 집안이 그녀의 모든 것을 필요로 했다. 이따금 창밖을 내다보면서 저무는 황혼의 끝물을 본 적은 있었다. 하지만 항상 집안에는 해야 할 일이 있었다.

　그러나 이제서야, 그녀가 소망했던 대로 해질 무렵 이 거리를 홀로 걷게 되어서야 몰리는 속박에서 벗어난 것 같았고, 자신에게 주어진 자유에 아찔한 현기증마저 느껴졌다.

　그녀는 걸었다. 하늘에서 빛이 번져갔고 검은 새들이 몸으로 그 위에 곡선을 그렸다.

21

몰은 눈을 감고 거실 러그 위에 누워 있었다. 비브와 벤이 그녀의 주위를 맴돌며 병원 놀이 키트에서 꺼낸 기구들로 그녀의 몸을 찔러댔다.

몰리는 덤불에서 지켜보면서 그들의 몸짓 하나하나를 놓치지 않으려 애썼다. 벤이 몰의 무릎을 온도계로 때렸고 비브는 몰의 위팔에 아동용 혈압 측정기를 끼우려 애썼다.

짜증이 난 비브는 혈압 측정기를 한쪽에 던져놓고 벤이 들고 있던 체온계를 빼앗았다. 벤이 소리를 지르며 체온계를 도로 가져오려고 몰의 몸 위에 엎어졌다. 그러나 몰은 움직이지 않았고, 벤이 바닥에 찧지 않도록 두 팔로 아기를 붙잡지 않았다. 벤이 볼을 바닥에 찧었고 울기 시작했다.

그런데도 몰은 움직이지 않았다. 비브는 체온계를 넣으려고 몰의 입을 벌리려 했다. 두 사람 모두에게 무시당한 벤은 울기를 멈추고 칭얼거리기 시작했다. 벤이 병원 놀이 키트 쪽으로 기어가더니 청진기를 꺼냈다. 그것을 보자 비브가 달려가 빼앗았고 벤은 다시 발작적으로 울었다.

몰은 여전히 말없이 바닥에 꼼짝 않고 누워 있었다.

잠이 들었나?

그러나 자고 있지 않았다. 몰의 표정은(몰리는 길게, 더 길게 목을 빼고 적절한 각도로 창문 안쪽을 들여다보려 애썼다) 뻣뻣했고, 긴장이 감돌았다. 잠자는 사람의 얼굴이 아니었다.

"엄마!" 아이들이 청진기 양쪽 끝을 붙잡고 잡아당기며 소리를 질렀고 엄마가 나서서 적절하게 중재해주기를 기다렸다. "엄마! 엄마!"

몰이 대답하지 않자 아이들이 몰을 쳐다보았다. 두 아이들의 합창에 의혹의 기미가 서려 있었다. "엄마? 엄마? 엄마?"

비브가 무방비 상태의 몰의 몸 위로 털썩 엎어졌고 벤도 그렇게 했다. 비브는 몰의 얼굴을 미친듯이 두드렸고 벤은 몰의 머리카락과 손가락을 잡아당겼다.

몰은 반응이 없었다.

아이들이 조금 뒤로 물러나 몰을 바라보았다.

"엄마 살아 있어요?" 비브가 몰의 몸에 대고 소리친 뒤 울기 시작했다.

몰리가 들어가야 했다. 아이들이 두 엄마를 동시에 보아도 어쩔 수 없었다. 내 아이들을 돌보는 사람이 슬픔에 오염되었다. 몰이 아이들을 돌보는 것을 허락하다니, 미친 짓이었다.

뒷문을 통해 안으로 들어가려는 찰나, 몰이 눈을 떴다.

"엄마." 비브가 말했다. 비브의 목소리는 그녀보다 훨씬 더 나이 많은 사람의 목소리 같았다.

벤이 몰 위로 엎어지며 자신의 상체를 몰의 상체에 포개었고, 벤의 팔다리가 몰의 미니어처 버전이 되었다. 너무도 익숙한 벤의 무게.

비브는 몰의 머리 위편에 책상다리를 하고 앉아 몰의 머리를 자신의 무릎 위에 올려놓았다. 몰은 저항했어야 했지만(성인 여자가 어린아이의 무릎을 베고 눕다니) 그러지 않았다. 몰은 자신의 머리를 비브의 무릎 위에 올려놓았고, 비브가 몰의 얼굴을 쓰다듬었다.

22

몰리는 지하 작업실에서 아기 모니터에 귀를 기울이고 있었다. 몰이 흔들의자에서 벤에게 젖을 먹이려고 들어간 것을 알았고(몰의 것과 똑같은 그녀의 가슴도 젖이 불어 간지러웠다), 벤을 침대에 눕히려고 일어선 것을 알았고, 비브가 책을 고르러 책장으로 달려가는 것을 알았다.

몰은 정신을 차렸고 해야 할 일을 전부 다 그럭저럭 해내고 있었다.

몰이 아이들 방에 들어가 비브를 재우고 그 과정에서 몰 자신도 잠들었으리라는 확신이 들자, 몰리는 지하실에서 나와 뒷문으로 들어갔다.

몰리는 소파에 앉아서, 어떻게 말할지 생각하며 용기와 냉혹함을 끌어냈다.

당신도 인정해야 해요.

이건 아니에요.

이럴 수는 없어요.

당신은 우리 아이들한테 위험해요.

한참이 지나서야 몰이 불안정한 걸음걸이로 방에서 나왔다. 몰리는 그 기분을 알고 있었고, 몰의 모습을 본 순간 자신도 그 기분을 느꼈다. 본의 아니게 깜빡 잠들었다가 깨어났을 때 정신을 차리려 애쓰는 그 기분. 약간의 현기증, 충혈된 눈.

정신이 흐릿한 몰은 몰리의 존재를 알아채지 못했다. 몰은 주방 입구에 서서, 탈진한 상태로 벽에 기댄 채, 저녁식사의 잔해를, 그릇들과 부스러기들을 훑어보았다. 그러나 몰이 느끼는 황폐함은 매일 밤 아이들 방에서 나와 집안의 무질서 속으로 들어설 때 몰리가 느끼는 절망과는, 그 일상적으로 스쳐지나가는 사치스러운 절망과는 우주만큼이나 거리가 멀었다.

엉망이 된 거실을 쳐다보는(그러나 제대로 보는 것은 아닌) 몰을 바라보면서, 몰리는 모질게 먹었던 마음이 뭉툭해지며 본래의 형체를 잃는 것을 느꼈다. 몰리는 마음을 단단하게 먹으려고, 날이 선 모서리를 유지하려고 애썼다.

그러나 몰의 얼굴은 슬픔의 빛깔이었다.

"내가 도울 수 있어요." 마침내 몰리가 말했다.

몰리는 고심 끝에 그 네 단어에 안착했다. 그 말 외에 여러 가지 말을 생각했었다. 당신도 인정해야 해. 당신은 우리 아이들한테.

몰이 자신을 흘긋 쳐다본 순간, 그녀가 몰리의 존재를 이미 알고 있었다는 것을 깨달았다. 몰은 몰리의 목소리를 듣고도 놀라지 않았다.

당신은 우리 아이들한테, 몰리는 말하고 싶었다. 당신은 우리 아이들한테, 그러나 그 말을 할 수가 없었다.

그만 돌아가요, 아니면 돌아가려고 노력이라도 하든가, 하고 말할까도 생각해보았다.

그러나 어떻게 돌아가야 할까? 발굴 현장이, 그 틈새가, 어떤 원리로 움직이는지 누가 알까?

그리고 무엇으로 돌아간단 말인가? 누구에게로?

그녀는 또다른 데이비드를, 애도하는 데이비드를 떠올렸다. 갑자기 섬뜩할 정도로 선명하게 그의 얼굴이 떠올랐다.

몰리가 소파에서 일어나 몰에게 다가갔다. 몰은 아마도 몰리에게 혼자 있을 시간을 주려고 서둘러 주방으로 들어간 것이었겠지만, 그보다는 불길을 피하는 사람처럼 보였다.

몰리는 싱크대 밑의 장을 열고 오렌지 정향 스프레이를 꺼내 조리대에 뿌렸다. 스프레이 병이 거의 비어서 식식거리는 소리가 났다.

"우리 그거 다 떨어졌네요." 몰리가 적막함을 떨쳐내기 위해, 몰의 거대한 침묵을 떨쳐내기 위해 말했다. 우리라고 말했다는 걸 잠시 후에야 깨달았다. 자신과 데이비드를 두고 한 말인 척할 수도 있었다. 그러나 우리가 어떤 의미였는지 그녀는 알고 있었다.

두 사람은 익숙한 순서에 따라 청소를 했다. 잠든 아이들의 소리—혹은 정적—에 귀를 기울이면서. 그녀가 제거하고 싶었던 사람, 그녀를 제거하고 싶었던 사람과의 이 기이한 동지애.

"이게 뭐죠?" 몰리가 테이블 밑에 떨어져 있던 종이쪽지 하나를 집어들며 말했다. 비브의 큼직한 글씨가 적혀 있었다. 엄마사랑왜냐색칠공부사랑.

"엄마 사랑해요 왜냐하면 엄마가 내 색칠공부를 사랑하니까요."
몰이 번역해주었다.

몰리가 재미있어하며 몰을 쳐다보았지만, 몰은 고개를 숙인 채
바닥만 쓸고 있었다.

"베박bebock은," 몰이 말했다. "공작새peacock란 뜻이고요. 공작
새라고 말하면, 그건 비둘기pigeon를 말하는 거예요."

그때 몰리의 뇌리를 스치는 생각. 어쩌면. 어쩌면 우리는……

"엄마," 비브가 방에서 소리쳤다. "나 이제 안 자요."

몰리의 몸이 굳었고, 몰이 부탁하기를 기다렸다. 그녀의 애원하
는 눈빛을 기다렸다.

그러나 몰은 이미 마음을 접었고, 이미 빗자루를 내려놓았고, 이
미 뒷문으로 향하고 있었다. 몰의 어깨는 피로로 축 처져 있었다.

23

"쉬 마려워요." 몰이 사라지자마자 비브가 방에서 나오며 말했다.

비브는 야위고 졸려 보였고, 곱슬거리는 머리카락이 조그만 얼굴을 어두운색으로 커다랗게 감싸고 있었다.

몰리가 비브 쪽으로 몸을 숙여 비브를 붙잡고 끌어안았다.

"엄마," 비브가 말했다. "쉬 마렵다니까요."

몰리가 비브의 머리카락과 눈썹 냄새를 맡았다.

"실례합니다," 비브가 말했다. "엄마!"

"알았어, 어서 가."

변기에 앉자마자 비브가 색칠공부를 달라고 했다.

"안 돼," 몰리가 말했다. "바로 도로 들어가서 자야 해."

비브가 한숨을 쉬었다.

"이제 다 됐니? 아니면 아직도 쉬하고 있어?"

"아직도 쉬해요." 비브가 거짓말을 했다.

몰리는 몰이 하다 만 비질을 마저 하는 동안 비브가 몇 분 더 변기에 앉아 있게 해주기로 했다.

"벌레들이 오고 있어요!" 비브가 소리쳤다.

몰리는 다시 욕실로 뛰어갔다. 취침 등의 불빛만이 욕실을 비추고 있었다.

"어디?" 몰리가 말했다.

"뭐가요?" 비브가 말했다.

"벌레들."

"무슨 벌레들이요?"

"네가 '벌레들이 오고 있어요!'라고 소리질렀잖아."

비브가 웃었다. "내가요?"

몰리는 당황하며, 휴지 세 칸을 비브에게 건넸다.

"엄마, 오늘 밤새도록 내 옆에 있어줄 수 있어요?" 비브가 물었다.

"엄마가 옆에 있으면 네가 잠을 잘 못 자잖아."

"하지만 오늘밤엔 너무 무서워요."

"왜?" 비브의 두려움이 몰리의 불안을 가중시켰고, 그 불안을 더 거칠고 더 다급하게 만들었다.

"안전한 것 같지가 않아요."

"왜?" 집안에 감도는 불안을 느끼는 아이의 육감일까? 엄마가 항상 같은 엄마가 아닌 것 같은 불안?

"제발 밤새 옆에 있어줘요."

"글쎄," 몰리가 안에서 차오르는 불안감을 무시하려 애쓰며 말했다. "어쩌면."

"신난다!" 비브가 변기에서 뛰어내리며 몰리의 손을 잡았다.

몰리는 언제나 이 모든 것이 얼마간 기만적이라고 생각했다. 우유를 주고, 책을 읽어주고, 봉제인형들을 놓아주고, 아무 일 없다고, 무서워할 필요 없다고 말하면서, 보드라운 잠옷을 입혀 아이들을 재우는 방식이. 마치 잠이 십육분의 일 정도의 죽음이 아니라는 듯이. 아이들이 잠들기를 거부할 때면, 사실상 이것이 죽음의 예행연습임을 직감하곤 그 길고 외로운 시간을 거부할 때면, 우리는 아이들의 등을 어루만지며 속삭인다. 그들은 절대 죽지 않을 거란 듯이. 그러면서 속으로 우리가 행운을 빈다는 걸, 침대맡 램프의 불을 끌 때 우리 자신의 심장도 불안감에 두근거린다는 걸 아이들이 알 리가 없다.

몰리가 손바닥으로 비브의 등을 어루만져주었다.

"걱정 마." 자는 건 잠깐 죽는 게 아니란다. "걱정 마." 엄마가 여기 있고 앞으로도 항상 여기 있을 거야. "걱정 마."

24

비브를 진정시키는 과정에서 몰리 자신도 진정되었다. 몰리는 졸기 시작했고, 마침내 잠에서 빠져나왔을 땐 불안감이 사라져 있었다. 어둡고 엄숙한 평화가 그녀를 채웠다. 집은 깨끗했고, 아이들은 잠에 굴복했다.

그러나 복도로 나와 거실로 돌아갈 때 어떤 소리가 들렸다.

쿵닥, 쿵닥, 쿵닥 하는 심장박동소리.

몰리는 이성적으로 생각하려 애썼다. 그녀의 휴대전화에서 이런 음향효과가 들어 있는 데이비드의 곡이 어쩌다가 재생된 걸지도 몰랐다. 아니면, 가까이 있는 어느 차에서 이와 같은 박자의 음악을 틀어놓았든가. 아니면 이웃집에서 공포영화를 보고 있든가.

하지만 그 소리가 어땠느냐면, 그 소리가 실제로 어떻게 들렸느냐면, 바로 그녀의 거실에서 울려퍼지는 심장박동소리 같았다.

그리고 그녀가 아는 게 있다면, 그녀가 확실히 아는 게 있다면,

그 소리는 몰이 내는 소리라는 것이었다.

그 소리는, 알고 보니, 소파에서 나고 있었다.

그녀는 소파로 다가가고 싶지 않았고, 그 소리가 들려오는(이제 거의 확신이 들었다) 쿠션 밑을 들춰보고 싶지 않았다.

소녀의, 혹은 사슴의 심장을 꺼내 나무상자에 넣고 사악한 여왕에게 가져가는 사냥꾼. 몰리는 한 손으로 눈을 반쯤 가리고 다른 손으로 소파의 쿠션을 홱 젖혔다.

심장박동이 멈추었다.

장난감 청진기. 쿠션이 빨간 심장박동 버튼을 누르고 있었다.

몰리는 혼자 웃었다. 평생 혼자서 이렇게 크게 웃어보긴 처음이었다.

여전히 들뜬 상태였지만, 정신을 차리고 나니 저 아래 지하에 있는 몰이 떠올랐다. 아마 서성거리고 있겠지, 어쩌면 앉아 있을지도, 어쩌면 침울한 잠에 빠져 있을지도. 몰에게 갈 것이다. 가서 심장박동 얘기를 들려줄 것이다.

그리고 몰에게 위층 큰 침대에서 자라고 말할 것이다. 아이들을 방에서 데려와 그녀의 침대에서 재우라고 말할 것이다. 올라가요, 라고 말할 것이다. 가서 그들의 잠의 초원에서 자라고.

25

맨발로 어두운 마당을 가로지를 때 몰리의 마음은 놀라울 정도로 홀가분했다. 이제 몰리는 올바른 일을 하려는 참이었다. 몰을 놀라게 해주고 싶었다. 호들갑을 떨며 선물을 주고 싶었다. 그래서 묵직한 문을 최대한 조심스럽게 열었다.

지하실은 불이 꺼져 있었지만 안에서 소리가 새어나왔다.

그러나 몰을 탓할 수 있을까? 그녀 자신도 적어도 한 번 이상, 지하에 홀로 남겨졌을 때, 그의 악기들과 그의 체취들에 둘러싸인 채, 그녀와 똑같이 행동하고 싶지 않았던가? 짧지만 완벽한 도피로 그것을 이용하고 싶지 않았던가? 일시적으로나마 전혀 다른 존재의 방식으로 접어드는 그것.

몰의―그녀 자신의―굶주린 호흡의 소리.

몰리가 계단에서 한 칸 더 내려서자 삐걱거리는 소리가 났지만, 모르는 건지 아니면 무시하는 건지 호흡은 계속되었다. 내려가야 하나? 아니면 그냥 나가야 하나?

　그녀가 한 칸, 또 한 칸을 내려갔지만, 몰리의 움직임은 거친 호흡에 전혀 영향을 주지 않았다. 소파 베드에서 흘러나오는, 점점 더 고조되는 호흡의 오케스트라.

　그녀의 눈이 어둠에 적응했다. 디지털시계 숫자의 빨간 불빛이 소파 베드를 비추었다.

　두 개의 몸이었다.

　익숙한 두 개의 몸.

　그녀가 위에서 그의 몸 위로 몸을 숙이자 두 사람의 이마가 맞닿았다. 그녀가 고개를 살짝 비틀었고 이제 그녀의 치아가 그의 치아에 닿았다. 그들이 때때로 즐겼던 그 거친 방식의 키스.

　그 키스를 제대로 볼 수는 없었지만―그녀가 본 것은 위로 아래로, 위로 아래로, 위로 아래로 움직이는 그녀의 엉덩이뿐이었다―몰리는 그게 어떤 키스인지 너무도 잘 알고 있었다.

　몰리는 그 장면을 보는 순간 자신의 몸에서 일어나는 반응을 경멸했다. 혼란과 질투와 분노와 욕망이 한꺼번에 밀려드는 것을.

　그녀는 고개를 돌릴 수 없었다. 지켜볼 수밖에 없었다. 이 정당하고 즐거운 섹스를. 그녀는 이 섹스가 나중에 편안히 누워 함께 웃으며 우쭐해할 섹스라는 것을 알았다. 왜냐하면 이제 그들은 다른 사람들이 갖지 못한 특별한 것을 가졌기 때문이었다.

　그의 두 손이 그녀의 허리를 붙잡았고, 사정하지 않기 위해 힘껏 아래로 누르며 움직이지 못하게 했다. 그 안에서 페니스가 고동쳤다. 한 번, 두 번, 세 번. 몰리도 느낄 수 있었다. 그녀의 엉덩이를 붙잡는 그 손의 다정함을.

그가 소파 베드에서 고개를 들더니 그녀의 젖꼭지를 이 사이에 넣었다. 그가 젖꼭지를 혀로 간질였다.

아이들이 있는 지금, 이런 시간을 갖는 것은 희귀한, 너무도 희귀한 일이었지만, 함께 살면서 두 사람은 너무도 여러 번 이런 순간을 가졌다. 이런 순간이 있다는 건, 예전이나 지금이나, 너무도 다행이었다. 그들을 지켜보며 몰리는 가슴이 저렸다. 몰리는 이제 그가 무얼 할지 알고 있었고 실제로 그는 그렇게 했다. 데이비드가 그녀의 몸을 돌려 자신의 몸 아래 눕혔다. 입술로 그녀의 몸을 훑어내리며, 가슴골을 지나고 그들이 자라고 그들이 나왔던 배꼽을 지났다. 지금 그의 입이 필요한 바로 그곳으로.

이 자세로는 몰이 몰리를 볼 수 있었다. 그가 움직이기 시작했을 때 몰과 몰리의 눈이 마주쳤다. 몰리는 몸으로 그 벅찬 쾌락을 상상했지만 몰의 눈에는 쾌락이 없었다. 오직 슬픔뿐이었다.

26

몰리가 휘청거리며 계단을 올라왔고, 잔디밭을 지나고 방충문으로 들어섰다. 집안에 들어오고 나서야 자신이 지하 작업실 문을 닫지 않았음을 깨달았다. 그러나 다시 돌아가고 싶진 않았다.

욕망을 살짝 맛보았던 그녀는 이제 슬픔을 들이켰다.

그녀는 소파로 비틀거리며 걸어갔고 그녀의 아이들을 잃었다. 아이들을 잃고, 잃고, 또 잃었다.

5부

1

싱크대에 서서 아이들 아침식사로 줄 포도를 씻고 있다가 허리에 손이 닿는 느낌이 들자 온몸을 관통하는 전율이 일었다.

그는 손을 계속 그 자리에 두었고, 그 손길에 모든 게 담겨 있었다. 어젯밤의 섹스, 혼자 아이들을 돌본 시간에 대한 감사, 그들 뒤로 그리고 그들 앞으로 놓인 긴 세월. 여느 때 같았으면 몰리는 너무도 행복했을 것이다.

네 시간 전이던 새벽 세시, 마지막으로 그를 보았을 때, 몰리가 지하 작업실에 내려가보니 그는 발가벗은 채 소파 베드에, 마치 베개가 몰리인 양 팔다리로 베개를 끌어안고 잠들어 있었다. 아기 모니터가 그의 귓가에 최고 음량으로 켜져 있었고, 풀지 않은 가방이 옆에 놓여 있었으며, 여행에 가져갔던 악기는 케이스 안에 그대로든 채 거치대로 돌아가기를 기다리고 있었다.

몰리는 그를 내려다보며 몰을 걱정했다. 몰이 보이지 않았기 때문이었다.

몰리는 다시 계단을 올라왔지만 잠을 이룰 수가 없었다. 자신의 침대에서는 잘 생각조차 하지 않았다. 비브의 침대에서 잠을 청해 보았지만 불면증을 걷어내기에는 너무 비좁았다.

몰이 사라졌다. 쇠파이프도 사라졌다.

"당신 아주 쌩쌩하네." 여전히 포도를 씻는 중인 그녀에게 그가 말했다. 몰리는 그를 쳐다보지 않았지만 그가 미소 짓는 소리를, 그 익숙한 쓸쓸함을, 그녀가 산만했던 것이 전혀 심각한 위기의 징후가 아님을 깨닫고 안도하는 것을 느낄 수 있었다. "슬슬 걱정되더라고."

몰리는 아무 생각도 할 수 없었고, 어떤 대답도 할 수 없었다. 아마 몰도 어젯밤 같은 기분이었을 것이다. 예상치 못했던 그의 귀국에 깜짝 놀랐을 테고 어쩌면 대화를 피하기 위해 일부러 섹스를 유도했을 수도 있었다.

"바빴어." 몰리가 말했다.

"물론 그랬겠지." 그가 말했다. 그 말 속엔 출장 기간 동안 소원했던 그녀에 대한 원망이 담겨 있었다.

그녀는 너무 무른 포도알들을 단단한 포도알들로부터 분리해냈다. 여전히 그를 안심시킬 수가 없었다. 그녀는 몰을 생각하고 있었다.

"토요일에 오는 줄 알았는데," 그녀가 말했다. "오늘 수요일이잖아."

"새크라멘토." 그가 말했다. "기억 안 나?"

"새크라멘토?"

"건성으로 들었구나."

몰리는 아무 말도 하지 않고 포도에 집중했다. 그가 기다렸다.

"오늘 오후 두시 비행기야." 그가 말했다.

"알았어." 그가 비난조로 말하지 않는 게 고마웠다.

"일정 변경 때문에 보수가 두 배야."

"알았어." 이 현실을 불안정하게 만들 그 어떤 말도 하고 싶지 않았다. 지금은 두 사람이 함께 주방에 있는 친근한 시간이었고, 머지않아 세상에서 가장 사랑하는 사람들이 그들을 방해할 것이었다.

"비브 유치원에 내가 걸어서 데려다주고 출발 시간 전까지 벤볼게. 에리카한테 문자도 하고."

"알았어."

그가 그녀에게 다가와 수도꼭지를 잠갔다. 그가 그녀의 이름을 두 번 불렀다. 그가 그녀를 안았다. 그에게 안기니 기분이 좋았다. 몰리는 잠시 그에게 기대어 쉬었다. 두 사람의 관계는 항상 친밀했다. 때로는 힘들었고 서로에게 화도 났지만, 두 사람은 항상 서로에게 친밀했고 진실했다. 그래서 그에게 진실하지 않을 때, 진실하게 말할 수 없을 때 어떻게 말해야 할지 그녀는 알지 못했다.

"아빠?" 끈적이는 네 개의 발이 복도로 걸어오는 소리가 들렸다. "아빠?"

2

코리가 묘한 표정으로 그녀를 쳐다보았고, 몰리는 그제야 그가 똑같은 질문을 여러 번 했다는 걸 알았다.

질문을 인지한 순간, 정신이 번쩍 들었다. "씻으러 집에 갔었어요?"

몰리는 어느 쪽으로든 읽힐 수 있는 고갯짓을 했다.

"사무실에 도착해보니 몰리가 밖에 있더라고요." 그가 말했다. "차는 정비소에 있어요? 커피머신 켜놓고 인사나 하려고 현장에 나가봤더니 없던데요."

"날 봤다고요? 내가 무슨 옷을 입고 있었어요?"

"나도 몰라요, 몰리. 바지에 셔츠겠죠. 뭐 좀 찾았어요?"

"내가 뭘 하고 있던가요?"

"나도 몰라요. 뭐하고 있었는데요?"

"내가 뭐하는 것처럼 보였어요?"

"사람들이 들이닥치기 전에 일찌감치 발굴 작업 시작한 거 아니었어요? 로즈가 어제 피피 플라워 종 또 하나 발견했다는 소식 듣고 몰리도 하나 건지고 싶어서?"

"내가 정확히 어디 있던가요?" 그의 말을 듣는 둥 마는 둥 하면서 몰리가 집요하게 물었다.

"몰리."

"보일 수도 있잖아요. 현장 안은 아니라는 거고 현장 근처에 있던 걸 본 거네요. 그러면 내가 올라오는 중이었어요, 내려가는 중이었어요?"

"몰리!" 코리가 웃었다. "실은 몰리를 기다리고 있었어요. 성경은요?"

"기분이 아주 더럽네요." 그녀가 실제로 느끼는 감정에 한참 못 미치는 말이었다.

"하긴 이번주 내내 몰리 상태가 좀 안 좋아 보이더라고요. 성경과 친구들은 나한테 넘기고 그만 집에 가서 쉬는 게 어때요."

"좋아요." 몰리가 말하고는 코리를 지나 문 쪽으로 조금 움직였다. "난……"

그녀는 사무실에서 나왔고, 복도를 서둘러 지났고, 유리문 밖으로 나갔다. 그녀의 이름을 반복해서 부르는 코리를 무시하면서.

곧장 차로 달려가고 싶었지만 먼저 발굴 현장으로 가서 안을 들여다보아야 한다는 걸 알았다.

그것이 그녀가 오늘 출근한 유일한 이유였다. 몰을 찾는 것.

발굴 현장을 떠올리니 진흙탕에 얼굴을 파묻고 팔다리를 쭉 뻗은 채 엎어져 있는 몰의 모습이 보였다.

그녀는 망설이며 27미터 거리를 걷기 시작했다. 혹시 시체를 보게 될까봐 아래를 보는 게 두려웠다. 그러나 어느 순간 그녀는 발굴 현장으로 달리고 있었다.

3

주차장 밖으로 차를 몰고 나가면서—아침 관람 안내에 참석하려는 차량이 이미 모여들기 시작했다—몰리는 코리에게 손을 흔들었다. 코리는 아마도 몰리가 사무실을 나서는 순간부터 계속 몰리를 주시하고 있었을 것이다. 문 앞에 서서 그녀를 향해 소리치는 코리의 모습이 백미러에 비쳤다. 코리는 의심을 품고 있었다. 강한 의심을 품고 있으면서도 너무도 친절했다. 몰리는 자신이 집으로 돌아가 휴식을 취하고 정신을 차릴 생각이라고 코리가 믿을 수 있게 집 쪽으로 차를 몰았다.

몰리가 차를 타고 빠져나갈 때 로즈가 트럭을 몰고 도착했다. 로즈가 그녀를 보았고, 손과 팔꿈치를 이용해 공격적인 질문을 던지기 위해 운전대에서 손을 뗐다. 로즈의 정당한 분노에 마음이 조금 약해지긴 했지만 몰리는 손을 흔들고 액셀러레이터를 밟았다.

발굴 현장은 그저 발굴 현장처럼 보였다. 특별할 것도 없었고,

관문도 없었고, 틈새도 없었고, 시체도 없었고, 우주정거장도 없었다. 그저 진흙과 웅덩이뿐이었다. 보드라운 흙덩어리들이 젖었다가 말랐다가 젖었다가 말랐다가 다시 젖었던 것. 현장 주위로 발자국이 있었고, 현장 안쪽으로 이어진 발자국도 있었다. 몰리는 무릎을 꿇고 발자국을 관찰했다. 그녀의 운동화 밑창과 일치했다. 몰리는 순간적으로 균형을 잃었고, 두 아이의 몸을 끌어안은 채 구덩이로 미끄러지는 기분을 느꼈다.

몰리는 교차로를 지났고, 교차로를 또 한번, 또 한번 지났다.

그제야 코리의 질문이 떠올랐다. 차는 정비소에 있어요? 대체 그게 무슨 뜻일까? 그가 발굴 현장에 있는 몰을 보았을 때, 주차장에 낯선 차가 있었을까?

그렇다면 몰은 어디 있을까?

또다른 자신이 어디 있는지 알아내기 위해 몰리가 몰이 겪은 폭발, 상실, 틈새, 슬픔, 분노, 계획, 지난 며칠, 섹스, 도피를 상상할 수 있을까? 아마도 숨어서, 가장 암울한 다음 단계를 구상하고 있을 사람. 도움과 위로, 먹을 것과 머물 곳이 절실히 필요한 사람.

그녀였다면 이런 상황에서 어디로 갔을까?

그녀였다면 무슨 짓까지 할 수 있을까?

하지만 첫번째 질문에 대답할 수 있을 정도로 자신에 대해 잘 알지 못했고 두번째 질문에는 감히 대답할 수가 없었다.

그녀는 곰곰이 생각하며 차를 몰았다. 저수지로 차를 몰았다. 바람이 불었고, 하늘은 무색이었다. 문득 몰과 데이비드의 섹스가 별로 거슬리지 않는다는 사실이 놀라웠다. 그것이 얼마나 자연스럽고, 심지어는 당연하게까지 느껴졌던가. 데이비드는 아내와 잤고,

몰은 자기 남편과 잤다.

젖이 흐르자, 몰리는 몰의 젖도 흐를 거라는 생각이 들었다. 오늘 들어 처음으로 젖이 흘렀다. 벤이 몰의 젖으로 반을 충당했기 때문에, 이제 몰리의 젖은 줄어들고 있었다.

몰리는 몰에게 묻는 상상을 했다. 크게든 작게든 데이비드와 말다툼하다가 젖을 짜면 어떻게 되던가요?

젖이 안 나와요, 라고 몰은 대답할 것이다.

이상하죠?

아이 낳고 나서 처음 대변봤을 때 기억나요? 몰이 되물을 것이다.

무서웠죠?

그런 대화를 주고받을수록 몰리의 몸은 점점 더 흥분에 휩싸일 것이다. 두 사람이 공유하고 있는 기억의 여파로 그녀의 몸이 안에서부터 서서히 달아오르고, 모든 외로움은 사라지고, 신성한 것에 가까운 수준의 일체감을 느낄 것이다. 몰리는 몰에게 끝없이 질문을 던지는 것을 꿈꾸었고, 몰이 맞아요, 맞아요, 맞아요, 라고 대답하는 것을 듣기를 꿈꾸었다.

그녀는 절박한 심정으로 차를 몰았다. 몰을 찾는 일의 긴박함을 부정할 수 없었다. 그녀의 몸 곳곳에서 느낄 수 있었다. 그녀의 몸속 모든 기관이 고동쳤고, 고조됐으며, 어지러웠다. 그러나 그것이 적군을 추적하는 다급함인지, 친구를 찾는 다급함인지는 알 수 없었다. 그녀는 몰이 두려웠다. 그녀는 몰이 걱정스러웠다.

그녀가 특별히 좋아하는 벤치가 있었다. 특별히 좋아하는 카페가 있었다. 가는 곳마다 몰이 방금 다녀간 것 같았다. 그런데 누구에게도 물어볼 엄두가 나지 않았다. "실례합니다. 혹시 저와 똑같이 생긴, 더러운 트레이닝바지 입은 여자 보셨어요?"

그녀는 차를 세워놓고 불편한 열기 속에 앉아 있었다. 수많은 '만약'들, 상황을 바꿀 수도 있는 신속함, 피를 흘리는 것과 흘리지 않는 것, 이런 미래와 저런 미래의 차이를 만드는 수많은 짧은 찰나들을 생각하느라 꼼짝도 할 수가 없었다. 몰리는 몰이 영원히 사라졌을 가능성과 언제든 그녀를 죽이기 위해 다시 나타날 가능성 둘 다에 대해 생각했다.

그녀는 어디 있을까?

몰리는 노마의 집 문을 열었고 그 순간 노마가 여행에서 돌아왔다는 사실을 떠올렸다. 노마를 만나고 싶진 않았다. 그 누구도 만나고 싶지 않았다. 오직 한 사람 외엔. 그러나 노마가 지팡이를 짚고 주방에서 나왔다.

"두고 간 게 있나보네?" 노마가 물었다.

그러니까 몰도 똑같이 행동했던 것이다. 몰도 노마의 집에 왔고, 이 집이 더이상 비어 있지 않다는 걸 잊고 문을 열었다.

몰리가 안으로 들어갔다. 주방에서 몰을 처음 만나던 순간의 울림이 남아 있었다. 이곳은 늘 똑같았다. 그을린 구리 주전자, 빨간색과 흰색 체크무늬 천, 딸기 모양 램프. 그러나 이제 이곳에는 어떤 울림이 있었고 앞으로도 영원히 그럴 것이다.

"내 식물을 그렇게 학살하다니, 그걸 극복하려면 나도 시간이 좀 걸리겠어." 노마가 말했다. "하지만 그건 그거고, 차 한 잔 더 줄까?"

노마는 키가 크고 예리했으며, 요즘 들어 자주 아팠다. 냉장고 화이트보드에 피라고 적혀 있던 자리에는 똑같은 파란 잉크로 청구서라고 적혀 있었다.

"애리조나는 어땠어요?" 몰리가 뭐라고 둘러대야 할지 생각하며 물었다.

"치매기가 있는 사람은 나인 줄 알았는데 말이야." 노마가 쏘아붙였다.

"제가……" 몰리가 우아하게 빠져나갈 방법을 강구하며 말했다. 죄책감이 들었고, 자신이 무례하다는 생각이 들었다. "……애들 때문에."

노마는 언제나처럼 냉정을 잃지 않았다. "맞아. 애들한테 빨리 가야 한다며. 어서 가! 아이들한테 내가 장난감 도도새 사왔다고 꼭 전해주고."

집으로 차를 몰면서―그게 겨우 닷새 전이라니 믿기지 않았다―몰이 정체를 밝히지 않은 채 아무 말 없이 그녀를 차에 태워 노마의 집으로 데려오던 날 밤을 떠올렸다. 차에서 나던 종이반죽 냄새도.

몰리는 창문으로 에리카가 식탁에서 아이들에게 간식을 먹이는 모습을 보았다. 그녀는 뜰을 가로질러 몰이 있는지 보려고 지하로 내려갔다.

계단 마지막 칸에 서니 몰이 이틀 밤 전에 들고 내려왔던 종이 상자(지금은 소파 베드 밑에 일부가 들어가 있었다)가 보였다. 그들이 가장 좋아하는 평범한 물건들인 스카프, 후드티셔츠, 티셔츠, 양말 따위가 담겨 있었다. 그때 몰리는 그것을 하나의 위협으로 여겼다. 자신이 아끼는 물건들을 몰이 점령하고 여기 아예 눌러앉으려는 신호라고 생각했다. 이제야 비로소 몰이 그들 두 사람이 지하에서의 긴 시간을 조금이나마 편안하게 지낼 수 있도록, 조금이나마 위안을 얻을 수 있도록 물건들을 가져다놓은 것일 수도 있겠다는 생각이 들었다.

　그녀는 어둠 속을 구석구석 샅샅이 살펴보았지만 몰은 지하 작업실에 없었다.

4

위층에 올라가니 아이들은 기분이 언짢았고, 에리카도 기분이 언짢았다. 에리카는 좀처럼 기분이 언짢은 적이 없었다. 그런데 몰리에게서 돈을 받고는 서둘러 집을 나서면서, "죄송해요. 제가 오늘 영 몸 상태가 안 좋네요"라고 겨우 웅얼거렸다.

비브는 계속 이것저것 달라고 했고(비디오, 아이스크림) 지친 몰리는 달라는 대로 주었다.

벤은 젖을 빠는 것 말고는 아무것도 원하지 않았다. 양쪽 젖을 다 비우고 난 뒤에도 여전히 물고 있으려 했다. 몰리는 그러도록 내버려두었다. 그 상태로 잠시 있다보니 왜 이러고 있나 싶었다. 저녁식사도 준비해야 했다. 몰리가 벤을 러그 위의 장난감들 한복판에 내려놓았다. 벤은 마치 몰리가 자기를 버리기라도 했다는 듯이 악을 쓰고 울었다.

몰은 어디 있을까?

몰리는 마침내 비브에게 이제 비디오는 안 된다고 말하고 동생과 놀아주라고 지시했다. 비브는 블록으로 탑을 쌓았다. 벤이 그 탑을 무너뜨렸다. 비브가 벤에게 소리질렀다. 벤은 블록을 누나에게 던지려 했지만 실패했다.

"진정해!" 몰리가 소리를 질렀다. "진정하라고!"

두 아이 모두 그녀가 준비한 음식에 손도 대지 않았다. 파스타 싫어? 당근도 싫고? 바나나도 싫어? 땅콩버터 바른 통밀 비스킷도 싫어?

싫어! 싫어! 싫어! 싫어! 싫어!

그러고 보니 그녀에게도 음식이 역겹게 느껴졌다.

목욕을 시키고, 빨리 재우자. 할 수 있을 것이다. 어떻게든 해낼 수 있을 것이다.

그러나 비브는 목욕을 하지 않고 버텼다. 마지막으로 목욕했을 때 별로 기분이 안 좋았다면서 옛날 목욕을 잊어버릴 때까지 새 목욕은 하지 않겠다고 했다.

벤은 따뜻한 물속에서 그나마 조금 안정을 찾았다. 몰리는 아기 비누의 인동향 속에서 위안을 찾았다. 문득 몰리는 마음 한편으로 자신이 신경을 곤두세우고 기다리고 있음을 알았다. 다른 방에서 들려올 수도 있는 몰의 발소리를.

비브는 노래를 부르며 복도를 뛰어다녔다. 얼마 후에야 비브가 부르는 노래의 가사가 몰리의 귀에 들어왔다.

"무서운 꿈속에서 수수께끼를 보았네! 무서운 꿈속에서 수수께끼를 보았네!"

"비브," 몰리가 불렀다. "방금 뭐라고 했어?"

"이거 노래예요." 비브가 욕실로 뛰어들어와 벤의 목욕 컵 하나를 들더니 물을 떠서 그의 얼굴에 뿌렸다. 벤이 울음을 터뜨렸다.

"비브!" 몰리가 소리를 질렀다.

"벤 닦아주는 거예요." 비브가 외치고는 달아났다. "무서운 꿈속에서 수수께끼를 보았네!"

"그 노래 어디서 들었어?" 몰이 복도에 대고 소리쳤다.

"무서운 꿈속에서! 수수께끼를 보았네!"

"비비언, 그 노래 어디서 들었냐고!"

"내 머릿속에서요." 비브가 종알거렸다.

몰리는 조금 더 추궁하고 싶었지만―젠장 대체 그게 무슨 소리야?―벤이 떼를 썼다. 목욕물과 눈물로 범벅이 된 벤은 후줄근한 한 마리 수달 같았고, 그래서 몰리는 물을 뚝뚝 흘리는 벤을 욕조에서 꺼내 수건을 펴는 것도 잊고 무릎 위에 앉혔다.

"나 노래 잘 만들죠?" 비브가 욕실로 머리를 들이밀었다.

벤이 몰리의 어깨에 토했다. 반쯤 씹은 건포도와 젖이 뒤섞여 있었다.

몰리가 벤의 몸을 돌려 앉히자 벤이 다시, 이번에는 그녀의 무릎과 욕실 매트와 비브의 발가락에 토했다.

5

"불 켜! 불 켜!"

한밤중—한밤중이라고?—이었다.

누가 하는 말이지? 벤이 하는 말인가? 벤이 하는 말이 아니었다. 벤은 말을 할 줄 몰랐다. 벤은 큰 침대에서 그녀 곁에 누워 잠들어 있었다. 언젠가 자다가 토해서 기도가 막혀 죽었다는 아기 이야기를 들은 적이 있어서였다. 벤의 살갗이 뜨거웠다. 손이 델 정도로 뜨거웠다. 그런데 한밤중에 누군가가 계속 그녀에게 불을 켜라고 말하고 있었다. 그리고 그 사람은 점점 더 화를 내고 있었다.

침대맡 램프의 스위치를 찾을 수가 없었다.

침대맡 램프의 스위치를 찾았다.

비브가 침대 옆에 서 있었다.

"난 나빠요." 비브가 말했다.

"네가 나빠?"

"나 기분이 나빠요."

"어떻게 나쁜데?"

"거울 좀 가려줄 수 있어요?" 비브가 거울 문이 달린 벽장을 바라보며 말했다.

"거울을 가리라고?"

"제발요." 비브가 애원했다.

"왜?" 커다란 거울이었다. 그 거울을 어떻게 가려야 할지 알 수 없었다.

"거울에 비친 나를 보는 게 무서워요."

"왜?" 그녀가 비브의 손을 잡았다. 손이 델 정도로 뜨거웠다.

비브가 베개에, 이불에, 러그에, 몰리에게 토했다.

6

동이 트기 전 그녀의 몸이 단 하나의 강렬한 욕구에 의해 깨어
났다.

그녀는 자신의 메스꺼움이 일종의 여파임을, 지금은 잠든(탈수
로 바짝 마른 채, 자다 깨다 하며) 조그만 두 인간에 대한 감정이입
일 뿐임을 알고 있었다.

몰리는 간밤 내내 치웠고—몇 번인지 셀 수조차 없을 정도로 두
아이가 번갈아 토했고 그러다가 어느 순간 같이 토했다—구석에
있는 빨래 수거함에서 풍기는 냄새가 유일한 지표였다.

몰리는 아이들 위로 몸을 숙이고 냄새를 맡았다. 그녀가 세상
에서 가장 좋아하는 아이들의 싱그러운 풀 향이 담즙의 악취로 흐
릿해졌다. 악취가 모공으로 스며들었다. 몰리의 위장이 보이는 이
거짓 반응은 악취 탓이었다(몰리는 그렇게 믿으며 침대에 누워 있
었다).

그녀는 구토를 증오했다. 그것은 사람의 온순한 몸을 내면의 괴물이 찢어발기는 것과 같았다. 마치 아이를 낳는 것처럼. 그 정도의 완벽한 통제권 상실이었다.

마치 오르가슴 같은, 그러나 그와 정반대인 것.

그러나 지금은 그런 생각을 할 때가 아니었다.

왜냐하면 이 시큼함이 실제 상황임을, 그녀의 뱃속 깊은 곳에서 우러나는 것임을, 그녀 자신의 것임을 받아들이고 뭔가 조치를 취해야 한다는 사실을 인정할 수밖에 없었기 때문이었다.

그녀는 더러운 침대로부터, 축축한 아이들로부터 몸을 일으켰고 화장실로 가서 변기를 붙잡았다.

바랐던 만큼 깨끗하지는 않은 변기였다.

찬장에서 변기 세정제를 꺼내 파란 액체를 뿌려서 그녀 품에 안긴 이 희생양을 소독해볼까도 생각했다.

그러나 몰리는 자신이 이미 선을 넘었음을 깨달았다. 세정제를 꺼내 청소할 수 있는 시점을 넘겼다.

몰리가 몸을 웅크렸다.

처음엔 토하고 싶지 않았다. 그러다가 어느 순간, 토하기를 간절히 바랐다. 몰리는 그것을 밖으로 꺼내고 싶었다. 그것으로부터 자유롭고 싶었다.

몰리는 기다렸다.

나오지 않았다.

몰리는 기다렸다. 기차역에서 점점 더 초조해지는 승객처럼.

나오지 않았고 나오지 않았고 그러다가 어느 순간, 악마가 뛰쳐나왔다.

7

침실에서 누군가 토하고 있었다.

그녀는 일어설 수가 없었다. 일어설 수가 없었다.

그녀가 일어섰다. 침실로 걸어갔다.

바닥에 미끄러운 부분이 있었고 그녀의 발이 미끄러졌다.

"나는 나빠요. 나는 나빠요." 비브가 흐느껴 울고 있었다. "방금 우리 아기한테 토했어요."

몰리는 말을 하기엔 너무도 불안정한 상태였고 그래서 침대에 앉아 비브를 끌어당겼다. 벤은 토사물을 철퍼덕거리며 계속 자고 있었다.

"벤 괜찮을까요?" 비브가 말했다.

몰리는 비브를 두고 다시 화장실로 달려갔다. 다 토하고 나서 돌아보니 비브가 겁에 질린 표정으로 문 앞에 서 있었다.

"엄만 괜찮아." 몰리가 거짓말을 했다. "걱정하지 마."

"지금 벤 깼어요." 비브가 소리쳤다. "벤 아파요!"

이 상황을 감당할 수가 없었다. 불가능한 일이었다.

"엄마 좀 일으켜줘." 몰리는 말했다.

비브가 그녀를 보더니 더 격하게 울었다. 하지만 그러면서도 가까이 다가와 소용없는 작은 손을 내밀었다. 비브의 몸짓에 기운을 얻은 몰리는 가까스로 일어섰다.

침대에서 벤이 칭얼거리며 토사물을 휘젓고 다녔다(벤도 방금 새로 보탠 것이 분명했다). 벤을 안고 싶었지만 몰리의 팔이 너무 후들거렸다. 대신 몰리는 두 아이 모두 침대 가장자리에 앉힌 다음 아이들 앞에 무릎을 꿇고 앉아 벤과 비브의 무릎에 자신의 머리를 반씩 기대었다.

그 자세로 몰리가 아이들을 안심시키는 건지 아이들이 몰리를 안심시키는 건지 분명치 않았다. 몰리가 아이들의 무릎에서 너무도 힘겹게 얼굴을 들었다. 아이들이 그녀를 쳐다보았다. 아이들의 눈빛이 촉촉했다.

누구든 조치를 취해야 했다.

의사를 부를 것이다. 사람이라면 그 정도는 할 수 있을 것이다.

소아과의사의 스물네 시간 비상전화 연결이 지연되고 있었다. 아이들이 계속 그녀를 쳐다보았다. 몰리는 어깨로 전화를 고정시키고 양손으로 아이들의 무릎을 감싸안았다. 얼마 후 젊은 남자가 밝은 목소리로 사십오 분 내로 전화가 갈 거라고 말했다.

"사십오 분이요?" 그녀가 웃었다. 그렇게 오래 버틸 수 있을 리가 없었다.

"에리카?" 몰리가 분노에 찬 흐느낌과 함께 전화를 끊자 비브가 제안했다.

좋은 생각이었다. 몰리는 비브에게 박수를 쳐줄 겨를도 없이 곧바로 에리카에게 문자를 했다. 지금 와줄 수 있어요? 응급 상황 모두가 토하는 중.

발신 버튼을 누르고 나서야 지금이 새벽 여섯시 삼분이라는 사실을 깨달았다. 아마 에리카는 지금쯤 매혹적인 룸메이트 몇 명과 함께 사는 아파트에서, 아이들 없이, 곧 떠날 배낭여행을 꿈꾸며 곤히 잠들어 있을 것이고, 에리카의 자명종은 한 시간 반은 더 있어야 울릴 것이다.

그러나 곧바로 몰리의 휴대전화가 문자를 수신하며 진동했다.

저도요! 에리카의 답신이었다. 우리 모두 악성 바이러스에 감염된 듯. 저도 완전 맛이 갔어요. 아예 일어날 수가 없네요. 행운을 빌어요. 이거 진짜 최악이네요.

이제 어쩌면 좋지?

지팡이를 짚고 약을 먹어야 하는 노마를 불러야 할까?

겁에 질린 상태로 그녀에게 의지하는 네 개의 눈동자.

몰리는 데이비드에게 전화를 걸었다. 전화는 바로 음성사서함으로 넘어갔다. 여섯 번을 더 걸었다. 매번 음성사서함이었다. 새크라멘토는 아직 해뜨기 전이었다. 그녀는 데이비드에 대한 증오심에 휩싸였다.

여전히 토할 것 같은 기분이었다.

몰, 섬광과도 같은 그리움으로 떠올린 이름. 그러나 몰리는 곧바로 생각을 고쳤다. 지금 같은 상황에서는, 지금처럼 몰리가 완전히 연약한 상태일 때는, 몰이야말로 위험했다. 만약 자신이 몰이었다면, 얼마든지 이 기회를 이용할 수 있으리라는 것을 몰리는 씁쓸하게 인정하지 않을 수 없었다.

의사로부터 전화가 왔다. 사십오 분보다는 훨씬 짧은 시간이었다. 몰리는 감격에 겨워 울었다.

의사는 걱정하지 않았다. 의사가 말했다. "토하고 난 뒤 한 시간 내에는 절대 액체를 주면 안 됩니다. 물을 포함한 그 어떤 액체도요. 그럼 다시 토할 거예요."

사실이었다. 밤새 몰리는 탈수가 걱정되어서 아이들이 토하고 나면 물을 주었고, 실제로 아이들은 물을 토했다.

"그러다가 탈수가 오면 어떻게 해요?" 그녀가 말했다.

"한 시간 지난 뒤에는 물을 줘도 되고 그때는 꼭 줘야만 해요."

"모유는요?"

"한 시간 뒤에요."

"저도 아파요. 저도 토하고 있어요."

"아." 의사가 말했다.

아? 그녀는 심술궂게 그 말을 따라 하고 싶었고 히포크라테스선서를 한 사람의 그 무심한 말투를 조롱하고 싶었다.

그러나 대신 몰리는 이렇게 말했다. "고마워요."

어떻게 된 일인지 모르겠지만 아이들은 욕조에 있었다. 어떻게 된 일인지 모르겠지만 물놀이 장난감을 갖고 있었다. 그러나 장난감은 외면당한 채 둥둥 떠다녔다. 왜냐하면 아이들이 원하는 것은 마실 물이었으니까.

"물, 엄마, 제발, 물 주세요, 제발!" 비브가 애원했다.

"무무," 벤도 가세했다. "무무, 무무." 울부짖었다.

"안 돼." 몰리가 사악한 계모처럼 말했다. "너희들 물은 안 돼."

"물 주세요! 그냥 물 달라니까요!"

아이들에게 물을 주지 않는 여자라니.

"무무! 무무!" 벤이 자기 가슴을 문지르며 말했다. 에리카가 가르쳐준 제발에 해당하는 수화인 가슴을 문지르는 동작으로, 말과 몸짓으로, 그가 아는 모든 방식으로 요구했다.

"이제 엄마가," 그녀가 힘없이 말했다. "시간 잴 거야. 좀 기다려야 해. 안 그러면 또 토할 거야. 의사 선생님이 그렇게 말했어. 너희들 또 토하고 싶어?"

"너무 목이 말라요, 엄마. 아파요, 제발."

엄마가 된다는 것. 정말이지 너무 힘든 일이었다.

"엄마가 물 안 주면 나 이 더러운 목욕물 마실 거예요." 비브가 전술을 바꾸어 협박했다.

목욕물은 그냥 더러운 정도가 아니었다. 표면에 노르스름한 장막이 있었다.

"그거 마시면 또 토할걸!" 비브의 위협적인 말투에 걸맞은 투로 몰리가 대거리했다.

비브의 협박은 종잇장처럼 얄팍한 것이었다. 엄마의 거친 반응에 비브가 울음을 터뜨렸다. "물, 물 좀 주세요, 제발, 제발요."

"알았어!" 몰리가 소리를 질렀다. "알았어, 알았다고." 더이상 안 된다고 할 수가 없어서 몰리가 말했다. "조금만 마셔."

몰리는 세면대 옆의 철제 컵에 물을 따랐다. 먼저 비브가 물을 마셨고, 그다음엔 벤이 마셨다. 마치 초콜릿 우유라도 마신 듯, 두 아이가 그녀를 향해 미소를 지었다.

몰을 생각하니 속이 울렁거렸고, 자신의 나약함 덕분에 곧 벌어질 일을 생각하니 속이 울렁거렸다. 몰리는 변기 시트를 들고 다시 한 번 토했다. 아이들은 욕조에서 놀란 표정으로 몰리를 지켜보았다.

8

침대는 늪이었다. 늪이 세 사람의 몸을 아래로 빨아들이고, 꽉 붙잡아서 가두었다. 시트를 갈면 좀 나을 텐데. 시트를 갈면 늪이 사라질 텐데. 깨끗한 시트 위에서라면, 이 상황에서 벗어날 수 있을지도 모르는데. 적어도 방어 자세를 취해볼 수 있을지도 모르는데.

그러나 깨끗한 시트는 없었다. 어젯밤에 시트를 갈고 또 갈아서 시트가 남아나질 않았다. 지하로 내려가 빨래를 할 수도 없었다. 지하로 내려가는 철문을 열 힘도 용기도 없었다.

그러니 이 시트에, 이 늪에 머물 수밖에.

창밖에 어떤 기척이, 어떤 위협이 있었다. 누군가의 머리일 수도 있었고, 나뭇가지일 수도 있었다.

적어도 시간은 흘렀고, 이제 십 분 간격으로 안개 속에서 몸을 일으켜 두 아이에게 물 한 모금씩을 줄 수 있었다. 몰리는 아이들의 바싹 마르고 냄새나는 입에 티스푼으로 물을 떠넣어주었다.

벤에게 젖을 먹이려고 여러 번 시도했다. 그녀의 깨끗한 무언가를 너무도 주고 싶었지만 벤은 계속 반항하듯 고개를 돌렸고 몰리는 자신의 젖이 줄어들고 말라가는 것을 느꼈다.

그들은 번갈아 잠들었다. 몰리는 아이들 꿈을 꾸었고 아이들은 아마도 엄마 꿈을 꾸었을 것이다.

아이들이 잠들었을 때에만, 몰리는 자기가 이 침대에서 결코 살아서 나갈 수 없으리라고 생각하는 것을 스스로에게 허용했다. 다음번에 아이들이 악몽에서 깨어났을 때 몰리는 두 아이들 틈에 죽은 채 누워 있고, 아이들은 스스로 침대에서 내려와 냉장고 문을 열어 먹을 것을 찾다가 욕조 수도꼭지를 틀거나 변기 물을 먹겠지. 그러다가 아이들 울음소리를 듣고 어른들이 와서 아이들을 영영 데려가겠지.

그들 중 누구도 누굴 돌볼 처지가 아니었다.

살갗에 무언가가 닿는 느낌에 몰리가 잠에서 깼고, 그녀의 몸 아래서 이상한 움직임이 느껴졌다. 매트리스가 땀에 젖어 있었고 마치 살아 있는 것 같았다. 몰리는 눈을 뜨고 싶지 않았지만 마침내 용기를 내어 눈을 떠보니 그녀의 침대가 발가벗고 잠을 자는 여자들의 몸으로 이루어져 있었다. 여자들은 몰과, 그녀 자신과 똑같았다. 여자들의 몸이 자신의 몸을 떠받치고 있었고 몰리 자신도 나체였으며, 그래서 다른 여자들 틈에서 분별이 되지 않았다. 다른 여자들의 체온은 한편으로는 유쾌했고 한편으로는 불쾌했다.

살갗에서 느껴지는 움직임은 육체들이 아니라 비브의 손가락의 움직임이었다. 비브가 손가락으로 그녀의 팔에 난 털을 잡아당기고 있었다.

"엄마를 불러줘요." 비브가 말하고 있었다. "엄마를 불러줘요."
비브의 목소리가 높아지고 있었다.

그 욕구, 그 욕구의 다급함과 적나라함이 몰리를 현재로 끌어왔
다. 비브가 그녀를 필요로 하고 있었다. 그 정도는 할 수 있었다.

몰리는 늪 속에서 일어나 앉은 다음 비브(눈물을 글썽이며 눈을
커다랗게 뜨고 있었다)를 무릎 위에 앉혔다.

"엄마 여기 있어." 몰리가 말했다. 영화 속에 나오는 엄마가 하
는 말처럼 들렸다. "엄마 여기 있어."

"엄마를 불러줘요."

"엄마 여기 있어. 여기 있다고. 여기."

"엄마를 불러줘요."

"엄마 여기 있어."

"엄마를 불러줘요. 엄마를 불러줘요."

"엄마 여기 있다니까!" 그녀가 소리를 질렀다.

"엄마를 불러줘요! 엄마를 불러줘요! 엄마를 불러줘요! 엄마를
불러줘요!"

9

비브가 어느 순간 듣기 힘든 그 두 마디 말을 외치지 않았다. 문장을 끝내지 못하고 도중에 눈을 감더니 잠이 들었다. 비브가 떼를 쓰고 있는 동안 용케도 자고 있다고 생각했던 벤은 사실 잠들어 있지 않았다. 벤은 더러운 시트에 뺨을 댄 채 꼼짝 않고 칭얼거리는 소리만 내며 엄마와 누나를 지켜보고 있었다. 비브가 잠잠해지니 이제야 그 소리가 들렸다.

"아가." 몰리가 벤에게 말했다.

벤의 칭얼거리는 소리가 고조되었다.

"안전한 데 있고 싶니?" 몰리가 속삭였다.

벤이 그녀의 눈을 깊이 들여다보았다.

"우리 같이 집 만들어보자." 몰리가 말하며 축축한 이불을 세 사람 머리 위로 끌어올렸다. 벤은 마치 어둠 속에서 태어나 어둠에 적응한 생명체처럼 몰리에게로 다가와, 머리로 몰리의 배 위를 파고들었다. 몰리는 그로 인해 욕지기가 나는 것을 무시했다. 그들은 어디든 갈 수 있었다. 산꼭대기의 오두막집 안, 잠수함 안, 우주를 떠다니는 캡슐 안.

몰리가 벤의 손을 찾았다. 너무도 작았다. 어둠 속에서 그들이 손을 잡았다. 손에서 벤의 심장박동이 느껴졌다.

다른 방에서 들려오는 발소리가 그 심장박동에 맞춰 울리고 있었다. 빠르게 쿠쿵, 쿠쿵, 쿠쿵 하는 벤의 심장박동의 또하나의 발현. 발소리가 현실이라고는 믿지 않았다. 아이들을 위해 이불 속에 만들어놓은 작은 세상 밖에서 들려오는 실제 소리라고는 믿지 않았다. 몰리는 아이들에게 둘러싸인 채, 반짝이며glistening 누워 있었다.

아니, 반짝인 것이 아니었다.

들은listening 것이었다.

10

몰이 이불을 젖히자 벤은 똑같이 생긴 엄마가 둘인 것에 아랑곳하지 않고 몰에게 미소 지으며 손을 뻗었다.

충격을 받을 기운이 남아 있었다면 벤의 반응에 몰리는 충격을 받았을 것이다. 몰이 왔기 때문에, 몰의 손에 무기가 없는 것을 확인했기 때문에(총도, 칼도, 쇠파이프도 없었다) 이제 마지막 남아 있던 기력이 몰리의 몸에서 빠져나갔다.

"좀 자요." 몰이 그렇게 말하고는 벤을 밖으로 데려갔다.

몰리는 그 어떤 저항도, 분노도 할 수 없었고 오직 벅찬 안도감만이 밀려드는 것을 느꼈다. 그녀가 가장 연약한 순간, 누군가 그녀를 이용하면 좀 어떤가? 그녀가 가장 연약한 순간, 누군가 그녀를 돌봐주면 좀 어떤가?

몰리는 축축한 상태로 축 늘어져 있는 비브에게 굴러가 비브를 끌어안고 잠이 들었다.

몇 시간 혹은 며칠 뒤 그녀가 잠에서 깨어났을 때 시트는 깨끗했고 아이들은 보이지 않았다. 아침이나 밤으로 향하는 중인지 창밖으로 보이는 하늘이 어슴푸레했다.

그녀가 자는 동안 어떻게 시트를 갈았는지 알 수 없었다. 그것은 하나의 기적이었고, 어떻게 된 일인지 그녀는 영원히 알고 싶지 않았다.

몰리가 일어났다. 어딘가 불안정했다. 세상이, 혹은 그녀 자신이. 걸어야 한다는 생각, 말을 해야 한다는 생각이 그녀를 무너뜨렸다. 그래도 간신히 가운을 걸치고 문을 열어 힘없이 몇 발짝을 내디뎠다.

"이건 교회, 이건 뾰족탑, 문을 열어요, 사람들을 보세요!"

아이들이 몰의 양옆에 앉아 박수를 쳤다. 아이들은 깨끗한 잠옷을 입고 있었다. 젖은 머리카락은 빗겨져 있었고 열은 내렸다. 먹을 것(토스트, 사과잼)이 접시에 놓여 있었다. 음료(네온색 게토레이)가 담긴 컵이 있었다.

세 사람이 동시에 그녀를 쳐다보았다.

그들은 방해받은 표정이었다. 몰리는 침입자가 된 기분이었다.

벤은 거의 곧바로 다시 몰에게 고개를 돌리고는, 몰이 다시 한번 손으로 교회, 뾰족탑, 사람들을 짚어주기를 기다렸다.

아이들은 생기가 돌았고 회복이 된 것 같았다.

"안녕, 또다른 엄마." 비브가 말했다.

몰리의 뱃속에서 두려움, 혹은 욕지기가 치밀었다. 그녀가 벽에 기대었다.

"심기가 불편하세요obnoxious?" 비브가 말했다.

"심기가 불편하냐고?" 몰리는 딸이 사용하는 어려운 단어에 흐 릿하게나마 감탄했다.

"메스껍냐고 nauseous 묻는 거예요." 몰이 말했다. 그녀가 일어서 더니 유리컵에 게토레이를 따른 다음 빨대를 꽂아 몰리에게 내밀 었다. "다시 침대로 가요."

"맞아요." 비브가 들뜬 목소리로 덧붙였다. "침대로 가요!"

다리가 버텨주기를 거부하고 있어서 몰리는 몰이 시키는 대로 했다.

달리 할 수 있는 일이 없었다. 그녀의 몸이 허락하는 게 아무것 도 없었다.

인정하기 싫었지만 그녀의 오랜 꿈이 현실이 된 순간이었다. 두 곳에 동시에 있는 것. 두 개의 몸을 갖는 것. 그녀 자신이 회복하는 동안 그녀와 똑같이 아이들을 사랑하는 사람이 아이들을 보살펴 주는 것.

그러나 피로가 괴로움을 덮었고 몰리는 잠이 들었다. 잠들었다 깨어나고 잠들었다 깨어났다.

"못 숨었어도 잡으러 간다. 못 숨었어도 잡으러 간다." 비브의 목소리가 복도에서 울려퍼졌다. "못 숨었어도 잡으러 간다."

그 소리를 듣는 순간 몰리는 숨바꼭질을 할 때면 늘 겪곤 했던 동물적인 두려움이 밀려드는 것을 느꼈다. 술래가 네 살짜리 어린 아이인데도. 숨바꼭질은 매번 총을 들고 장화를 신은 남자를 피해 숨는 일의 축소판이었다.

"못 숨었…… 잡으러……" 비브의 목소리가 복도에서 멀어졌 고, 기운이 빠졌고, 외로웠고, 더이상 뛰지 않았다.

"비브!" 몰리가 침대에서 소리쳤다. "비비언!"

그러나 바로 그때 어디에선가 몰과 벤이 나타났고 놀란 비명소리와 웃음소리가 울려퍼졌다.

주의를 끌지 못한 채, 아무도 필요로 하지 않는 상태로, 몰리는 잠들었다.

가장 무서운 꿈은 당신이 잠들어 있는 그 방에서 벌어지는 일이다.

몰이 아이들을 재우려고 방으로 데리고 들어가자 몰리는 침대에서 나와 문 옆에 웅크리고 앉았다. 몰이 아이들에게 책 읽어주는 소리가 들렸다. 몰이 아이들에게 말하고 있었다. 이거 입자. 자 여기. 그래, 잘했어.

몰리가 방문을 열었다.

몰이 그녀의 자리를 점령했다. 몰은 비브의 침대에서 두 아이들 사이에 누워 벤에게 젖을 먹이는 중이었다.

몰이 놀란 얼굴로, 현장에서 체포된 범죄자의 표정으로 그녀를 쳐다보았다. 데이비드와 함께 있던 현장에서도 볼 수 없었던, 소스라치게 놀라는 반응.

"나가세요." 비브가 몰리에게 말했다.

"그런 말 하면 못써." 몰이 꾸짖었다.

"엄마, 내가 엄마랑 여섯 밤 동안 같이 있고, 그다음에 저 엄마가 와서 동물 이야기 해주면 안 돼요?"

11

"……다윗은 죽을 날이 가까워지자 그의 아들 솔로몬을 불러 훈계하였다.

'나는 이제 세상 모든 사람이 가는 길로 가야 할 것 같다. 힘을 내어 사내대장부가 되어라.

너의 하느님 야훼의 명령을 지키고 그분her이 보여주신 길을 따라가며

또 모세법에 기록된 대로 하느님의 법도와 계명, 율례와 가르침을 지켜라.

네가 어디로 가든지 무엇을 하든지 성공할 것이다……'"

익숙한 목소리가 잦아들었다.
그녀의 이마에 놓인 침착한 손.
그녀가 너무도 갈구했던 바로 그것.

따스하고, 침착한 손.

위험하다, 이 안락함은.

유리컵 속에서 부딪치는 얼음들. 진저에일의 쉭 소리.

불완전한 달 아래, 넓은 창턱에 앉아 있는, 거의 보이지 않는 한 사람의 형상. 몰리 자신도 그 자리에, 거의 보이지 않게 앉아 있기를 좋아했다. 데이비드가 방에 들어왔다가, 방에 아무도 없다고 생각하고 깜짝 놀랐던 게 여러 번이었다.

그곳에 놓인 물건들. 코카콜라 병, 알토이즈 통, 장난감 병정, 질그릇 조각, 동전 한 개.

"창녀 둘이 왕 앞에 나와 섰다.

그 가운데 한 여자가 말을 꺼냈다.

'왕이시여, 이 여자와 저는 한집에 살고 있습니다.

제가 아이를 낳을 때 이 여자도 집에 있었습니다.

그런데 제가 해산한 지 사흘째 되던 날

이 여자도 아이를 낳았습니다.

집에는 우리 둘 말고는 없었습니다.

그런데 그날 밤, 이 여자는 자기의 아들을 깔아뭉개 죽였습니다.

그러고 한밤중에 일어나

이 계집종이 잠자는 사이에 제 곁에 있던 제 아들을 가져가버렸습니다.

제 아들을 가져다 자기 품에 두고

죽은 자기 아들을 제 품에 놓고 간 것입니다.

제가 아침에 일어나 젖을 먹이려고 보니
아이는 죽어 있었습니다.
날이 밝아서야 그 아이가 제 몸에서 난 아이가 아닌 것을 알았
습니다.'
그러자 다른 여자가
'무슨 말을 하느냐? 산 아이는 내 아이이고 죽은 아이가 네 아이
야' 하고 우겼다.
첫번째 여자도
'천만에! 죽은 아이가 네 아이이고 산 아이는 내 아이야' 하고
우겼다.
그렇게 그들은 왕 앞에서 말싸움을 벌였다. 그때 왕이 입을 열
었다.
'한 사람은 산 아이가 내 아들이고 네 아들은 죽었다 하고
또 한 사람은 아니다, 네 아들은 죽었고 내 아들이 산 아이다 하는
구나.'
그리고 왕이 말했다. '칼 한 자루를 가져오거라.'
신하들이 왕 앞으로 칼을 내오자
왕은 명령을 내렸다. '산 아이를 둘로 나누어
반쪽은 이 여자에게
또 반쪽은 저 여자에게 주어라.'
그러자 산 아이의 어머니는 제 자식 생각에 가슴이 메어져
왕께 아뢰었다.
'왕이시여, 산 아이를 저 여자에게 주시고 아이를 죽이지만은
마십시오.'

그러나 다른 여자는
'어차피 내 아이도 네 아이도 아니니 나누어 갖자' 하였다.
그러자 왕의 분부가 떨어졌다.
'산 아이를 죽이지 말고 처음 여자에게 내주어라.
그 여자가 참 어머니다.'"

두 여자와 그들이 드리운 한 그림자가 성을 나서서 금으로 뒤덮인 길로 들어섰다. 그들은 금이 흙으로 변할 때까지 걷고 또 걸었다. 길은 길고도 반듯했다. 발밑에서 자갈 밟히는 소리 말고는 아무 소리도 들리지 않았다. 때로는 한 여자가 아기를 안았고 때로는 다른 여자가 아기를 안았다. 그들에겐 물도, 아무것도 없었다. 그들은 걸었다. 그들은 한 명의 살아 있는 아이와 한 명의 유령 아이를 가진 두 여인이었다. 그들은 네 명의 아이를 가진 두 여인이었다. 그들은 여섯 명의 아이를 가진 세 여인이었고 열여덟 명의 아이를 가진 아홉 여인이었으며 백 명의 아이를 가진 쉰 여인이었고 천 명의 아이를 가진 오백의 여인이었다. 한 개의 그림자를 드리우고 있는.

12

몰이 성경을 덮고는 그녀 옆 창턱에, 코카콜라 병과 알토이즈 캔 사이에 놓았다.

"그거 없애버리는 게 좋겠어요." 몰리가 침대에 앉은 채로 말했다. 앓고 난 뒤라 입안이 시큼했다. 성경을 없앤다고 생각하니 슬픔의 파문이 일었다. 그러나 아마도 어딘가에는, 그 성경을 수천 부 보유하고 있는 세계가 있을 것이다.

"그럼," 몰이 말했다. "그 여자 생각에 동의하는 거네요."

"그 여자?"

"폭파범."

"어째서요?"

"그 여자도 성경을 파괴하고 싶어했으니까."

몰리는 침대에 일어나 앉으려 애썼다. 기운이 없었고, 탈수 상태였으며, 무얼 할 수 있을지 확실치 않았다.

"생각해봤어요?" 몰이 말을 이었다. "그 여자가 한 짓을 당신이 저지르게 되는 상황을?"

"아뇨!" 몰리가 말했다.

몰리가 몰을 보았고 몰도 몰리를 보았다.

"다만," 몰리가 시인했다. "아이들 문제라면."

그 말이 진실임을 몰리는 알고 있었다. 그 진실의 견고함을 내면에서 느낄 수 있었다. 그녀 자신 역시 온갖 어두운 가능성을 품고 있었다. 그녀 자신도 숨어들고 거짓말하고 훔치고 갈망하고 계획을 짜고 무자비해지고 다른 사람의 삶에 자신을 욱여넣을 것이다. 죽이고 또 죽을 것이다. 만약 아이들 문제라면.

"그 여자 지금 어디 있어요?" 몰리가 말했다. "이 세상에 있는 그 여자, 아직…… 저지르지 않은 그……" 몰리는 모든 나무 뒤에, 모든 어둠 속에 숨어 있을 그 여자를 상상해보았다.

"그야 모르죠." 몰이 말했다.

몰리는 그 여자를 보았다. 주차장을 가로질러 뛰어가는 여자, 버스정류장에서 울고 있는 여자, 수돗물을 허겁지겁 마시는 여자.

"그런데 그 여자," 몰이 아주 낮은 목소리로 말했다. "그 폭파범. 그 여자." 몰이 잠시 말을 멈추었다. "그 여자 우리하고 무척 닮아 보였어요."

13

"괜찮아요?"

"좀 어지러워요."

어지럽다고 표현할 수도 있을 것이다. 그녀 삶의 익숙한 사실들로부터 점점 더 멀어지는 것 같은 이 느낌을.

수십억 개의 우주 속의 수십억 명의 몰리들. 수십억 명의 데이비드들. 수많은 비브들과 벤들, 그들의 목소리가 무한 우주 속에서 울려퍼졌고 그들의 눈동자가 마치 별들처럼 텅 빈 공간 속에서 곱절로 불어나 반짝였다.

"나도요."

몰리는 자기 앞의 몰리를 생각했다. 창턱에 앉아 있는 가냘픈 여자. 이 여자는 몰리가 짊어져야 할 벌이었지만, 그런데도 몰의 모습을 보면 마음이 묘하게 차분해졌다.

몰리는 발굴 현장을 생각했다. 살짝 젖은 바닥, 흙과 물의 무해한 냄새.

"에 플루리부스 우눔." 몰이 말했다.

"뭐라고요?"

몰이 창턱에 있던 동전을 침대로 가져와 몰리의 손바닥에 떨어뜨렸다. 놀라울 정도로 따듯해서, 거의 뜨거울 정도였다. 다른 세계에서 온 것이라 뜨겁다고 생각했지만, 창턱 밑의 라디에이터가 밤새 켜져 있었다는 사실을 이내 떠올렸다.

몰이 창턱으로 돌아가 눈을 감았다.

몰리도 눈을 감았다. 몰이 눈꺼풀 속에서 무얼 보고 있을지 궁금했다.

발가벗은 조그만 두 아기 곁에 원을 이루고 서 있는 두 어머니.

"탯줄은," 몰이 말했다. "양방향으로 이어져 있죠. 엄마는 아이를 살아 있게 하고 아이는 엄마를 살아 있게 하고."

몰리가 눈을 떴다. 몰은 여전히 눈을 감고 있었다.

"아이들과 함께 놀 때마다," 몰이 말했다. "아이들을 애도해요."

몰이 눈을 뜨더니 한 손으로, 마치 말들을 떨쳐내는 듯한 동작을 취했다.

몰리는 몰의 그 절망적인 손짓을 영원히 잊지 못하리라는 걸 알았다.

몰, 그 어디에도 속하지 못한.

몰리, 아이들과 함께 놀 때면 때로는 아이들을 애도하지만 항상 그러지는 않는.

창턱에서 코카콜라 병이 특유의 빛깔로 반짝였고 장난감 병정이 원숭이 꼬리를 팔락였다.

"이리 와요." 몰리가 말했지만 몰은 창턱에 머물렀다.

"아마 항상 결투duel일 거예요." 몰이 말했다.

아니 어쩌면, "아마 항상 둘dual일 거예요"라고 말한 것도 같았다.

마침내 몰이 창턱에서 내려왔다. 그녀가 방을 가로질러 몰리에게 다가와 침대맡에 앉았고 몰리의 손을 잡았다.

"내 손바닥이 축축해요."

"내 손바닥도요."

"그러게요."

몰이 다른 손을 몰리의 이마에 얹었다. 이번에도, 완벽하게 침착한 손.

"열이 내렸어요."

몰리도 열이 내린 걸 알았지만 몰이 손을 거두는 것을 원치 않았고 몰이 손을 거두자 약한 강도의 사별의 고통을 느꼈다.

두 사람은 손을 잡고 나란히 누웠다.

그러다가 몰이 몰리 위로 올라가 얼굴과 얼굴을 맞대었다. 똑같은 두 개의 팔이, 팔꿈치가 만났다. 몰리가 밀어낼 수도 있었다. 화를 내며 대체 뭐하는 거냐고 물을 순간도 있었다. 그러나 그 순간은 지나갔다. 그녀가 자신의 어깨를 그녀의 어깨에 맞추었다. 자신의 발을 그녀의 발에 맞추었다. 자신의 허벅지를 그녀의 허벅지에 맞추었다. 자신의 이마를 그녀의 이마에 맞추었다. 자신의 폐를 그녀의 폐에, 자신의 포궁을 그녀의 포궁에, 자신의 치아를 그녀의 치아에 맞추었다.

마치 그녀의 살갗을 뚫고, 그녀의 피, 그녀의 근육, 그녀의 뼈 속으로 스며들겠다는 듯 그녀를 지그시 눌렀다.

그 숭고한 무게.

기분이 괜찮다는 것을, 썩 괜찮다는 것을 그녀도 인정해야 했다.

그러다 어느 순간 벅찼다. 감당할 수 없을 정도로 벅찼다.

에필로그

그녀가 깨어났다, 새로운 모습으로.

아침은 환하고 고요했다.

침대에서 바닥에 발을 내려놓는 순간, 강렬한 활기가 다리를 타고 올라왔다.

초인적인 힘이 복도를 지나 아이들이 잠든 방으로 그녀를 데려갔다. 그녀가 문을 열었고 지난 몇 달 혹은 지난 몇 년 동안 쌓아온 아이들에 대한 사랑 하나하나가 그 방안에 있었다, 혹은 그 방 자체였다.

그녀는 아이들이 잠든 모습을 한동안 바라보다가 현관홀 벽장으로 가서 배낭을 꺼냈다. 그녀는 필요한 물건들로 배낭을 채웠다. 기저귀, 물티슈, 사과, 스트링치즈, 크래커, 견과류, 물병, 자외선 차단제, 모자, 충전기, 알약. 구급용품, 코카콜라 병, 장난감 병정, 알토이즈 통, 질그릇 조각, 동전. 성경.

휴대전화에 데이비드의 문자가 와 있었다. 동이 트기 직전에 보낸 장난스럽고 다정한 문자였고, 사랑으로 충만해진 그녀 또한 그렇게 답했다.

마침내 아이들을 새로운 행복으로 가득찬 집에서 깨울 시간이었다. 그걸 깨닫는 순간, 아이들도 행복해했다. 아이들은 잘 먹었고, 잘 마셨고, 순순히 자외선차단제를 발랐다. 아기는 자신이 필요로 하는 엄마의 젖을 빨았다. 아기가 웃을 때 진하고 흰 젖이 뚝뚝 흘렀다.

그녀가 아이들을 잠시 러그 위에 그들끼리 두고 욕실로 갈 때 아이가 아기에게 하는 말이 들렸다. "어쩜 이렇게 귀엽니?"

그녀가 배낭을 메고 문을 열었고 아이들이 그녀 뒤에 바짝 붙어 따라왔다. 아이의 손을 잡고, 아기를 힘들이지 않고 허리에 걸쳐 안은 채로, 그녀는 엄청난 더위 속에서 차를 세워둔 곳까지 몇 블록을 걸었다.

그러나 차가 어디에도 없었다. 차를 어디 세웠는지 기억이 나지 않았다. 블록들이 하나로 흐릿해졌다.

그들은 다시 집으로 돌아가 유아차와 베이비 캐리어를 챙겼다. 그녀가 아기를 베이비 캐리어에 넣었다. 아이는 유아차에 태웠다. 아이들은 궁금해하면서도 순종했다.

이런 더위에도 몇 킬로미터는 걸을 수 있었다. 그녀는 자신의 정신력vigor에, 자신의 엄격함rigor에 감탄했다.

두 아이를 데리고 어딘가로 행진하는 익숙한 고행. 유아차를 미는 동안, 가슴에 안긴 아기는 점점 더 땀이 나고 점점 더 무거워지고, 기저귀는 점점 더 묵직해졌다. 그러나 오늘 그녀는 기운이 넘쳤고 이 상황을 감당하고도 남았다. 그녀는 아프지 않았다. 짐이 무거운데도 민첩하게 움직였다. 그녀는 자신의 허벅지와 종아리를, 자신과 아이들을 앞으로 나아가 보도를 가로지르게 하는 그 힘을 예민하게 의식하고 있었다.

지나가는 행인의 눈에는 그저 아이들과 산책을 나온 여느 엄마처럼 보였을 것이다.

태양이 다가올 여름을 예고했다. 그녀는 선글라스를 챙기는 것을 잊었다. 그러나 그녀의 눈은 더 강해져 있었다.

이따금 그녀의 손이 그들의 손목을 찾았고, 손끝에서 아이들의 맥박이 처음에는 잘 느껴지지 않다가 이내 느껴졌다.

한번은 소방차가 지선도로로 접어들어 요란하게 불을 번쩍이며 그들 쪽으로 돌진해오다가 왼쪽으로 꺾었다.

그러나 아이들은 놀라지 않았다. 아이들은 안전하게, 그녀와 함께 있었고, 그녀는 아이들과 함께 계속 앞으로 나아갔다.

이분들에게 감사 인사를 전할 수 있어 기쁘다.

고식물학에 관해 감탄을 자아내는 전문성을 지닌 세라 E. 앨런에게 감사한다. 고고학에 관한 지식을 나누어준 버네사 먼슨에게도 감사한다. 성경에 관한 문제에 도움을 준 리사 슈웨벌에게 감사한다. 심리학과 상실에 관한 대화를 나눈 노라 리스먼 짐블러에게도 감사한다.

나의 에이전트 페이 벤더는 너무도 긴 세월 동안 나에게 든든한 버팀목이 되어주었다. 제니 마이어와 제이슨 리치먼은 이 책을 응원해주었다.

나의 에디터 메리수 루치의 각별한 열정과 재능 덕에 이 책이 보다 완전한 틀을 갖출 수 있었다. 재커리 놀의 뛰어난 감각과 치밀함에 감사한다. 조너선 카프의 확고한 지지에 감사한다. 그 외 사이먼 앤드 슈스터의 팀원들, 특히 엘리자베스 브리든, 토이 크로 킷, 에리카 퍼거슨, 앨리슨 포너, 크리스틴 포이, 케리 골드스타인, 케일리 호프먼, 어맨다 랭, 데이비드 리트먼, 하이디 마이어, 트레이시 넬슨, 르웰린 폴랜코, 캐럴린 라이디, 리처드 로러, 웬디 시넌과 게리 어다에게 감사한다. 채토앤드윈두스의 에디터 포피 햄프슨의 날카롭고도 애정어린 시선에 감사한다.

그동안 문학적으로 혹은 그 외의 면에서 내게 통찰을 제공해주었던 수많은 친구들과 너그러운 초기 독자들에게 특별한 감사를 전한다. 세라 배런, 어밀리아 커헤이니, 엘리자베스 로건 해리스에게 감사한다. 적절한 조언을 해준 로라 퍼사이어시프에게도 감사한다.

브루클린 칼리지 영문학과의 과거 및 현재 동료들과 스승들에게 감사하고, 조슈아 헨킨, 제니 오필, 엘런 트렘퍼, 맥 웰먼에게 특별한 감사를 전한다.

나의 강의실과 삶을 호기심과 에너지로 채워주었던 학생들에게 감사한다.

뉴욕시립대학교 연구소 북 컴플리션 어워드에 감사한다.

사진을 찍어준 데이비드 배리에게도 감사를 전한다.

나의 전작들의 에디터 세라 볼린, 리사 그레이지아노, 크리스타 머리노에게 감사한다.

나의 멋진 가족에게 감사를 전한다. 특히 시어머니 게일 톰프슨은 줄거리에 관한 조언을 해주었고 시아버지 더그 톰프슨과 함께 훌륭한 할아버지 할머니가 되어주었다. 나의 조부모인 폴 필립스와 메리 제인 지머먼에게 감사한다. 공상과학 포털들에 관한 얘기를 나누어준 나의 형제 마크 필립스에게 감사한다. 언제나 가장 먼저 내 책을 읽어준 나의 자매 앨리스 라이트와 평생에 걸쳐 나를 격려해준 아버지 폴 필립스 주니어에게 감사한다.

크고 작은 모든 일에서 나의 협력자인 남편 애덤 더글러스 톰프슨에게 감사한다.

사랑하는 나의 딸과 사랑하는 나의 아들에게도 감사한다.

내가 이 책을 바친 두 사람, 나의 어머니 수전 지머먼과 나의 언니 캐서린 로즈 필립스에게 감사한다.

새로운 작품을 만날 때면 늘 설렌다. 번역 과정에서 다치지 않도록 각별히 주의를 기울여야 할 작품의 맥을 알아가는 일이야말로 내가 가장 좋아하는 대목이다. 그것은 작가가 세상을 바라보는 독특한 시선이거나, 여러 번 곱씹어야만 의미가 헤아려지는 심오한 문장이고, 이걸 어떻게 살려내나 암담할 정도로 기이한 문법이거나, 커다란 감정을 가두고 이야기를 차분하게 풀어가는 담담한 화법이다. 그리고 때로는 너무도 익숙한 소재를 낯설게 펼쳐놓는 작가의 기발함과 독창성이다. 바로 이 소설,『당신이 필요한 세계』에서처럼.

내 삶과 일의 지평을 넓히고 지난한 번역의 과정을 최대한 즐기기 위해 나의 취향을 특정 짓지 않고 매번 새로운 작품을 선택하려고 노력하는 편이다. 그러나 새로울 거라고 믿었던 작품이 앞서 번역했던 작품과 포개어지거나 기대했던 만큼 새롭지 않은 경우도 더러는 있다. 그러나 『당신이 필요한 세계』는 완벽하게 새로웠다.

아이를 낳아서 기르는 일은 인류 역사상 가장 오래된 직업 중 하나이고, 모성과 육아라는 소재는 장르를 불문하고 이미 충분히 소비되었다. 엄마가 되었을 때 우리가 어떤 감정을 느껴야 하는지에 대해서는 신형 가전제품 매뉴얼에 버금가는 친절한 가이드들이 넘쳐난다. 수많은 엄마를 보거나 겪은 뒤였고 심지어 수많은 엄마 매뉴얼들로 무장한 상태였음에도, 처음 엄마가 되었을 때 나의 경험과 감정은 너무도 낯설었다. 가장 보편적인 경험이지만 나에겐 보편적이지 않았다. 그 누구와도 나의 감정을 완벽하게 공유할 수 없었다. 세상의 모든 경험은 결국 '나의' 경험과 '남의' 경험으로 나뉠 뿐이고, 세상에서 가장 큰 고통은 '나의' 고통임을 나는 그때 처음 알았다.
헬렌 필립스의 『당신이 필요한 세계』는 평행우주라는 다소 독특한 설정에도 불구하고, 내가 느낀 그 시기의 감정과 가장 유사하다. 그러니까 당시 나의 심리 상태를 제대로 설명하기 위해서는 '평행우주' 이론 정도의 특별한 무언가가 필요했나보다.

모성은 늘 찬란하기만 할 수 없고, 나를 전부 내어주고 싶으면서도 텅 비어가는 나를 지켜보는 일이 행복한 것은 아니며, 나의 마음이 때로 허탈감과 공허감에 그늘이 져도 그것이 엄마로서의 실패를 의미하지는 않는다고, 한 생명을 낳아서 키우는 일은 저 우주 밖의 또다른 나를 갈구할 정도로 그렇게 황당하고 혼란스러우며 그러면서도 가슴이 벅찬 일이라고 작가는 말한다.

때로 인간은 타인이 우리에게 강요했다면 결코 참지 않았을 일들을 스스로에게 강요한다. 한 생명을 낳아서 키우는 일이 눈앞의 현실로 닥치는 순간, 어째서인지 우리는 너무도 쉽게 그런 덫에 빠져든다. 나는 그 시간을 간헐적이고 희귀한 기쁨의 순간 덕분에 견뎌지는, 대체로 외롭고 혼란스럽고 참담한 시간으로 기억하고 있다. 결코 실패해서는 안 되는 일에 실패하고 있는 것 같은 기분을 자주 느꼈다. 완벽하지 못한 엄마인 내가 아이들에게 남길 흔적이 사슴 가면을 쓴 침입자만큼이나 두려웠고, 또 지금도 두렵다.

그렇다, 고백건대, 나의 출산과 육아의 시간은 결코 거뜬하지 않았다. 그러나 그 시간을 견뎌낸 어느 엄마는 이토록 놀라운 소설을 거뜬히 써냈고, 또다른 엄마는 그 소설에 완전히 몰입하여 시간과 공간을 잊은 채로 모든 장면과 감정을 거뜬히 번역해냈다.
적어도 그것은 멋진 일이다.

2022년 봄을 기다리며
이 진

옮긴이 **이진**
이화여자대학교에서 문헌정보학을 전공하고 광고대행사에서 근무하다가 현재 전문 번역가로 활동하고 있다. 『엘멧』『탄제린』『빛 혹은 그림자』『도그 스타』『오늘은 다를 거야』『어디 갔어, 버나뎃』『저스트 원 이어』『저스트 원 데이』『우리에겐 새 이름이 필요해』『아서 페퍼: 아내의 시간을 걷는 남자』『사립학교 아이들』『열세 번째 이야기』『잃어버린 것들의 책』『658, 우연히』『비행공포』『페러그린과 이상한 아이들의 집』『우린 괜찮아』『걸프렌드』등 90여 권의 책을 옮겼다.

문학동네 세계문학
당신이 필요한 세계

초판 인쇄 2022년 4월 5일 | 초판 발행 2022년 4월 15일

지은이 헬렌 필립스 | 옮긴이 이진
기획 윤정민 | 책임편집 박효정 | 편집 황지연 윤정민 이희연
디자인 김이정 이원경 | 저작권 박지영 형소진 이영은 김하림
마케팅 정민호 이숙재 한민아 김혜연 이가을 안남영 김수현 정경주
브랜딩 함유지 함근아 김희숙 정승민
제작 강신은 김동욱 임현식 | 제작처 상지사

펴낸곳 (주)문학동네 | 펴낸이 김소영
출판등록 1993년 10월 22일 제2003-000045호
주소 10881 경기도 파주시 회동길 210
전자우편 editor@munhak.com | 대표전화 031) 955-8888 | 팩스 031) 955-8855
문의전화 031) 955-3578(마케팅) 031) 955-2685(편집)
문학동네카페 http://cafe.naver.com/mhdn | 트위터 @munhakdongne
북클럽문학동네 http://bookclubmunhak.com

ISBN 978-89-546-8598-6 03840

www.munhak.com